दत्ता

शरत्चन्द्र चट्टोपाध्याय

maple press

दत्ता *by* Sharat Chandra Chattopadhyay

Published by

MAPLE PRESS PRIVATE LIMITED
office: A-63, Sector 58, Noida 201301, U.P., India
phone: +91 120 455 3581, 455 3583
email: info@maplepress.co.in
website: www.maplepress.co.in

Printed in 2024, India

ISBN: 978-93-50337-39-4

1

उस समय हुगली ब्रांच स्कूल के हेडमास्टर साहब जिन तीन लड़कों को अपने स्कूल के रत्न कहते थे वे तीनों अलग-अलग गांव से रोजाना एक कोस का रास्ता पैदल चलकर पढ़ने आया करते थे। तीनों में अत्यधिक स्नेह था। ऐसा एक दिन भी नहीं जाता था जिस दिन तीनों मित्र स्कूल के रास्ते में बरगद के ठूंठ के नीचे खड़े न होते हों और वहाँ से साथ-साथ न जाते हों। तीनों के मकान हुगली के पश्चिम में थे। जगदीश सरस्वती नदी का पुल पार करके दिघड़ा गांव से आता था और वनमाली तथा रास बिहारी आते थे आस-पास के गांव कृष्णपुर और राधापुर से। इनमें जगदीश सबसे अधिक मेधावी था और सबसे अधिक निर्धन भी था। उसके पिता ब्राह्मण पंडित थे जो यजमानी करके, विवाह-उपनयन आदि संस्कार कराकर अपने परिवार का पालन करते थे। वनमाली सम्पन्न परिवार का था। उसके पिता कृष्णपुर के जमींदार कहलाते थे। रासबिहारी भी अच्छे खाते-पीते घर का था। जमीन-जायदाद, खेतीबाड़ी, तालाब-बगीचा आदि गंवई गांव में जिनके होने से परिवार का निर्वाह सुन्दरता से हो सकता है वह सब उनके पास था।

यह सब होते हुए भी लड़कों ने शहर में मकान क्यों नहीं लिया और क्यों वे आंधी-पानी और शीत-काल सहकर इतना रास्ता पैदल चलकर रोजाना घर से विद्यालय आते थे इसका कारण यह था कि उन दिनों माता-पिता यह सोच भी नहीं पाते थे कि लड़कों के लिए यह भी कोई कष्ट है। बल्कि उनका विश्वास था कि दुःख उठाए बिना सरस्वती देवी पकड़ाई में नहीं आती कारण जो भी हो तीनों लड़कों ने इसी तरह एन्ट्रेन्स पास किया। बरगद के नीचे बैठकर और बरगद के ठूंठ को साक्षी मानकर तीनों मित्र रोजाना प्रतिज्ञा करते थे कि जीवन में हम कभी अलग नहीं होंगे, कभी विवाह नहीं करेंगे। वकील बनकर

एक ही मकान में रहेंगे। रुपए कमाकर एक ही सन्दूक में जमा करेंगे और उन्हें देश के काम में लगा देंगे।

यह तो हुई बचपन की कल्पना, लेकिन जो कल्पना नहीं यथार्थ है, वह किस रूप में सामने आया, संक्षेप में बताता हूँ।

मित्रता की गांठ बी.ए. में ही ढीली पड़ गई। उस समय कलकत्ता में केशवचन्द्र सेन का प्रचंड प्रताप था। उनके व्याख्यानों की धूम थी। गंवई गांव के लड़के स्वयं को संभाल न सके, बह गए। लेकिन वनमाली और रासबिहारी जिस प्रकार खुल्लम-खुल्ला दीक्षा लेकर ब्रह्म समाज में सम्मिलित हो गए जगदीश वैसा नहीं कर सका। दुविधा में पड़ गया। वह तीनों में सबसे अधिक मेधावी तो था लेकिन बहुत ही कमजोर मन का था। फिर उस समय उसके ब्राह्मण पिता जीवित थे, जबकि यह बला शेष दोनों मित्रों के सिर पर नहीं थी। कुछ समय पहले पिता के स्वर्गवास के बाद वनमाली कृष्णपुर का जमींदार हो गया था और रासबिहारी राधापुर की अपनी सारी जमीन जायदाद का एकछत्र सम्राट। इसलिए थोड़े दिन बाद ही दोनों मित्र ब्रह्म परिवारों में विवाह करके और शिक्षित पत्नियाँ लेकर घर लौट आए लेकिन दरिद्र जगदीश को यह सुविधा नहीं मिल सकी। उसे ठीक समय पर कानून पास करना पड़ा और एक गृहस्थ ब्राह्मण की ग्यारह वर्ष की कन्या से विवाह करके रुपए कमाने के लिए इलाहाबाद जाना पड़ा। लेकिन शेष दोनों को जो काम कलकत्ता में बिल्कुल सहज जान पड़ा था वही गांव लौटने पर अत्यन्त कठिन हो गया। बहुएँ ससुराल में आकर घूंघट न काढ़तीं। जूते मौजे पहनकर बाहर निकलतीं- यह तमाशा देखने के लिए गांव के लोगों की भीड़ जुटने लगी और गांव भर में ऐसी भद्दी आवाजें कसी जाने लगीं कि सम्पूर्ण रूप से असमर्थ हुए बिना कोई भी पत्नी को लेकर गांव में नहीं रह सकता था। वनमाली के पास उपाय था इसलिए वह गांव छोड़कर कलकत्ता जाकर रहने लगा और केवल जमींदारी के भरोसे न रहकर उसने कारोबार आरम्भ कर दिया लेकिन रासबिहारी की आमदनी थोड़ी थी इसलिए कानों में रूई लगाकर और

एक रूप अपनी पीठ पर रखकर अर्थात बिना किसी से कुछ कहे सुने अपनी विदुषी पत्नी के साथ समाज से बहिष्कृत अर्थात् 'एक घर' होकर रहने लगा।

इस प्रकार तीनों मित्रों में से एक के इलाहाबाद, दूसरे के राधापुर में और तीसरे के कलकत्ता में रहने के कारण जीवनभर कुवांरे रहकर, एक ही मकान में निवास करके एक ही सन्दूक में रुपए जमाकर देशहित में खर्च करने की प्रतिज्ञा स्थगित हो गई और बरगद का साक्षी वृक्ष किसी के विरुद्ध अपराध लगाए बिना मन ही मन हँसता खड़ा रहा। इसी प्रकार बहुत दिन बीत गए। इस बीच तीनों मित्रों में शायद ही कभी भेंट हुई हो। फिर भी बचपन का स्नेह एकदम समाप्त नहीं हुआ। जगदीश को जब लड़का हुआ तब उसने वनमाली को शुभ समाचार देते हुए इलाहाबाद से लिखा, "तुम्हारे अगर लड़की हो तो उसे बहू बनाकर बचपन में जो पाप किया है उसका कुछ प्रायश्चित कर सकूंगा। यह बात मैं आज तक नहीं भूला हूँ कि तुम्हारी दया से ही वकील बनकर आज मैं सुख से रह रहा हूँ।"

वनमाली ने इसके उत्तर में लिखा, "बहुत अच्छा। मेरी कामना है कि तुम्हारे बेटे की उम्र लम्बी हो लेकिन मेरी लड़की होने की कोई आशा नहीं है। फिर भी अगर किसी दिन मंगलमय के आशीर्वाद से लड़की हुई तो तुम्हें दे दूंगा।" पत्र लिखकर वनमाली मन ही मन हँसा। क्योंकि दो वर्ष पहले उसके दूसरे मित्र रासबिहारी के जब लड़का हुआ था तब उसने भी ठीक यही प्रार्थना की थी। व्यापार की कृपा से अब वह बहुत बड़ा धनाढ्य हो गया है इसलिए उसकी कन्या को सभी अपनी बहू बनाना चाहते हैं।

2

चार-छह मास की नहीं पच्चीस वर्ष की कथा लिख रहा हूँ। वनमाली अब बूढ़े हो गए हैं। कई वर्ष से रोग भोगते-भोगते चारपाई पर पड़ गए हैं और उन्हें लग रहा है कि अब शायद वह उठ नहीं पायेंगे।

आरम्भ से ही वह धर्म-परायण और धर्म-भीरू हैं। भगवान में श्रद्धा है। मृत्यु से भय नहीं है। केवल यह सोचकर दुःखी हैं कि अपनी एकमात्र कन्या विजया का विवाह कर पाने का अवसर नहीं पा सके।

उस दिन तीसरे पहर अचानक विजया का हाथ थामकर बोले, "मेरे लड़का नहीं है। इसके लिए मुझे रत्ती भर दुःख नहीं है। तू ही मेरी बेटी भी है, हालांकि अभी तक तू पूरे अठारह वर्ष की नहीं हुई लेकिन तेरे सिर पर अपनी इतनी बड़ी सम्पत्ति का बोझ डालकर जाते हुए मुझे रत्ती भर भी भय नहीं लग रहा, तेरी माँ नहीं, भाई नहीं। कोई बूढ़ा काका-दादा तक नहीं। तो भी मैं अच्छी तरह जानता हूँ कि मेरा सब कुछ सुरक्षित रहेगा। केवल एक अनुरोध है बेटी, जगदीश जो चाहे करे और चाहे जैसा भी है मेरा बचपन का मित्र है। अपने ऋण के बदले उसका घर बार मत छीन लेना। उसके एक लड़का है। मैंने उसे आँखों से नहीं देखा लेकिन सुना है बहुत अच्छा है। बाप के अपराध के लिए उसे निराश्रित मत करना बेटी। यही मेरा अन्तिम अनुरोध है।"

विजया ने रूंधे गले से कहा, "बापू, तुम्हारा आदेश मैं कभी नहीं टालूंगी। जगदीश बाबू जितने दिन जियेंगे उन्हें तुम्हारे समान ही मानूंगी। लेकिन उनके न रहने पर सारी सम्पत्ति उनके लड़के के लिए बेकार यूँ ही क्यों छोड़ दूंगी? उन्हें तुमने भी आँखों से नहीं देखा। मैंने भी नहीं देखा। अगर वह सचमुच ही पढ़े-लिखे हैं तो आसानी से अपने पिता को कर्ज चुका देंगे।"

वनमाली ने बेटी के मुँह की ओर आँखें उठाकर कहा, "कर्ज भी तो कुछ कम नहीं है बेटी, लड़का ठहरा, अगर नहीं चुका सका तो?"

बेटी ने उत्तर दिया, "जो बाप का कर्ज नहीं चुका सकता वह कुपुत्र है बापू। उसे सहारा देना उचित बात नहीं।"

वनमाली अपनी सुशिक्षित तेजस्विनी बेटी के स्वभाव से परिचित थे इसलिए उन्होंने अधिक तर्क-वितर्क नहीं किया। एक लम्बी सांस लेकर बोले, "हर कार्य में भगवान को सिर माथे पर रखकर जो कर्तव्य

हो वही करना बेटी। मैं कोई विशेष अनुरोध करके तुम्हें बांधकर नहीं जाना चाहता।"

यह कहकर पलभर चुप रहकर उन्होंने फिर एक लम्बी सांस ली और बोले, "जानती हो बेटी, यह जगदीश जब वास्तव में मनुष्य कहे जाने योग्य था तब इसने तेरे पैदा होने से पहले ही तुझे अपने इस लड़के के लिए मांग लिया था। मैंने भी हाँ कर दी थी बेटी।" यह कहकर उत्सुकता से देखने लगे।

वनमाली की इस बेटी की माँ बचपन में ही बिछुड़ गई थी। उन्होंने ही पिता और माता दोनों का कर्तव्य निभाया था। इसलिए विजया ने पिता से माँ का लाड़ करने में कभी संकोच नहीं किया। बोली, "बाबू तुमने केवल मुँह से कहा था, मन से नहीं।"

"क्यों बेटी?"

"मन से कही होती तो क्या उन्हें एक बार देखना न चाहते?"

वनमाली ने कहा, "रासबिहारी से जब सुना कि लड़का शायद अपनी माँ जैसा ही दुबला-पतला है। डॉक्टरों को आशा नहीं कि उसकी उम्र लम्बी होगी। तब मैंने उसे निकट पाकर भी कभी बुलाकर देखना नहीं चाहा। वह उस समय कलकत्ता में ही किसी वासे में रहकर बी.ए. में पढ़ रहा था। इसके बाद अपनी बीमारी-परेशानी के कारण यह बात फिर सोची ही नहीं। लेकिन अब लग रहा है कि मुझसे भारी भूल हो गई बेटी। फिर भी यह सच है बेटी कि उस समय तेरे संबंध में मैंने जगदीश को मन से ही वचन दिया था।"

कुछ पल रुककर उन्होंने कहा, "आज तो सब यही जानते हैं कि जगदीश नशेबाज, जुआरी और निकम्मा तथा नाकारा है लेकिन एक समय था जगदीश ही हम सबसे अच्छा था। विद्या-बुद्धि के लिए नहीं कहता बेटी, वह तो अनेक लोगों के पास होती है लेकिन इस प्रकार प्राण देकर प्रेम करते मैंने और किसी को नहीं देखा और यह प्रेम ही उसका दुर्भाग्य बना। उसके अनेक दोषों को मैं जानता हूँ लेकिन अब याद आता है कि स्त्री की मृत्यु हो जाने पर वह शोक से पागल हो

गया, तब तेरी माँ की बात याद करके मैं उसे मन ही मन श्रद्धा दिए बिना न रह सका। उसकी पत्नी सती लक्ष्मी थी। उसने मरते समय नरेन्द्र को पास बुलाकर केवल इतना ही कहा था, "बेटा, यही आशीर्वाद दिए जाती हूँ कि भगवान पर तुम्हारा अडिग विश्वास रहे।" सुना है माँ का अन्तिम आशीर्वाद निष्फल नहीं गया। नरेन्द्र ने इतनी सी उम्र में ही भगवान को माँ के समान ही प्रेम करना सीख लिया है और जो मनुष्य यह कर सका है संसार में उसके लिए और कुछ नहीं रहता बेटी।"

विजया ने पूछा, "तो क्या संसार में यही सबसे बड़ा पाना है बापू?"

मृत्यु शैया पर पड़े बूढ़े की सूखी आँखें गीली हो उठीं। दोनों हाथ जोड़कर बेटी को सीने पर खींचकर बोले, "हाँ, यही सबसे बड़ा पाना है बेटी। संसार के भीतर और संसार के बाहर अखिल ब्रह्माण्ड में इससे बढ़कर पाना और कुछ नहीं है विजया। तुम स्वयं किसी दिन पा सको या न पा सको लेकिन जो पा सका है उसी के चरणों में मस्तक रख सको, मरते समय तुम्हें यही आशीर्वाद दिए जाता हूँ बेटी।"

विजया उस दिन पिता की छाती पर औंधी पड़ी हुई थी। उसे ऐसा लगा जैसे बहुत ही मधुर और उज्जवल दृष्टि से कोई उसके पिता के अंदर से उसके अपने हृदय की गहराइयों तक बड़े स्नेह से अपलक देख रहा है। इस अपूर्व परम आश्चर्यजनक अनुभति ने उस दिन पलभर के लिए उसे घेर-सा लिया था।

वनमाली ने कहा, "लड़के का नाम नरेन्द्र है। पिता के मुँह से सुना है कि वह डॉक्टर हो गया है लेकिन डॉक्टरी नहीं करता। अगर इस देश में होता तो एक बार उसे बुलाकर आँखें भरकर देख लेता।"

विजया ने पूछा, "इस समय वह कहाँ है?"

वनमाली ने बताया, "अपने मामा के पास बर्मा में। इस समय मुझमें जगदीश की सारी बातें सिलसिले से कहने की शक्ति नहीं है। उसके मुँह से दो-एक उतरती हुई बातों से मालूम हुआ कि उस लड़के ने अपनी माँ के सारे सदगुण पाए हैं। भगवान करे वह जहाँ भी जिस तरह भी हो, जिए जागे।"

शाम हो गई। नौकर दिया-बत्ती करने आया और विलास बाबू के आने की सूचना देकर चला गया। वनमाली ने कहा, "तुम अब नीचे जाओ बेटी। मैं थोड़ा आराम करूँ।"

विजया पिता के सिरहाने का तकिया संभालकर, शाल को पैरों पर गर्दन तक खींचकर, रोशनी को आँखों के ऊपर से आड़ में करके नीचे चली गई, तब पिता की जीर्ण छाती को चीरकर एक लम्बी सांस निकल गई। विलास के आने के समाचार से बेटी के चेहरे पर जो लालिमा युक्त आभा दिखाई पड़ी थी उससे पिता को पीड़ा पहुँची।

विलास बिहारी रासबिहारी का बेटा है। वह इसी कलकत्ता में पहले एफ.ए. में पढ़ता था। अब बी.ए. में पढ़ रहा है। वनमाली समाज त्यागने के बाद से अधिकतर देश नहीं जाते, हालांकि व्यापारिक उन्नति के साथ-साथ देश में भी उन्होंने जमींदारी बहुत बढ़ा ली है, लेकिन उसकी देखभाल का भार बचपन के मित्र रासबिहारी पर है। उसी सिलसिले में विलास का इस घर में आना-जाना आरंभ होकर कुछ ही दिनों में क्यों अधिक बढ़ गया इसका पता बाद में चलेगा।

3

दो महीने हुए वनमाली का स्वर्गवास हो गया। उनके कलकत्ता के विशाल घर में विजया इस समय अकेली है। उसकी देश की जमीन-जायदाद की देखभाल रासबिहारी करते थे और इसी नाते एक प्रकार से उसके अभिभावक बन बैठे हैं लेकिन वह स्वयं गांव में रहते हैं इसलिए विजया की देखभाल की जिम्मेदारी उनके बेटे विलास बिहारी पर आ पड़ी है। वही उसका वास्तविक अभिभावक बन बैठा है।

उन दिनों प्रत्येक ब्रह्म परिवार में "सत्य, सुनीति, सुरुचि" शब्द बहुत बड़े बनाकर सिखाए जाते थे क्योंकि विदेश में शिक्षा प्राप्त करने के लिए जाकर हिन्दू युवक जब माता-पिता, देवी-देवता और प्रतिष्ठित समाज के विरुद्ध विद्रोह करके इस समाज के रजिस्टर में अपना नाम लिखा बैठते थे तब ये शब्द ही टेक लगाकर उनके अपरिपक्व मस्तक

को गर्दन पर सीधा रख पाते थे। झुककर और टूटकर गिरने नहीं देते थे। वे कहते, "जो सच समझेंगे वही करेंगे, चाहे माँ के आँसू हों चाहे पिता की ठंडी लम्बी सांसें, कुछ भी देखने-सुनने की आवश्यकता नहीं। वे सारी दुर्बलताएं प्रयत्नों से दूर करेंगे। वरना प्रकाश का पता नहीं पा सकेंगे।" और ये सब बातें विजया ने भी सीख ली थीं।

आज गांव से विलास बाबू बूढ़े नशेबाज जगदीश की मृत्यु का समाचार लेकर आए थे। वह विजया के पिता के मित्र अवश्य थे लेकिन जब विलास बाबू कहने लगे कि किस तरह शराब पीकर, बेहोश होकर जगदीश छत पर से गिरकर मर गए तब ब्रह्म धर्म की 'सुनीति' का स्मरण करके विजया ने पिता के इस अभागे मित्र के विरुद्ध घृणा से हो बिगाड़ने में रत्ती भर भी संकोच नहीं किया।

विलास कहने लगा, "जगदीश मुखज्जे मेरे पिता का भी बचपन का मित्र था लेकिन वह उसका मुँह तक नहीं देखते थे। वह दो बार रुपये उधार मांगने आया था। पिताजी ने दोनों ही बार नौकर से उसे फाटक के बाहर निकलवा दिया था। वह हमेशा कहा करते हैं कि इन अनाचारियों को आश्रय देना मंगलमय भगवान के श्री चरणों में अपराध करना है।"

विजया ने सहमति प्रकट की, "बिल्कुल सच कहते हैं।"

विलास उत्साहित होकर व्याख्यानदाता की तरह कहने लगा, "मित्र हो या कोई भी हो, दुर्बलता के कारण किसी भी प्रकार ब्रह्म समाज के चरम आदर्श को गिराना उचित नहीं है। न्याय से जगदीश की सारी सम्पत्ति अब हमारी है। उसका बेटा पिता का कर्ज चुका सके तो ठीक है, न चुका सके तो कानून के अनुसार हमें इसी समय सब कुछ अपने हाथ में ले लेना चाहिए। असल में छोड़ देने का हमें कोई अधिकार नहीं हैं क्योंकि, इन रुपयों से हम अनेक भले काम कर सकते हैं। समाज के किसी लड़के को विलायत भेज सकते हैं। धर्म प्रचार में खर्च कर सकते हैं और न जाने कितने अच्छे काम कर सकते हैं। क्यों न करें? जगदीश या उसका लड़का हमारे समाज का भी नहीं है जो उस पर किसी प्रकार की दया की जाए। पिताजी ने मुझे आपके पास यह

कहकर भेजा है कि आपकी सहमति पाते ही वह सब कुछ ठीक-ठाक कर डालेंगे।"

विजया मृत पिता की अन्तिम बातें याद करके कुछ सोचने लगी। एकदम उत्तर न दे सकी। उसे संकोच में देख विलास जोर देकर दृढ़ स्वर में बोला, "नहीं, नहीं, मैं किसी भी तरह आपको टालटूल नहीं करने दूंगा। दुविधा और दुर्बलता पाप है, केवल पाप ही क्यों महापाप है। मैंने मन-ही-मन संकल्प किया है कि उसका मकान आपके नाम लिखवाकर मैं वह करूंगा जो कभी नहीं हुआ। गंवई गांव में ब्रह्म मन्दिर की स्थापना कर देश के अभागे मूर्ख लोगों को धर्म की शिक्षा दूंगा। एक बार सोचिए तो सही। इन लोगों की मूर्खता से तंग आकर ही तो आपके स्वर्गीय पिताजी ने देश छोड़ा था। उनकी पुत्री होकर क्या आपके लिए उचित नहीं है कि यह निष्कलंक प्रतिशोध लेकर उन्हीं का महान उपकार करें? बताइए आप ही इस बात का उत्तर दीजिए।"

विजया विचलित हो उठी। विलास ने दृढ़ स्वर में कहा, "सारे देश में कितना नाम हो जाएगा। कैसी धूम मच जाएगी। सोचकर तो देखिए। हिन्दुओं को स्वीकार करना ही होगा और यह कराने की जिम्मेदारी मुझ पर है कि ब्रह्म समाज में मनुष्य हैं, हृदय है, स्वार्थ-त्याग है; जिसको निर्वासित करके देश से विदा कर दिया था उसी महापुरुष की पुत्री ने उनके कल्याण के लिए यह महान त्याग किया है। सारे भारतवर्ष में कितना व्यापक 'मॉरल इफेक्ट' होगा। बताइए तो?" यह कहकर विलास बिहारी ने सामने की मेज पर जोर से हाथ पटका। सुनते-सुनते विजया मुग्ध हो गई। इतने बड़े नाम का लोभ संवरण करना वास्तव में अठारह वर्ष की लड़की के लिए संभव नहीं। उसने पूरी सहमति देकर कहा, "उनके लड़के का नाम सुना है, नरेन्द्र है। अब वह कहाँ है, जानते हो?"

"जानता हूँ। अभागे पिता की मृत्यु के बाद वह घर आ गया है और श्राद्ध करने के बाद से वहीं रहने लगा है।"

"आपसे लगता है बातचीत होती है।"

"बातचीत? छि:, आप मुझे क्या समझती हैं, बताइए तो," यह कहकर विलास बाबू हँसे और बोले, "मैं तो सोच ही नहीं सकता कि जगदीश मुखज्जे के लड़के से बात करनी चाहिए। तो भी उस दिन रास्ते में सहसा पागल जैसे एक नए आदमी को देखकर मैं चकित हो गया। सुना, वही नरेन्द्र मुखज्जे हैं।"

विजया ने कौतूहल से पूछा, "पागल जैसा? सुना है वह तो शायद डॉक्टर हैं।"

विलास बाबू ने घृणा से सारे अंगों को सिकोड़ कर कहा, "ठीक पागल जैसा डॉक्टर? मुझे विश्वास नहीं। सिर के बड़े-बड़े बाल। जैसा लम्बा वैसा ही रोगी-सा, सारी पसलियां दूर से गिनी जा सकती हैं। यही तो रूप है। मानो ताड़ पत्ते का सिपाही हो। छि:...!"

वास्तव में अपने रूप पर गर्व करने का विलास को अधिकार था। क्योंकि वह ठिगना, मोटा और भरपूर जवान था। उसकी पसलियां वस्त्र उतारकर भी नहीं देखी जा सकती थीं। वह और भी कुछ कहने जा रहा था कि विजया बोल उठी, "अच्छा विलास बाबू, जगदीश बाबू के घर पर अगर हम दखल कर लें तो क्या गांव में एक भद्दा अपवाद न उठ खड़ा होगा?"

विलास ने जोर देकर कहा, "बिल्कुल नहीं। आपको पाँच-सात गांव में भी ऐसा एक भी आदमी नहीं मिलेगा। जिसे इस नशेबाज से रत्ती भर भी सहानुभूति रही हो। ऐसा कोई भी आदमी उस परगने में नहीं है जो उसके लिए 'आह' कहे।" फिर कुछ हँसकर बोला, "लेकिन अगर ऐसा न भी हो तो भी मेरे जिन्दा रहते यह चिन्ता आपको नहीं होनी चाहिए। लेकिन मेरी राय है कि एक बार थोड़े दिन के लिए देश जाना आपका भी कर्तव्य है।"

विजया ने आश्चर्य से पूछा, "क्यों? मैं तो कभी वहाँ गई नहीं।"

विलास उत्तेजित होकर बोला, "इसलिए तो कहता हूँ कि आपको जाना चाहिए। प्रजा को एक बार अपनी महारानी के दर्शन करने दीजिए उन्हें इस सौभाग्य से वंचित करना महापाप है।"

लज्जा से विजया का चेहरा लाल पड़ गया। उसके नीचा मुँह करके कुछ कहने की कोशिश करते ही विलास बीच में बोल उठा, "इसमें इधर-उधर करने की बात नहीं है। आपको वहाँ कितने काम करने हैं। यह बात मैं आपके सामने ही कह सकता हूँ कि आपके पिता इतने बड़े जमींदार होकर भी कुछ पागल कुत्तों के डर से अपने गांव कभी वापस नहीं गए। यह उन्होंने अच्छा काम नहीं किया। यह क्या हमारे ब्रह्म समाज का आदर्श है? यह तो किसी भी समाज का आदर्श नहीं है।"

पलभर चुप रहकर विजया बोली, "लेकिन बापू के मुँह से सुना है देश का अपना घर रहने योग्य नहीं है।"

विलास बोला, "एक बार कहिए तो आप वहाँ जाएंगी। हुक्म दीजिए। दस दिन के अन्दर ही उसे रहने योग्य बना दूंगा। मुझ पर छोड़ दीजिए मैं जी जान से ऐसी व्यवस्था कर दूंगा कि मकान आपकी सम्पूर्ण मर्यादा को संभाल सके। यह बात बहुत दिनों से बार-बार मेरे मन में आ रही है कि आपको सामने रखकर मैं जो कुछ कर सकता हूँ, उसकी कोई सीमा नहीं है।"

विजया की सहमति लेकर विलास चला गया। वह वहीं चुपचाप बैठी रही जो उसका गांव है, देश है, वहाँ वह जन्म से आज तक कभी नहीं गई। लेकिन बीच-बीच में पिता के मुँह से उसका बखान ही सुना। देश की बातें करने में उनके उत्साह और आनंद की सीमा नहीं रहती थी लेकिन तब वे कहानियां उसे जरा भी आकर्षित नहीं कर पाती थीं। सुनती थी और भूल जाती थी लेकिन आज न जाने कहाँ से अचानक ही वे सब भूली बातें साकार होकर आँखों के सामने नाच उठीं। उसे लगने लगा कि उसके गांव का घर भले ही कलकत्ता की इस अट्टालिका के समान विशाल और शानदार नहीं है लेकिन उसके सात पुरखों की देहरी की देहरी है। वहाँ बाबा-दादी परदादी उनके भी माता-पिता इस तरह न जाने कितने पुरखों के सुख-दुःख और उत्सव-शोक में दिन कटे होंगे। उसके क्यों नहीं कटेंगे?

गली के सामने हाजराओं के तिमंजिले मकान की आड़ में सूर्य छिप गया। इस बात को लेकर पिता के साथ उसकी न जाने कितनी बातें हो चुकी हैं। उसे याद आया कितनी संध्याओं में वह उस इजीचेयर पर बैठकर लम्बी सांस छोड़कर बोले हैं, "विजया, मैंने यह दुःख अपने देश के घर में कभी नहीं पाया। वहाँ कभी किसी हाजरा की तिमंजिली छत सूर्यास्त को इस प्रकार छिपाकर खड़ी नहीं हुई। तू तो जानती नहीं बेटी, लेकिन मेरी जो दोनों आँखें हृदय के अन्दर उचककर देखती हैं, वे स्पष्ट देख रही हैं कि अपनी फुलवारी के किनारे छोटी नदी इस समय सोने के जल में झलमल-झलमल कर उठी है और उसके पार जितनी दूर भी नजर जाती है मैदान के बाद मैदान के अन्त में इस समय भी सूर्य भगवान जाते-जाते भी गांव का मोह छोड़कर नहीं जा सके हैं। बेटी, गली के मोड़ पर तू देख रही है कि दिन का काम पूरा करके घरों की ओर मनुष्यों की धारा बही चली जा रही है लेकिन इस दस-बारह हाथ जमीन को छोड़कर उनके साथ जाने का जरा-सा भी तो रास्ता नहीं हैं इस संध्या-बेला में वहाँ भी तो मुनष्यों को स्रोत घर की ओर बहकर आता दिखाई देता है लेकिन मुझे उसके हर गाय-बछड़े के स्थान तक का पता रहता था बेटी।"

इतना कहकर वह अचानक एक बहुत ही गहरी सांस हृदय से निकालकर चुप हो जाते थे। एक दिन वह जिस गांव को छोड़ आये थे उसके लिए इतने सुख इतने ऐश्वर्य में भी उनका हृदय रोता रहता है। इस बात को विजया जब तक जान लेती थी। फिर भी उसने एक दिन भी इसके कारण पर विचार नहीं किया लेकिन आज विलास बाबू के उस ओर उसका ध्यान आकर्षित करके चले जाने पर स्वर्गवासी पिता की यादें आ गई, और उसकी समस्त छिपी वेदना का कारण सहसा पलभर में उसके मन में आलोकित हो उठा। कलकत्ता की इस असीम भीड़-भाड़ में भी वह किस प्रकार एकाकी जीवन व्यतीत कर गए हैं, आज उसे आँखों के आगे खड़ा देखकर वह भयभीत हो उठीं और आश्चर्य की बात यह कि जिस गांव, जिस घर से उसका जन्म से लेकर आज तक परिचय नहीं है आज वही उसे पूरी शक्ति से खींचने लगा।

4

बरसों से छोड़ा हुआ जमींदार का घर विलास की देख-रेख में सुधारा जाने लगा। वह सारा अद्भुत सामान बैलगाड़ियों में लदकर कलकत्ता से रोजाना आने लगा जिसे गांव वालों ने कभी देखा ही नहीं था। जमींदार की इकलौती बेटी अपने घर रहने आएगी यह समाचार फैलते ही केवल कृष्णपुर ही नहीं राधापुर, ब्रजपुर, दिघड़ा आदि आस-पास के पाँच-सात गांवों में भी हलचल मच गई। एक तो घर के निकट जमींदार का निवास हमेशा से ही लोगों को बुरा लगता रहा है। दूसरे जमींदार के गांव में न रहने का भी प्रजा को अभ्यास हो गया है इसलिए उनके फिर से गांव में बसने की इच्छा सबको एक अन्याय और उत्पात-सी लगी। मैनेजर रासबिहारी के कठोर शासन में उनके दुखों की यों ही सीमा नहीं थी। अब जमींदार की लड़की के गांव लौटने के शुभ उपलक्ष्य में वहाँ कौन-सा नया उपद्रव खड़ा होगा, बाजार, मैदान, घाट- हर स्थान पर अशुभ चिन्ता-चर्चा का विषय बन गया। स्वर्गवासी बूढ़े जमींदार वनमाली जितने दिन जीवित रहे उतने दिन दुःख में भी सुख था किसी तरह एक बार कलकत्ता में उनके पास पहुँच जाने पर निराश होकर लौटना नहीं पड़ता था लेकिन जमींदार की बेटी की उम्र छोटी है और मिजाज गर्म है। रासबिहारी के लड़के के साथ विवाह का हल्ला भी गांव में फैल रहा है। वह मेम साहब ठहरीं, म्लेच्छ हैं। इसलिए निकट भविष्य में ही रासबिहारी के पाजीपन की कल्पना करके किसी का मन सुखी नहीं रहा है। जनेऊधारी ब्राह्मणों के मन में भी नहीं और जनेऊ न पहनने वाले शुद्रों के मन में भी नहीं।

इसी भय और चिन्ता में बरसात बीत गई। सर्दी के आरम्भ में ही एक मधुर प्रभात में दो घोड़ों की खुली फिटन में चढ़कर तरुणी जमींदार कन्या सैंकड़ों नर नारियों की भय तथा कौतूहल भरी नजरों के बीच हुगली स्टेशन से पुरखों के पुराने निवास स्थान में पहुँच गई।

बंगाली कन्या है- अठारह-उन्नीस वर्ष पार हो गए हैं लेकिन विवाह नहीं हुआ। खुल्लम-खुल्ला जूते-मोजे पहनती है। खाद्य अखाद्य

का विचार नहीं करती आदि– निन्दा गांव वाले एकान्त में करने लगे। और एक-एक, दो-दो करके जमींदार का नजराना लेकर आने लगे। पाँच-छः दिन के बाद एक दिन सबेरे जब विजया चाय पीकर नीचे की बैठक के कमरे में विलास बाबू के साथ जमीन जायदाद के संबंध में बातचीत कर रही थी एक नौकर ने आकर कहा, "एक सज्जन मिलना चाहते हैं।"

विजया ने कहा, "यहीं लिवा लाओ।"

इधर कुछ दिनों से प्रजा के छोटे बड़े लोग नजराना लेकर जब-तब आते रहते थे इसलिए उसने कोई विचार नहीं किया। लेकिन जैसे ही नौकर के पीछे आने वाले सज्जन पर नजर पड़ी विजया विस्मित हो गई। उसकी उम्र अनुमान से चौबीस-पच्चीस वर्ष की होगी लम्बा डील-डौल। लेकिन उस हिसाब से हृष्ट-पुष्ट नहीं, दुबला-पतला। रंग गोरा था। दाढ़ी-मूंछें बनी थीं। पैरों में चट्टियां थीं। बदन पर कुर्ता नहीं था। एक मोटी चादर थी। जिसके झरोखे से जनेऊ के धागे दिखाई दे रहे थे।

साधारण नमस्कार करके वह एक कुर्सी खींचकर बैठ गया। इसके पहले जो कोई भला आदमी मिलने आया है नजराने का रुपया हाथ में लेकर आया है लेकिन उस व्यक्ति के आचरण में तो रत्ती भर संकोच नहीं है। उसके आने से केवल विजया को ही आश्चर्य नहीं हुआ, विलास भी कम विस्मित नहीं हुआ। दूसरे गांव में रहने पर भी विलास उस ओर के सभी लोगों को पहचानता था।

आगन्तुक सज्जन ने ही बात शुरू की। बोला, "मेरे मामा पूर्ण गांगुली आपके पड़ोसी हैं। बगल वाला मकान उन्हीं का है। मैं सुनकर अवाक रह गया कि उनके पुरखों के समय से चली आ रही दुर्गा पूजा आप अबकी बाद बन्द करा देना चाहती हैं। इसका मतलब क्या है?" यह कहकर उसने विजया के चेहरे पर नजरें जमा दीं। प्रश्न और उसके पूछने के ढंग से विजया आश्चर्य में पड़ गई।

विलास ने रूखे स्वर में कहा, "आप क्या इसीलिए मामा की ओर से झगड़ा करने आए हैं लेकिन किससे बात कर रहे हैं, यह तो मत भूलिए।"

आगन्तुक ने हँसकर कुछ जीभ दबाकर कहा, "सो मैं नहीं भूला हूँ और झगड़ा करने भी नहीं आया हूँ। मुझे इस बात पर विश्वास नहीं हुआ था इसलिए अच्छी तरह जान लेने के लिए आया हूँ।"

विलास ने हँसी उड़ाने के अंदाज में कहा, "विश्वास क्यों नहीं हुआ?"

आगन्तुक ने कहा, "कैसे होगा बताइए भला। अकारण अपने पड़ोसी के धार्मिक विश्वास पर आघात कीजिएगा– इस बात पर विश्वास न होना ही तो स्वाभाविक है?"

धर्म को लेकर तर्क-वितर्क करना विलास का बचपन से ही अत्यन्त प्रिय विषय रहा है। उत्साहित होकर छिपे उपहास से बोला, "आपके लिए निरर्थक जान पड़ने पर भी किसी के लिए उसका अर्थ नहीं होगा, या आपके धर्म कहने से ही सब उसे सिर माथे रख लेंगे इसका तो कोई कारण नहीं। मूर्ति पूजा हमारे लिए धर्म नहीं है और उसे बन्द करना हम अन्याय नहीं मानते।"

आगन्तुक ने गहरे आश्चर्य से विजया की ओर देखकर पूछा, "तब क्या आप भी यही कहती हैं?"

उसके आश्चर्य से विजया को चोट पहुँची लेकिन उसे छिपाकर सहज स्वर में बोली, "मुझसे क्या आप इसके विरुद्ध विचार सुनने की आशा से आए हैं?"

विलास ने गर्व से हँसकर कहा, "ऐसा ही जान पड़ता है लेकिन यह तो विदेशी आदमी हैं। संभव है आपके विषय में कुछ भी न जानते हों।"

आगन्तुक ने पलभर चुपचाप विजया के मुँह की ओर एकटक देखकर कहा, "विदेशी न होने पर भी मैं इस गांव का आदमी नहीं हूँ यह बात सच है। तो भी मुझे आपसे ऐसी आशा नहीं थी। मूर्ति पूजा की बात आपके मुँह से नहीं निकली। फिर भी साकार-निराकार का झगड़ा मैं नहीं उठाऊंगा। आप लोग ब्रह्म समाजी हैं, मैं जानता हूँ– लेकिन गांव में यही तो एक पूजा है। पूरे वर्ष गांववासी इन तीन

दिनों की आशा से बाट जोहते बैठे हैं। गांव आपका है। प्रजा आपके बेटा-बेटी के समान है। यही आशा तो सब करते हैं कि आपके आने के साथ गांव का आनन्द-उत्सव सौ गुना बढ़ जायेगा लेकिन ऐसा न करके आनन्द की हत्या करके इतना बड़ा दुःख दुःखी प्रजा के सिर पर लाद दीजिएगा यह विश्वास कर लेना क्या सहज है। मैं तो विश्वास कर नहीं सकता।"

विजया सहसा उत्तर न दे सकी। दुःखी प्रजा के नाम से उसका कोमल मन पीड़ा से भर उठा। पलभर खामोशी छाई रही। फिर विलास बाबू विजया के शब्दहीन और स्नेह से आर्द्र चेहरे की ओर देखकर मन-ही-मन गर्म और बेचैन होकर उपेक्षा से बोले, "आपने बहुत सी बातें कहीं हैं। आपसे साकार-निराकार पर बहस करूँ इतना समय मेरे पास भी नहीं है। वह चूल्हे में जाए। आपके मामा एक क्यों इक्कीस मूर्तियाँ गढ़कर घर में बैठकर पूजा कर सकते हैं। कोई हानि नहीं। मुझे तो केवल आपत्ति है मृदंग, ढोलक, झालर रात-दिन कानों के पास पीट-पीटकर अस्वस्थ बना देने में।"

आगन्तुक से थोड़ा हँसकर कहा, "रात-दिन तो बजते नहीं फिर सभी उत्सवों में थोड़ा बहुत हो-हल्ला, शोर-शराबा तो होता ही है।" फिर विजया को लक्ष्य करके बोला, "सो यह अड़चन अगर कुछ होगी तो होने दीजिए। आप माँ की जाति हैं। सन्तान के आनंद का अत्याचार, उपद्रव आप नहीं सहेंगी तो कौन सहेगा?"

विजया उसी तरह निरुत्तर बैठी रही। विलास व्यंग्य से सूखी हँसी हँसकर बोला, "आपने तो मतलब गांठने के लिए सन्तान और माँ की उपमा दे डाली। सुनने में बुरी नहीं लगी लेकिन अगर आप मुसलमान होते और मामा के कानों के पास मुहर्रम शुरू कर देते तो क्या वह उन्हें अच्छा लगता। जो भी हो हमारे पास बेकार बकवास करने के लिए समय नहीं है। पिताजी ने जो आज्ञा दी है वही होगा। कलकत्ता से यहाँ लाकर मैं व्यर्थ ही ढोलक, मृदंग, झालरों से इनके कान बहरे नहीं होने दूंगा। किसी भी तरह नहीं।"

उसके ओछे व्यंग्य और अधिक बिगड़ उठने से करण आगन्तुक की आँखों की चमक बढ़ गई। उसने विलास की ओर आँखें उठाकर कहा, “मुझे पता नहीं आपके पिता कौन हैं और उन्हें मनाही करने का क्या अधिकार है लेकिन आपने मुहर्रम की जो उपमा दे डाली सो अगर की रोशन चौकी न होकर मुसलमानों के ढोल ताशे होते तो क्या आप उन्हें इस तरह रोक सकते? यह केवल निरीह स्वजाति के प्रति अत्याचार नहीं तो और क्या है?”

विलास एकदम कुर्सी छोड़कर उछल पड़ा। लाल-लाल आँखें करके भयानक आवाज में चिल्लाकर बोला, “पिताजी के संबंध में सोच-समझकर बात करो। कहे देता हूँ। वरना अभी इसी समय तुम्हें दूसरे तरीके से बता दूंगा कि वह कौन हैं और उनका क्या अधिकार है।”

आगन्तुक ने विलास के मुँह की ओर आश्चर्य से तो देखा लेकिन उसके चेहरे पर भय की छाया दिखाई नहीं दी, दिखाई दी विजया के चेहरे पर। उसके घर में बैठकर उसी के एक अपरिचित अतिथि के प्रति किए गए इस अभद्र आचरण से क्रोध और लज्जा के मारे उसका सारा चेहरा लाल हो उठा। आगन्तुक एक पल विलास के मुँह की ओर देखता रहा; लेकिन दूसरे ही पल उसकी पूरी अपेक्षा करके विजया की ओर आँखें फेरकर बोला, “मेरे मामा बड़े आदमी नहीं हैं। उनका पूजा का आयोजन साधारण-सा है। फिर भी आपकी निर्धन प्रजा का पूरे वर्ष का यही एकमात्र आनंद उत्सव है। हो सकता है आपको कुछ असुविधा हो लेकिन क्या प्रजा के लिए आप इतना भी नहीं सह सकेंगी?”

विलास क्रोध से पागल-सा होकर सामने की मेज पर जोर से घूंसा मारकर चीख उठा, “नहीं-नहीं सह सकेंगी।” कभी नहीं सह सकेंगी। मुट्ठी भर मूर्ख किसानों के पागलपन को सहने के लिए कोई जमींदारी नहीं करता। तुम्हें और कुछ कहना न हो तो जाओ। हम लोगों का समय व्यर्थ नष्ट मत करो।” यह कहकर उसने हाथ से दरवाजा दिखा दिया।

उसकी तीव्र उत्तेजना से पलभर के लिए आगन्तुक सज्जन जैसे हतबुद्धि हो गए। कुछ कह नहीं पाए, लेकिन पिता से विजया ने थोथी

शिक्षा नहीं पाई थी। उसने शांत और धैर्य से विलास की ओर देखकर कहा, "आपके पिता मुझे बेटी के समान स्नेह करते हैं इसलिए शायद उन्होंने इनकी पूजा बंद करा दी है लेकिन अगर तीन-चार दिन थोड़ा हो-हल्ला होता भी रहे तो क्या हर्ज है?"

विजया की बात पूरी नहीं हो पाई थी कि विलास ने उतनी ही ऊँची आवाज में विरोध किया, "यह हल्ला-गुल्ला असहनीय है। आप जानती नहीं इसीलिए..."

विजया ने मुस्कराते हुए कहा, "होने दीजिए हल्ला-गुल्ला। तीन दिन ही होगा न? अगर कलकत्ता होता तो आप क्या करते?" वहाँ तो आठों पहर कानों के पास तोपें दगती रहें तो भी चुप रहकर सहना पड़ता है।" यह कहकर वह आगन्तुक युवक की ओर देखकर हँसते-हँसते बोली, "अपने मामा से कह दीजिए कि वे हर बरस जैसी पूजा करते हैं। इस बार भी करें। मुझे रत्ती भर भी आपत्ति नहीं है।"

आगन्तुक और विलास बाबू दोनों ही आश्चर्यचकित होकर विजया की ओर देखने लगे।

"तो अब आप जाइए" कहकर विजया ने हाथ उठाकर साधारण-सा नमस्कार कर लिया। अपरिचित सज्जन भी स्वयं को संभालकर उठ खड़े हुए और नमस्कार तथा धन्यवाद के बाद विलास से भी नमस्कार करके बाहर चले गए। क्रोध के मारे विलास ने दूसरी ओर आँखें फिराकर उसे अस्वीकार कर दिया लेकिन विजया और विलास जान नहीं पाए कि वह अपरिचित युवक ही उस सर्वाधिक मुख्य आसामी जगदीश का बेटा है।

5

उसके चले जाने के बाद मिनट भर तक विजया विचारों में डूबी चुप बैठी रही। उसके बाद सहसा चकित होकर मुँह उठाते ही बिल्कुल अकारण ही उसके गालों पर हल्की-सी लालिमा दौड़ गई। विलास की नजरें दूसरी ओर न जमी होतीं तो उसके आश्चर्य और अभिमान की शायद सीमा न रहती। विजया ने मीठी हँसी के साथ कहा, "हम

लोगों की बात तो पूरी ही नहीं हो पाई। तो फिर ताल्लुका ले लेने ही की आपके पिताजी की राय है।"

विलास खिड़की के बाहर देख रहा था। उसने उसी भाव से कहा, "हूँ।"

विजया ने पूछा, "किसी तरह का गोल-माल तो नहीं है?"

विलास बोला, "नहीं।"

विजया ने पूछा, "क्या आज वह उस पहर इधर आएंगे?"

विलास ने कहा, "कह नहीं सकता।"

विजया ने हँसकर कहा, "आप तो नाराज हो गए क्या?"

विलास ने मुँह फिराकर गंभीर स्वर में उत्तर दिया, "नाराज न होने पर भी पिता के अपमान से पुत्र का दुःखी होना, मेरे विचार से अस्वाभाविक नहीं है।"

इस बात से विजया को चोट पहुँची। फिर भी हँसते हुए बोली, "लेकिन इससे उनका अपमान हुआ है यह गलत धारणा आपके मन में कैसे पैदा हुई। उन्होंने स्नेह के कारण समझा होगा कि मुझे कष्ट होगा लेकिन मैंने उस सज्जन से कह दिया है कि कष्ट नहीं होगा। इसमें मान-अपमान की तो कोई बात है नहीं, विलास बाबू।"

विलास की गंभीरता रत्ती भर भी कम नहीं हुई। सिर हिलाकर बोला, "यह बात नहीं है। आप अपनी इस्टेट की जिम्मेदारी खुद लेना चाहती हैं, अच्छी बात है। लीजिए लेकिन मुझे पिताजी को सावधान कर देना होगा। नहीं तो पुत्र के कर्तव्य में कमी आ जाएगी।"

इस असम्भावित अप्रिय उत्तर से विजया हैरान रह गई। फिर बहुत ही दुःखी मन से बोली, "विलास बाबू, इस साधारण बात को आप इस रूप में लेकर इतना भीषण बना लेंगे मैंने सोचा भी न था। अगर नासमझी से अन्याय कर बैठी हूँ तो अपराध स्वीकार करती हूँ, भविष्य में फिर न होगा।"

विजया ने यह कहकर विलास के मुँह की ओर देखकर लम्बी सांस ली। उसने सोचा इसके बाद किसी को कहने के लिए कुछ शेष नहीं रह सकता। दोष स्वीकार कर लेने पर अपराध समाप्त हो जाता है लेकिन

उसे यह मालूम नहीं था कि कुछ लोग आदमखोर के समान होते हैं जिनकी विषैली भूख किसी की कमी पकड़ने के बाद बुझने ही नहीं पाती इसीलिए जब विलास ने प्रत्युत्तर में कहा, "तो फिर पूर्ण गांगुली से कहला भेजो कि रासबिहारी बाबू ने जो हुक्म दिया है उसे रद्द करना आपकी शक्ति से बाहर है।" तब विजया की आँखों के सामने इस व्यक्ति की हिंसक प्रकृति स्पष्ट नाच उठी। कुछ पल चुपचाप ताकते रहकर धीरे से बोली, "यह क्या बहुत बड़ा अन्याय नहीं होगा? मैं स्वयं ही चिट्ठी लिखकर उनकी अनुमति ले लेती हूँ।"

विलास बोला, "अब अनुमति लेना-न लेना दोनों ही समान हैं। आप अगर गांव भर में उन्हें अश्रद्धा के योग्य बना डालना चाहती हैं तो मुझे भी अत्यन्त अप्रिय कर्तव्य का पालन करना होगा।"

विजया क्रोध से तड़प उठी। लेकिन स्वयं को संभालकर शान्त स्वर में पूछा, "वह कर्तव्य कौन सा है, सुनूँ?"

विलास बोला, "वह आपकी जमींदारी के काम में हाथ न डालें।"

"आपके कहने से वह मान जाएंगे?"

"कम से कम मुझे प्रयत्न तो करना ही होगा।"

विजया ने पलभर चुप रहकर दूसरी ओर देखते हुए कहा, "बहुत अच्छा!" आप जो कर सकें, करें। लेकिन मैं किसी के धर्म-कर्म में बाधा नहीं डाल सकूंगी।"

आवाज में नर्मी होते हुए भी भीतरी क्रोध छिपा नहीं रहा। विलास ने तेजी से कहा, "आपके पिता होते तो वह यह बात कहने का साहस न कर पाते।"

विजया घूमकर खड़ी हो गई और विलास की ओर देखकर बोली, "अपने पिता की बात आपकी अपेक्षा, मैं कहीं अच्छी तरह जानती हूँ लेकिन इस बात को लेकर तर्क करने से क्या लाभ? मेरे नहाने का समय हो गया। मैं जाती हूँ।" यह कहकर सारे बकवास को जोर से बंद करके जैसे ही वह उठी, क्रोध से पागल विलास के मुँह पर से उधार ली भद्रता का बनावटी मुखौटा पलभर में उतर गया। अपने स्वभाव को

एकदम नंगा करके कटुता भरे स्वर में कह बैठा, "औरतों की जात ही ऐसी नमक हराम होती है।"

विजया ने कदम बढ़ा लिए थे। वह विद्युत गति से पलट कर खड़ी हो गई। पलभर उस जंगली के मुँह की ओर देखकर बिना कुछ बोले धीरे से बाहर चली गई। यह देखकर विलास सूख गया।

किसी को यह भ्रम न हो जाए कि विलास पितृ-भक्ति की अधिकता के कारण विवाद कर रहा था। इन लोगों का स्वभाव ही यह है कि बात चाहे जो हो और उसका कारण भले ही कितना भी असंग हो, छिद्र पा जाने पर उसे अकारण बड़ा करके दुर्बल को सताने में, भयग्रस्त को अधिक भय दिखाकर परेशान करने में ही उन्हें आनंद का अनुभव होता है, लेकिन जब तिल भर भी दबे बिना उसे नीचा दिखाकर विजया घृणा से भरकर चली गई तब इस गले पड़ी कलह को समस्त क्षुद्रता ने उसे बहुत ही छोटा बना दिया। वह थोड़ी देर चुप बैठा रहा और मुँह पर कालिख-सी लगाकर धीरे-धीरे चला गया।

तीसरे पहर रासबिहारी लड़के को साथ लेकर आए। बोले, "काम अच्छा नहीं हुआ बेटी, मेरी आज्ञा के विरुद्ध आज्ञा देकर मुझे अत्यधिक लज्जित किया गया है। लेकिन जायदाद तुम्हारी है इसलिए इस बात को लेकर मैं अधिक खींचतान नहीं करना चाहता। लेकिन बार-बार ऐसा होने पर तो आत्म-सम्मान की रक्षा के लिए मुझे अलग होना ही पड़ेगा।"

विजया ने कोई उत्तर नहीं दिया। मौन रहकर एक प्रकार से अपराध स्वीकार कर लिया। रासबिहारी ने नम्र होकर जायदाद के बारे में बात उठाई। नया ताल्लुक खरीदने की सलाह करने के बाद उन्होंनें कहा, "जगदीश का मकान जब तुमने समाज को दान कर ही दिया है बेटी तब और देर न करके पूजा की छुट्टी खत्म होते ही उसका दाखिला ले लेना होगा। क्या कहती हो?"

विजया ने सिर झुकाकर कहा, "आप जो उचित समझेंगे वही होगा। उनकी रुपए चुकाने की मियाद खत्म हो गई?"

रासबिहारी ने कहा, "बहुत दिन पहले हो गई। जगदीश ने अपना सारा फुटकर कर्ज चुकाने के लिए तुम्हारे पिता से आठ वर्ष के करार पर दस हजार रुपए लेकर रेहननामा लिख दिया था। शर्त यह थी कि इतने दिनों के अंदर चुका सके तो ठीक है। न चुका सके तो उसका बाग-तालाब, उसकी सारी सम्पत्ति अपनी है। आठ वर्ष बीतकर यह नौंवा वर्ष चल रहा है।"

विजया ने कुछ पल चुप रहकर बड़ी नर्मी से कहा, "सुना है उनके लड़के यहीं हैं। उन्हें बुलाकर और कुछ दिनों का समय देकर न देख लिया जाए? शायद वह कोई उपाय कर सकें।"

रासबिहारी ने सिर हिलाते-हिलाते कहा, "वह कोई उपाय नहीं कर सकता-कर ही नहीं सकता। यदि कर सकता..."

सहसा पिता की बात काटकर विलास गरज उठा, "कर भी सकता हो तो हम समय देने क्यों लगे? रुपये लेते समय क्या उस शराबी को होश नहीं था कि मैं क्या शर्त मान रहा हूँ और कैसे चुकाऊंगा।"

विजया ने एक बार विलास की ओर और फिर रासबिहारी के मुँह की ओर देखकर शान्त और दृढ़ स्वर में कहा, "वह बापू के मित्र थे। आदेश दे गए हैं कि उनके संबंध में सम्मान रहित बात की जाए।"

विलास फिर गरज उठा, "हजार दे जाने पर भी वह एक..."

रासबिहारी जल्दी से बोले, "तुम चुप रहो न विलास।"

विलास ने उत्तर दिया, "ये सब बेकार के सेंटीमेन्ट मैं किसी तरह बर्दाश्त नहीं कर सकता। इसमें चाहे कोई नाराज हो या और कुछ करे। मुझे सच कहने से भय नहीं लगता, सच काम करने में ही मैं किसी से पीछे नहीं रहता।"

रासबिहारी दोनों को शान्त करने के उद्देश्य से हँसता हुआ-सा मुँह बनाकर बार-बार सिर हिलाकर कहने लगे, "सो तो ठीक है। हमारे वंश का यह स्वभाव हमसे भी कहाँ छूट सका है। समझी न विजया बेटी। मैं और तुम्हारे बापू इसीलिए देश के विरुद्ध होने पर भी सत्य कर्म को ग्रहण करते डरे नहीं थे।"

विजया ने कहा, "मरने से पहले बापू मुझे आदेश दे गए थे कि कर्ज चुकाने के लिए मैं उनके बाल्य-बन्धु का घर-द्वार न बिकवाऊँ।" कहते-कहते उसकी आँखें छलछला उठीं। स्नेहमय पिता का जो अनुरोध उनके जीवनकाल में एक असंगत विचार जान पड़ता था उनकी मृत्यु के बाद आज वही किसी प्रकार न टाले जाने के आदेश के समान व्यवधान बन गया था।

विलास ने कहा, "तो फिर स्वयं ही कर्ज को रद्द क्यों नहीं कर गए, बताओ।"

विजया ने उसे उत्तर न देकर रासबिहारी के मुँह की ओर देखकर दोबारा कहा, "मेरी इच्छा है कि जगदीश बाबू के पुत्र को बुलवाकर उन्हें सारी बातें बता दी जाएँ।"

उनके उत्तर देने से पहले ही विलास फिर बेशर्म की तरह बोल उठा, "और अगर वह और दस वर्ष का समय मांगे तो वह भी देना होगा क्या? तब तो जान पड़ता है समाज-प्रतिष्ठा की आशा को समुद्र के अतल गर्भ में विसर्जित कर देना होगा।"

विजया ने इसका भी कोई उत्तर दिए बिना रासबिहारी से कहा, "क्या आप एक बार उन्हें बुलाकर इस विषय में उनकी इच्छा क्या है जान नहीं सकते?"

रासबिहारी ठहरे अत्यन्त धूर्त, लड़के के उद्धत आचरण पर मन ही मन अप्रसन्न होने पर भी उन्होंने उसकी ही राय को उचित प्रमाणित करने के लिए भूमिका रचकर शान्त संयत स्वर में कहा, "देखो बेटी, तुम लोगों के बीच तीसरे आदमी का बोलना अनुचित है क्योंकि जिस बात में तुम लोगों का हित है आज नहीं तो कल तुम लोग ही निश्चय कर सकोगे। इस बूढ़े की राय की आवश्यकता ही नहीं पड़ेगी लेकिन बात जब कहनी है तो यह तो कहना ही पड़ेगा कि इस मामले में तुम्हारी ही भूल हो रही है। मैंने अनेक बार देखा है। जमींदारी चलाने में मुझे भी विलास से हार माननी पड़ती है। अच्छा तुम्हीं बताओ गरज किसकी अधिक है? तुम्हारी या जगदीश के लड़के की। उसमें अगर

कर्ज चुकाने की सामर्थ्य होती तो क्या वह स्वयं आकर प्रयत्न न करता? वह जानता है तुम आई हो। अगर हम दबेल बनकर उसे बुलाएं तो निश्चय ही बहुत लम्बा समय मांगेगा लेकिन फिर भी वह रुपया नहीं दे सकेगा। साथ ही तुम दोनों का समाज स्थापना का संकल्प भी सदैव के लिये समाप्त हो जाएगा। अच्छी तरह विचार करके देखो बेटी, क्या यही ठीक नहीं है?"

विजया चुप बैठी रही। उसके आन्तरिक भाव का अनुमान लगाकर रासबिहारी ने कुछ देर बाद कहा, "ठीक है। बुलाने पर वह कुछ कर नहीं पाएगा। अगर समय मांगेगा तब विचार कर लिया जाएगा। क्या कहती हो बेटी?"

विजया ने सिर हिला दिया, "अच्छा, लेकिन उसके चेहरे पर ऐसा प्रकट होता था कि वह इस बात से सहमत नहीं है। रासबिहारी ने आज विजया को पहचाना। उन्होंने अच्छी तरह समझ लिया कि भले ही लड़की की उम्र कम है किन्तु वह जानती है कि अपने पिता की जायदाद की मालिक मैं हूँ। उसे मुट्ठी में लाने में समय लगेगा इसलिए एक ही बात को लेकर खींचतान करना उचित नहीं है। यह सोचकर संध्याकालीन उपासना का बहाना करके उठ बैठे। विजया प्रणाम करके खड़ी हो गई। वह आशीर्वाद देकर चले गए। पलभर बाद विजया बोली, "मुझे बहुत से पत्र लिखने हैं। क्या आपको मेरी कोई आवश्यकता है?"

विलास ने दृढ़ता से उत्तर दिया, "कुछ नहीं। आप जा सकती हैं।"

"आपके लिए चाय लाने को कह दूँ।"

"नहीं जरूरत नहीं है।"

"अच्छा नमस्कार।" विजया ने दोनों हाथ जोड़कर कहा और कमरे से बाहर चली गई।

6

दिघड़ा के स्वर्गीय जगदीश बाबू का मकान सरस्वती के उस पार था। बगल का गांव होने पर भी नदी किनारे खड़े बांस के पेड़ों के कारण वनमाली बाबू के घर की छत से दिखाई नहीं देता था। शरद ऋतु

बीतने के साथ-साथ छोटी-सी सरस्वती का वर्षा में बढ़ा हुआ पानी भी समाप्त होता जा रहा था। तट के ऊपर किसानों के आने-जाने की पगडंडी भी पैरों से सूखकर बड़ी होती जा रही थी। इस पगडंडी से शाम को विजया बूढ़े दरबान कन्हैया सिंह को साथ लेकर घूमने निकली थी। उस पार के बबूल, बांस और खजूर आदि के वृक्षों के पत्तों की फांकों से अस्ताचल में डूबते सूर्य की रक्तिम आभा बीच-बीच में उसके चेहरे पर पड़ रही थी। अनमनी नजर उसके दोनों किनारे के इधर-उधर के दृश्य देखते-देखते निरन्तर उत्तर की ओर बढ़ते हुए अचानक उसकी आँखें वहाँ जा टिकीं जहाँ नदी पार करने के लिए बांस इकट्ठे करके पुल बना दिया गया था। उसे अच्छी तरह देखने के लिए नदी के किनारे पर आते ही विजया ने देखा कि थोड़ी सी दूर पर एक आदमी बड़ी तल्लीनता से मछली पकड़ रहा है। आहट पाते ही उस आदमी ने मुँह उठाकर नमस्कार किया। ठीक उसी समय सूर्य की किरणें विजया के मुँह पर आकर पड़ी या नहीं लेकिन आँखें चार होते ही उसका गोरा मुँह एकदम रंगीन हो उठा। जो व्यक्ति मछली पकड़ रहा था वह पूर्ण गांगुली का वही भानजा था जो उस दिन मामा की ओर से उसके पास शिकायत करने गया था। उत्तर में विजया के नमस्कार करते ही उसके पास आकर बड़ी प्रसन्नता से कहा, "शाम को थोड़ा घूम लेने के लिए नदी का किनारा जरूर बुरी जगह नहीं है लेकिन मलेरिया का भय भी कम नहीं है। इस संबंध में शायद आपको किसी ने सावधान नहीं किया।"

विजया ने सिर हिलाकर कहा, "नहीं।" फिर दूसरे ही पल स्वयं को संभालकर मुस्कराते हुए बोली, "लेकिन मलेरिया आदमी को पहचानकर नहीं पकड़ता। मैं तो बिना जाने आई हूँ लेकिन आप तो जानते हुए पानी के किनारे बैठे हैं। देखूँ तो कौन-सी मछली पकड़ी है?"

उस आदमी ने हँसकर कहा, "कोतरी मछली लेकिन दो घंटे में केवल दो मिली हैं। मजदूरी का परता नहीं बैठा लेकिन क्या करता बताइए। आपकी तरह मुझे भी परदेसी ही कहना चाहिए। बाहर-बाहर

दिन कटे हैं। किसी से इतनी जान-पहचान भी नहीं है लेकिन शाम तः जैसे भी काटनी ही पड़ती है।"

विजया ने गर्दन हिलाकर हँसते हुए कहा, "मेरी भी लगभग यही दशा है, आपका मकान शायद पूर्ण बाबू के घर के पास ही है?"

"नहीं, उस आदमी ने हाथ उठाकर नदी के पार इशारा करके कहा, "मेरा मकान दिघड़ा में है। बांस के इसी पुल से जाते हैं।"

गांव का नाम सुनकर विजया ने पूछा, "तब तो शायद आप जगदीश बाबू के लड़के नरेन्द्र से परिचित होंगे?"

उस व्यक्ति के सिर हिलाते ही विजया ने अत्याधिक कौतूहल से पूछा, "किस तरह के आदमी हैं वह?"

लेकिन दूसरे पल ही इस अभद्र प्रश्न के कारण अत्यन्त लज्जित हो उठी। विजया की लज्जा उस व्यक्ति की नजरों से छिपी नहीं रह सकी। उसने हँसकर कहा, "उसका मकान तो आपने कर्ज की अदायगी में ले लिया अब उसके संबंध में जानने से क्या लाभ होगा? लेकिन उसे जिस उद्देश्य से लिया है वह इस प्रान्त के सब लोगों ने सुन लिया है।"

विजया ने कहा, "एकदम लिया जा चुका है, शायद इस ओर यही बात फैल गई है?"

वह बोला, "फैलाने की बात ही है। जगदीश बाबू की सारी जायदाद आपके पास गिरवी पड़ी थी। उनके लड़के में सामर्थ्य नहीं कि उतने रुपए चुका सके। मियाद भी खत्म हो चुकी है, सभी जानते हैं।"

"मकान कैसा है?"

"बुरा नहीं है। अच्छा बड़ा मकान है। जिस उद्देश्य से ले रही हैं उसके लिए ठीक ही रहेगा। चलिए न, थोड़ा और बढ़ते ही दिखाई दे जाएगा?"

विजया ने चलते-चलते कहा, "आप गांव के आदमी हैं तब जरूर सब कुछ जानते हैं। अच्छा, सुना है नरेन्द्र बाबू विलायत से ख्याति के साथ डॉक्टरी पास करके आए हैं। किसी अच्छी जगह प्रेक्टिस आरंभ करके और भी कुछ मियाद लेकर क्या पिता का कर्ज चुका नहीं सकेंगे?"

व्यक्ति ने गर्दन हिलाकर कहा, "संभव नहीं है। सुना है शायद उसका प्रेक्टिस करने का इरादा नहीं है।"

विजया ने चकित होकर कहा, "तब उनका संकल्प क्या है? इतना रुपया खर्च करके विलायत जाने, कष्ट उठाकर डॉक्टरी सीखने का फल क्या होगा? जान पड़ता है किसी काम के आदमी नहीं हैं।"

उस भद्र व्यक्ति ने थोड़ा हँसकर कहा, "असंभव नहीं है। सुना है नरेन्द्र बाबू प्रेक्टिस करने के बजाय कोई नया आविष्कार करना पसन्द करते हैं जिससे बहुत अधिक लोगों का उपकार हो। मैंने सुना है तरह-तरह के यन्त्र लेकर रात-दिन खूब मेहनत करते हैं।"

विजया ने चकित होकर कहा, "यह तो बहुत अच्छी बात है। लेकिन घर-द्वार चले जाने पर कैसे करेंगे? ऐसी दशा में तो उन्हें रोजगार करना चाहिए। अच्छा, आप इतना तो जरूर ही बता सकेंगे कि विलायत जाने के कारण यहाँ लोगों ने उन्हें समाज से बाहर कर दिया है?"

भद्र पुरुष ने कहा, "सो तो कर दिया है। मेरे मामा पूर्ण बाबू भी एक प्रकार से आत्मीय ही हैं लेकिन उन्होंने भी पूजा के दिनों में उन्हें मकान पर बुलाने का साहस नहीं किया लेकिन इससे उनका कुछ बनता-बिगड़ता नहीं। अपने काम में लगे रहते हैं। समय मिलता है तो चित्र बनाते हैं। मकान से बाहर निकलते नहीं। देखिए, वह है उनका मकान, उसने उंगली से वृक्ष तथा लताओं से घिरी एक विशाल कोठी दिखा दी।"

उसी समय बूढ़े दरबान ने पीछे से टूटी-फूटी बंगला में बताया, हम बहुत दूर निकल आए हैं मकान तक पहुँचते-पहुँचते शाम हो जायेगी।

व्यक्ति ने खड़े होकर कहा, "हाँ, बातें करते-करते बहुत दूर आ गए हैं।"

उसे उसी बांस के पुल पर से गांव जाना था। वह भी साथ-साथ चल पड़ा। विजया ने मन ही मन न जाने क्या सोचकर कहा, "क्या उन्हें किसी आत्मीय कुटुम्बी के घर में भी आसरा पाने का भरोसा नहीं है?"

"बिल्कुल नहीं।"

थोड़ी दूर चुपचाप चलकर विजया ने कहा, "वह किसी के भी पास जाना नहीं चाहते यह बात ठीक है। नहीं तो इस महीने के अन्त में ही तो उसे मकान छोड़ देने का नोटिस दिया गया है और कोई होता तो हम लोगों से एक बार मिलने का प्रयत्न अवश्य करता।"

"शायद उन्हें आवश्यकता नहीं है या फिर सोचते होंगे कि लाभ ही क्या है? आप तो सचमुच ही उन्हें मकान में रहने नहीं देंगी।"

विजया ने कहा, "ना दे सकने पर भी कुछ दिन तो ठहरने दिया जा सकता है। भले ही कर्ज चुकाना हो लेकिन आदमी को घर-द्वार से वंचित करने का सभी को कष्ट होता है लेकिन आपकी बातचीत के अंदाज से लगता है आपका उनसे परिचय है। कहिए सच है न?"

वह हँस पड़ा, बोला, "नहीं।" जब वे लोग पुल के पास पहुँचे तो अपनी छोटी बंसी उठाकर बोला, "यही हमारे गांव को जाने का रास्ता है।" और फिर हाथ उठाकर नमस्कार करके बांस से बने पुल पर से हिलते-डुलते किसी तरह पार होकर संकरे जंगली रास्ते पर ओझल हो गया।

बूढ़े नौकर कन्हैया सिंह ने विजया को बचपन से गोद में खिलाकर बड़ा किया था और उसी के साथ दरबानी के न्यायोचित अधिकार को बहुत दूर पार कर चुका था। उसने पास आकर पूछा, "यह बाबू कौन थे बिटिया?"

लेकिन विजया इतनी अनमनी हो गई थी कि बूढ़े दरबान का प्रश्न उसके कानों तक नहीं पहुँचा। उस अंधेरे नदी तट की समस्त शब्दहीन मधुरता की पूर्ण उपेक्षा करके सपने में विभोर सी केवल यही बात सोचते-सोचते चलती रही, "कौन है यह? और अब इससे भेंट कब होगी।"

7

रासबिहारी बोले, "हमने ही नोटिस दिया है और हम ही इसे रद्द करने जायें तो इसका प्रजा पर क्या प्रभाव पड़ेगा। एक बार सोचो तो बेटी।"

विजया ने कहा, "इसी आशय की एक चिट्ठी लिखकर उनके पास भेज क्यों नहीं देते, मुझे लगता है कि वह केवल अपमान के भय से यहाँ आने का साहस नहीं करते।"

रासबिहारी ने पूछा, "अपमान काहे का?"

विजया बोली, "उन्होंने जरूर सोचा है कि हम उनकी प्रार्थना स्वीकार नहीं करेंगे।"

रासबिहारी मजाक के अन्दाज में बोले, "बहुत ही मानी व्यक्ति जान पड़ता है। क्या इसीलिए उसे हम लोगों को सिर पर लादकर स्वयं प्रार्थना करके उसे रहने देना होगा?"

विजया ने कातर होकर कहा, "इसमें भी दोष नहीं है काका जी। बिना मांगे दया करने में कोई लज्जा नहीं है।"

"अच्छा लज्जा न सही, लेकिन हम लोगों ने समाज स्थापना का जो संकल्प किया है, उसका क्या होगा?"

"उसका हम लोग कोई दूसरा प्रबन्ध कर सकते हैं।"

रासबिहारी मन ही मन बहुत बिगड़े लेकिन बाहर से हँसते हुए बोले, "तुम्हारे पिता काफी धन छोड़ गए हैं। तुम दूसरा प्रबन्ध भी कर सकती हो लेकिन यह बात समझा दो कि जिसे तुमने आज तक आँखों से नहीं देखा, उसके लिए हम सबका अनुरोध टालकर तुम्हें इतना दर्द क्यों है? भगवान की कृपा से तुम्हारी और भी प्रजा है, और भी दस कर्जदार हैं। उन सबके लिए भी क्या तुम यह प्रबन्ध कर सकोगी? और यह करने में ही मंगल होगा? पहले इसका उत्तर दे दो विजया।"

विजया ने कहा, "आपको बता तो दिया है कि बापू का अन्तिम अनुरोध है। इसके अतिरिक्त मैंने सुना है..."

"क्या सुना है?"

उपहास के डर से चिकित्सा के संबंध में उसके अनुसंधान या आविष्कार की बात विजया ने नहीं कही। इतना ही कहा, "मैंने सुना है कि वह बहिष्कृत है। गृहहीन कर देने पर उनके लिए किसी आत्मीय

कुटुम्बी के घर में भी आश्रय नहीं मिलेगा। इसके अतिरिक्त 'गृहहीन' शब्द का भाव मन में लाते ही मुझे कष्ट होता है काका जी।"

रासबिहारी ने गद्‌गद होकर कहा, "तुम्हें इतनी से उम्र में अगर इतना कष्ट होता है तो मेरी इस उम्र में कितना अधिक हो सकता है, सोचो तो अपने लम्बे जीवन में क्या मुझे पहली बार ऐसे अप्रिय कर्तव्य का सामना करना पड़ रहा है? नहीं विजया, ऐसा नहीं है। कर्तव्य हमारे सामने सदैव कर्तव्य ही हैं। उसके सामने मन की इच्छा का कोई महत्त्व नहीं होता। वनमाली जिस कठोर जिम्मेदारी का भार मुझे सौंप गए हैं वह मुझे जीवन के अंतिम पल तक उठानी ही होगी। उसमें चाहे कितना कष्ट क्यों न भोगना पड़े। या तो तुम मुझे सारी जिम्मेदारियों से मुक्ति दे दो वरना मैं किसी भी प्रकार तुम्हारा यह अनुचित अनुरोध न मान सकूंगा।"

विजया सिर झुकाए बैठी रही। पिता के अपराध पर निरपराध पुत्र को गृहहीन करने का संकल्प उसके मन में व्यथा पहुँचाने लगा है। इसे भांपकर यह बूढ़ा उससे आठ गुनी पीड़ा सहकर भी कर्तव्य पालन पर कमर कसे हुए हैं। वह इसे ठीक ढंग से समझ नहीं सकी। बल्कि उसे यह केवल एक बेसहारा अभागे पर हृदयहीन निष्ठुरता के समान ही महसूस हुआ लेकिन जोर देकर अपनी इच्छा को चलाने का उसमें साहस भी नहीं था। साथ ही यह भी उससे छुपा नहीं रहा कि गंवई-गांव में समारोह के साथ ब्रह्म मन्दिर की स्थापना की ख्याति पाने की ऊँची आकांक्षा से ही बूढ़े बाप के पीछे खड़ा होकर विलास बिहारी यह जिद और जबरदस्ती कर रहा है।

रासबिहारी और कुछ नहीं बोले। विजया ने चुप रहकर मौन सहमति दे दी लेकिन उसका दूसरे दुःख से दुःखी हो उठने वाला स्नेह से भरा कोमल नारी मन इस बूढ़े के प्रति अश्रद्धा और उसके बेटे के प्रति घृणा से भर उठा।

रासबिहारी कारोबारी आदमी ठहरे। वह अच्छी तरह जानते थे कि जो मालिक है उसे तर्क करके सोलह आने हराकर भी अदायगी के

समय उससे आठ आने से अधिक वसूल नहीं करना चाहिए क्योंकि वह आठ आने का पावना भी अन्त तक निश्चत नहीं होता इसलिए उदारता दिखाकर कुछ लाभ उठाने का अगर समय है तो यही है। विजया की ओर देखकर थोड़ा सा हँसकर उन्होंने कहा, "बेटी, तुम्हारी चीज है। तुम दान करोगी तो मैं विरोध क्यों करूंगा? मैं तो बस यह कहना चाहता था कि विलास ने जो करना चाहा था वह न स्वार्थ के कारण था न अप्रसन्नता के कारण। केवल कर्तव्य मानकर ही उसने यह करना चाहा था। एक दिन मेरी ओर तुम्हारे पिता की जायदाद एक होकर तुम दोनों के हाथ में जाएगी। उस दिन सलाह देने के लिए इस बूढ़े को तुम खोज नहीं पाओगी। उस दिन तुम दोनों के विचारों में कोई भेद न हो। अपने स्वामी के हर काम को सही जानकर श्रद्धा से कर सको, बस मैंने यही चाहा है। नहीं तो दान करना, दया करना वह भी जानता है, मैं भी जानता हूँ। लेकिन तुम्हारे सामने मुझे केवल यही सिद्ध करना था कि अपात्र को दान देना उचित नहीं है। अब समझीं बेटी, हम लोग जगदीश के लड़के पर रत्ती भर भी दया क्यों नहीं करना चाहते और यह दया एकदम असंभव क्यों है?"

यह कहकर वृद्ध स्नेह के साथ हँसते हुए विजया ने चेहरे की ओर देखते रहे। इस अत्यन्त सारगर्भित और तर्क युक्त उपदेशों के विरुद्ध कोई तर्क नहीं चल सकता था इसलिए विजया चुपचाप बैठी रही। रास बिहारी ने फिर कहा, "अब समझी बेटी विजया, लड़का होने पर भी विलास कितनी दूर के भविष्य को सोचकर काम करता है? अभी मैंने कहा था कि इस जमींदारी में ही मैंने बाल सफेद किए हैं लेकिन इस काम में उसकी चाल समझने के लिए मुझे भी बीच-बीच में चकित होकर रह जाना पड़ता है।"

विजया ने केवल गर्दन हिलाकर अनुमोदन किया। बोली नहीं।

"साढ़े चार बज गए।" कहकर रासबिहारी लाठी थामकर उठ खड़े हुए और बोले, "इस समाज प्रतिष्ठा की चिन्ता से विलास कितना बेचैन हो रहा है कहा नहीं जा सकता। उसका ध्यान-ज्ञान इस समय

वही हो गया है। ईश्वर के चरणों में मेरी यही प्रार्थना है कि वह शुभ दिन मैं अपनी आँखों से देखकर मर सकूँ।" कहकर उन्होंने दोनों हाथ जोड़कर ब्रह्म को बार-बार नमस्कार किया। दरवाजे पर आकर वह सहसा रुककर बोले, "नरेन्द्र एक बार मेरे पास आता तो जैसे भी होता कुछ सोचता। लेकिन वह भी तो अभागा है। बाप का सम्पूर्ण स्वभाव उसमें उतर आया है।"– कहते कहते वह बाहर निकल गए।

विजया बैठी-बैठी न जाने क्या सोचने लगीं अचानक बाहर की ओर नजर पड़ते ही उसने देखा, दिन ढलता जा रहा है। तब नदी के किनारे की अस्वाथ्यकर हवा ने उसे जोर से खींचकर जैसे खड़ा कर दिया। और बूढ़े दरबान को साथ लेकर हवाखोरी के बहाने बाहर निकल गई।

ठीक उसी स्थान पर बैठा वह आदमी आज भी मछली पकड़ रहा था। बहुत दूर से यह देख लेने पर भी निकट जाकर जैसे देख ही न सकी हो, इस तरह वह चली जा रही थी। सहसा कन्हैया सिंह पीछे से पुकार उठा, "सलाम बाबू जी, शिकार मिला।"

विजया के कानों में बात आते ही उनकी जड़ें तक लाल हो उठीं। जो लोग समझते हैं कि वास्तविक अपनत्व होने के लिए अनेक दिन चाहिए और बहुत सी बातचीत होनी चाहिए यह आवश्यक नहीं है। विजया के घूमकर खड़े होते ही वह व्यक्ति बंसी रखकर पास आकर नमस्कार करके खड़ा हो गया और हँसते हुए बोला, "देश के प्रति आप में सच्चा आकर्षण है। यहाँ तक कि यहाँ के मलेरिया तक को अपनाए बिना आपका काम नहीं चलेगा।"

विजया ने मुस्कराते हुए पूछा, "लगता है आप अपना चुके हैं लेकिन देखने पर तो ऐसा दिखाई नहीं दे रहा।"

व्यक्ति ने कहा, "डॉक्टर को थोड़ा धीरज रखकर अपनाना होता है। ऐसी जल्दबाजी।"

बात समाप्त होने से पहले ही विजया पूछ बैठी, "आप डॉक्टर हैं शायद?"

व्यक्ति हड़बड़ा उठा लेकिन दूसरे ही पल स्वयं को संभालकर हँसते हुए बोला, "यही समझना चाहिए। एक बहुत बड़े डॉक्टर का पड़ोसी हूँ न। हमारी बारी सबके बाद ही तो आयेगी।"

"मेरा खयाल है कि केवल पड़ोसी ही नहीं आपके मित्र भी हैं। मेरी बातें उनसे कह दी हैं क्या?"

"यही न कि आप उन्हें एक अर्थहीन अभागा समझती हैं लेकिन यह तो पुरानी बात है। सभी समझते हैं। इन बातों को फिर नए रूप से कहने की क्या जरूरत है? फिर भी वह आपसे एक दिन मिलने आयेगा।"

विजया ने मन ही मन लज्जित होकर कहा, "मुझ से मिलने से उन्हें क्या लाभ होगा? लेकिन उनके संबंध में मैंने ऐसा तो नहीं कहा?"

"नहीं कहा, लेकिन कहना उचित था।"

"उचित क्यों था?"

"जिसका घर द्वार बिक जाता है उसे सभी अभागा कहते हैं। हम भी कहते हैं। भले ही मुँह पर न कह सकें, पीछे तो कहते ही हैं।"

विजया हँस पड़ी, "तब तो आप उनके अच्छे मित्र हैं।"

व्यक्ति ने गर्दन हिलाकर कहा, "यह ठीक है। अगर मैं यह न जानता कि आप एक अच्छे उद्देश्य से उसका मकान ले रही हैं तो उसकी ओर से मैं स्वयं ही आपको जा पकड़ता।"

विजया ने कोई उत्तर नहीं दिया बातें करते-करते आज वे लोग कुछ और दूर तक बढ़ गए थे। देखा उस पार लोगों का एक दल कतार बांधे नरेन्द्र बाबू के मकान की ओर चला जा रहा है। उसमें पचास से लेकर पन्द्रह तक की उम्र के लोग थे।

"जानती हैं ये लोग कहाँ जा रहे हैं? नरेन्द्र बाबू के स्कूल में पढ़ने", उसने दिखाकर कहा।

विजया ने आश्चर्य में पड़कर पूछा, "वह यह रोजगार भी करते हैं क्या? लेकिन मेरा ख्याल है, बिना पैसे के- क्यों ठीक है न।"

व्यक्ति ने मुस्कराकर कहा, "उसे आपने ठीक पहचाना है। अर्थहीन व्यक्ति के मन की बात कहीं नहीं छिपती।" फिर कुछ गंभीर होकर

बोला, "नरेन्द्र कहता है कि हमारे देश में सच्चे किसान नहीं हैं। किसानी करना पेशा है, इसलिए लोग समय-असमय दो बार हल चलाकर बीज छिटक देते हैं और मुँह बाए आकाश की ओर ताकते बैठे रहते हैं इसे खेती करना नहीं कहते, लॉटरी डालना कहते हैं। किस जमीन में कब खाद दी जाती है, खाद कैसे बनती है, किसे सच्ची खेती कहते हैं– यह सब वे नहीं जानते। विलायत में रहकर डॉक्टरी के साथ यह विद्या भी सीख आया है। क्या एक दिन उसका स्कूल देखने जाइएगा? जहाँ मैदान में पेड़ों के बीच बाप, बेटा, बाबा सब मिलकर एक साथ बैठते हैं।"

विजया तत्काल जाने के लिए तैयार हो गई लेकिन फिर कौतूहल दबाकर बोली, "नहीं, अभी रहने दीजिए- इतने बड़े मकान के होते हुए वह पेड़ों के नीचे पाठशाला क्यों लगाते हैं?"

"यह शिक्षा तो मुँह से बताकर, पुस्तक रखकर दी नहीं जा सकती। स्वयं उनके हाथ से खेती कराकर दिखना पड़ता है कि किस तरह ठीक तरीके से यह काम करने पर दो गुनी- यहाँ तक कि पाँच-सात गुनी फसल भी पैदा की जा सकती है उसके लिए मैदान की आवश्यकता है, खेतों की है। सिर ठोककर आकाश की ओर ताकते हुए हाथ पर हाथ रखे बैठे रहने की आवश्यकता नहीं। अब समझीं कि उसकी पाठशाला पेड़ों के नीचे क्यों लगती है? अगर आप एक बार उसके स्कूल की खेती देखें तो आपकी आँखें ठंडी हो जाएँ। अभी तो समय है। आज ही चलिए ना। वह तो दिखाई दे रही है।"

विजया और भी गंभीर हो उठी, "आज रहने दीजिए।"

व्यक्ति ने सहज स्वर में कहा, "तो रहने दीजिए। चलिए आपको थोड़ा आगे तक पहुँचा दूँ।" यह कहकर वह साथ-साथ चलने लगा। पाँच-छः मिनट तक विजया खामोश रही। मन ही मन उसे न जाने कैसी लज्जा महसूस हो रही थी। वह इस लज्जा के कारण भी सोच नहीं पा रही थी। व्यक्ति ने कहा, "आप धर्म के लिये ही जब उसका मकान ले रही हैं तब यह कई बीघे जमीन जो अच्छे काम में भी लग रही है आप आसानी से छोड़ सकती हैं।"

"इस अनुरोध का क्या आपको उनकी ओर से अधिकार मिला है?" विजया ने गंभीर होकर कहा।

वह बोला, "यह अधिकार देने पर निर्भर नहीं करता, लेने पर निर्भर करता है। जो अच्छा काम है उसका अधिकार मनुष्य भगवान से ही पाता है। उसे किसी के सामने हाथ फैलाकर नहीं लेना होता। जिस कृपा की प्रार्थना करने के लिए आप मन ही मन विरक्त हो गई उसे पाने पर कौन पाता, जानती हैं? देश के अन्नहीन किसान। हमारे शास्त्रों में लिखा है कि दरिद्र भगवान की एक विशिष्ट मूर्ति है। उनकी सेवा का अधिकार हर एक को है। वह अधिकार क्या मैं नरेन्द्र से मांगने जाऊंगा। बताइए?" यह कहकर वह हँसने लगा।

"लेकिन इसीलिए तो वह यहाँ नहीं बैठे रह सकेंगे?" विजया चलते-चलते बोली।

"नहीं। लेकिन वह यह भार मुझे सौंप सकते हैं।"

विजया के होंठों में एक दबी हुई हँसी खेल गई। लेकिन गंभीर स्वर में बोली, "मेरा भी यही अनुमान था।"

"ये सारे काम पहले देश के जमींदारों के थे। उन्हें ब्रह्मोतर जमीन देनी पड़ती थी। अब यह जिम्मेदारी नहीं रही लेकिन उसका प्रभाव मिटा नहीं है इसलिए अगर कोई दो-चार बीघा ठगने का प्रयत्न करता है तो वे पुराने संस्कारों के कारण जान लेते हैं," कहकर वह फिर हँसने लगा। विजया ने हँसी में साथ देना चाहा लेकिन दे नहीं सकी। वह सरल हँसी उनके हृदय में जाकर जैसे बंधी रह गई। कुछ पल चुपचाप रहने के बाद उसने अचानक पूछा, "आप स्वयं भी तो अपने मित्र को आश्रय दे सकते हैं?"

"लेकिन मैं तो यहाँ रहता नहीं। लगता है हफ्ते भर बाद ही चला जाऊंगा।"

"विजया चौंक पड़ी, "लेकिन आपका मकान यहाँ है तो बराबर आना-जाना तो बना ही रहेगा।"

व्यक्ति ने सिर हिलाकर कहा, "नहीं। लगता है अब मुझे नहीं आना पड़ेगा।"

विजया के हृदय में उथल-पुथल होने लगी। अनुचित समझते हुए भी अपनी जिज्ञासा दबा नहीं सकी। धीरे से बोली, "यहाँ आपके घर के लोगों का भार संभालने वाला तो कोई जरूर होगा। लेकिन..."

"नहीं, इस तरह का कोई आदमी नहीं है," व्यक्ति ने हँसकर कहा।

"तो फिर आपके माता-पिता?"

"मेरे माता-पिता, भाई-बहन कोई भी नहीं है? यह लीजिए। बातें करते-करते हम लोग आपके मकान के सामने पहुँच गए। नमस्कार, मैं चला," यह कहकर वह चलते-चलते रुक गया।

विजया उसकी ओर नहीं देख पाई लेकिन कोमल स्वर में बोली, "अंदर नहीं आइएगा।"

"नहीं लौटकर जाने में अंधेरा हो जाएगा।"

विजया ने हाथ उठाकर नमस्कार करते हुए अत्यन्त संकोच के साथ धीरे से कहा, "आप अपने मित्र से एक बार रासबिहारी बाबू के पास जाने को नहीं कह सकेंगे?"

"उनके पास क्यों!" उसने विस्मित होकर कहा।

"वे ही पिताजी की सारी जमीन-जायदाद देखते हैं न।"

"यह मैं जानता हूँ लेकिन उनके पास जाने के लिए क्यों कह रही हैं?"

विजया इस प्रश्न का उत्तर न दे सकी। व्यक्ति पलभर खड़ा उत्तर की प्रतीक्षा करता रहा। फिर बोला, "मुझे लौटने में रात हो जायेगी- मैं जाऊँ?" और तेजी से पैर बढ़ाता हुआ चला गया।

8

विजया के मकान से लगे हुए बाग का इस ओर का हिस्सा बहुत बड़ा है। बड़े-बड़े आम, कटहल आदि के पेड़ों के नीचे उस समय अंधेरा घना होता जा रहा था। बूढ़े दरबान ने कहा, "बिटिया, कुछ घूमकर सदर रास्ते से जाना ठीक होगा।"

विजया की मन:स्थिति इन सब बातों की ओर ध्यान देने की स्थिति में नहीं थी। केवन 'न' कहकर अंधेरे बाग के अंदर से ही मकान की ओर बढ़ने लगी। जिन दो बातों ने उसके मन को सबसे अधिक घेर

रखा था उनमें से एक बात यह थी कि इतनी बातचीत होने पर भी उस व्यक्ति का नाम नहीं जाना जा सका क्योंकि स्त्रियों के लिए किसी का नाम पूछना भद्रता या शिष्टता के विरुद्ध है। दूसरी यह कि दो दिन के बाद वह कहाँ चले जायेंगे? यह प्रश्न सौ बार मुँह पर आ जाने पर भी हर बार केवल शर्म के कारण बाहर न निकल सका। उस व्यक्ति के संबंध में आरम्भ से ही विजया को आकर्षित किया था कि वह जो भी हों खूब पढ़े लिखे हैं। गंवई गांव में जन्म लेने पर भी एक अपरिचित भद्र महिला से निःसंकोच बात करने की शिक्षा और अभ्यास है। ब्रह्म समाज के अनुयायी न होने पर भी यह शिक्षा उन्होंने किस तरह कहाँ पाई यह सोचते हुए मकान में पैर रखा ही था कि परेश की माँ ने आकर बताया। विलास बाबू बहुत देर से बाहरी बैठक में बैठे प्रतीक्षा कर रहे हैं। सुनते ही उसका मन थकान और उदासी से भर उठा। यह वही व्यक्ति है जो उस दिन नाराज होकर चला गया था और कई दिन बाद आया है। वह इस समय जिस व्यक्ति के संबंध में सोच रही थी उसके विषय में अधिक कुछ न जानते हुए भी वह दोनों के बीच आकाश-पाताल का भेद किए बिना न रह सकी। उसने थके गले से पूछा, "क्या उन्हें बता दिया कि मैं घर आ गई हूँ?"

परेश की माँ ने कहा, "नहीं दीदी, मैं परेश को खबर देने के लिए भेज देती हूँ।"

"वह चाय पियेंगे कि नहीं, पूछा था?"

"अरे! पूछा क्यों नहीं। उन्होंने कहा कि तुम्हारे लौट आने पर साथ-साथ पियेंगे।"

विलास बाबू ही इस घर के होने वाले मालिक हैं- यह बात नाते-रिश्तेदारों तक में किसी से छिपी न थी और उसी स्तर से उनके आदर-सत्कार में कमी नहीं होती थी। विजया और कुछ कहे बिना ही ऊपर अपने कमरे में चली गई। लगभग बीस मिनट के बाद उसने नीचे आकर खुले दरवाजे के बाहर से देखा। विलास मेज पर झुका कुछ कागज-पत्तर देख रहा था। विजया के पैरों की आहट सुनते ही

मुँह उठाकर साधारण-सा नमस्कार करके एकदम गंभीर होकर बोला, "तुमने सोचा होगा कि मैं नाराज हूँ, जो इतने दिन नहीं आया। मैं नाराज नहीं हुआ, लेकिन अगर होता भी तो आज तुम्हारे सामने प्रमाणित कर दूंगा कि वह जरा भी अनुचित नहीं।"

विलास अब तक विजया को 'आप' कहकर पुकारता था। आज अचानक तुम संबोधन का कोई कारण समझ न पाने पर भी विजया का चेहरा देखकर यह अनुमान लगाना कठिन नहीं था कि उसे इस संबोधन से प्रसन्नता नहीं हुई कुछ कहे बिना धीरे-धीरे कमरे में आकर एक कुर्सी खींचकर बैठ गई। विलास ने उस ओर देखे बिना कहा, "मैं सब कुछ ठीक-ठाक करके अभी-अभी कलकत्ता से आ रहा हूँ। अभी पिताजी से भी भेंट नहीं कर पाया हूँ। तुम तो मजे से चुप बैठी रह सकती हो लेकिन मैं तो नहीं रह सकता। मुझे अपनी जिम्मेदारी का ज्ञान है। इतना भारी काम सिर लेकर चुप नहीं बैठ सकता। अपने ब्रह्म मन्दिर की प्रतिष्ठा इन बड़े दिनों की छुट्टियों में ही होगी। सब तय कर आया। यहाँ तक कि निमंत्रण देना तक बाकी नहीं छोड़ा। ऊः- कल सुबह से अब तक मुझे कितने चक्कर काटने पड़े हैं। खैर उस ओर से तो एक तरह से निश्चिन्त हो गया। कौन-कौन आएंगे वह भी एक कागज पर लिख लाया हूँ। एक बार पढ़कर देखो।" यह कहकर विलास ने आत्मसंतोष की भारी सांस छोड़ते हुए हुए कागज विजया की ओर बढ़ाया और कुर्सी पर बैठ गया।

विजया ने आमंत्रितों के संबंध में न तो कौतूहल व्यक्त किया, न बोली। चुपचाप बैठी रही। विलास ने इतनी देर से उसे चुप देखकर पूछा, "बात क्या है? चुप क्यों हो?"

विजया ने धीरे से कहा, "मैं सोच रही हूँ कि आप जिन लोगों को निमंत्रण दे आए हैं अब उनसे क्या कहा जायेगा?"

"क्या मतलब?"

"मन्दिर प्रतिष्ठा के संबंध में अभी तक मैं कुछ निश्चय नहीं कर पाई हूँ।"

विलास तनकर सीधा बैठ गया और कुछ पल पैनी नजरों से देखने के बाद बोला, "इसका मतलब क्या है? क्या तुमने सोचा है कि इन छुट्टियों में न कर सकने पर प्रतिष्ठा फिर जल्दी हो सकेगी? वे लोग तुम्हारी रैयत नहीं कि जब तुम्हें सुभीता होगा आकर हाजिर हो जायेंगे। अब तक कुछ निश्चय न कर पाने का आखिर अर्थ क्या है?"

क्रोध से विलास की आँखें जल उठीं। विजया नीचा मुँह किए बहुत देर चुप बैठी रही, फिर धीरे से बोली, "मैंने विचार कर लिया है। यहाँ यह सब धूमधाम करने की जरूरत नहीं है।"

विलास दोनों आँखें फाड़कर बोला, "धूमधाम करनी होगी। जो स्वभाव से ही शांत-भयभीत है उसका काम शान्तिपूर्वक ही पूरा किया जायेगा। इतना ज्ञान मुझे है। तुम्हें उसकी चिन्ता नहीं करनी होगी।"

विजया ने उसी तरह नर्मी से कहा, "यहाँ ब्रह्म मन्दिर स्थापित करने से कोई लाभ नहीं है। यह काम नहीं होगा।"

पहले तो आश्चर्य के मारे विलास के मुँह से आवाज ही नहीं निकली। फिर बोला, "मैं पूछता हूँ कि तुम सच्ची ब्रह्म महिला हो या नहीं?"

इस गहरी चोट से चौंककर विजया ने मुँह उठाकर देखा लेकिन तत्काल स्वयं को संयत करके कहा, "घर से शांत होकर आइए फिर बातें होंगी। इस समय रहने दीजिए।" वह यह कहकर उठना ही चाहती थी कि देखा नौकर चाय ट्रे लिए कमरे में आ रहा है। वह फिर बैठ गई। विलास ने उस ओर आँख उठाकर भी नहीं देखा। ब्रह्म समाजी होकर भी उसने अपने व्यवहार को संयत और शिष्ट बनाना नहीं सीखा था। नौकर के सामने ही कड़ककर बोला, "हम लोग तुम्हारे साथ संबंध तोड़ सकते हैं, जानती हो?"

विजया चुपचाप चाय बनाती रही। फिर नौकर के जाने के बाद धीरे से बोली, "इसकी चर्चा मैं काका जी के साथ करूंगी, आपके साथ नहीं।" कहकर उसने चाय का प्याला उसकी ओर बढ़ा दिया।

विलास ने उसे छुए बिना अपनी बात दोहराई, "संबंध त्यागने से जानती हो क्या होगा?"

"नहीं, लेकिन चाहे जो भी हो जब आपको अपनी जिम्मेदारी का ज्ञान इतना अधिक है तब मेरी इच्छा के बिना जिन लोगों को निमंत्रित करके अपमानित करने की जिम्मेदारी ली है उसका भार भी स्वयं संभालिए। मुझसे हिस्सा बांटने का अनुरोध मत कीजिए।"

विलास ने दोनों आँखें चमकाकर जोर से कहा, "मैं काम-काजी आदमी हूँ। काम से ही प्रेम करता हूँ। खेल से नहीं। यह याद रखो विजया।"

विजया ने स्वाभाविक शांत स्वर में कहा, "अच्छा, मैं यह नहीं भूलूंगी।"

इस बात में छिपे व्यंग्य ने विलास को एकदम पागल कर दिया। लगभग चीखकर बोला, "अच्छा, जिससे न भूल सको मैं वही करूंगा।"

उत्तर न देकर विजया चाय के बर्तन में चम्मच डुबाकर हिलाने लगी। उसे चुप देखकर विलास ने अपने को कुछ संयत करके पूछा, "इतना बड़ा मकान किस काम आयेगा? यह बताओ? क्या उसे यों ही डाला रखा जायेगा?"

विजया ने मुँह उठाकर दृढ़ता से कहा, "नहीं लेकिन यह मकान लेना है यह अभी तक निश्चित नहीं हुआ है।"

उत्तर सुनकर विलास क्रोध से अपने आपको भूल गया। जमीन पर जोर से पांव पटककर उसने दोबारा चिल्लाकर कहा, "तय तो हो चुका है। सौ बार तय हो चुका है। मैं समाज के प्रतिष्ठित व्यक्तियों को बुलाकर उनका अपमान नहीं कर सकता। यह मकान हमें चाहिए ही। तुम्हें आज मैं बताए जा रहा हूँ कि यह मैं करके ही छोडूंगा," यह कहकर उत्तर की प्रतीक्षा किए बिना वह तेजी से कमरे से निकल गया।

9

उस दिन से विजया के मन में यह आशा हर समय तृष्णा की तरह जागती रही कि वह अपरिचित व्यक्ति अपने मित्र को लेकर अनुरोध करने अवश्य आयेंगे। उन दोनों में जो भी बातें हुई थीं, उसके हृदय पर अंकित हो गई थीं। उनका एक-एक शब्द तक वह नहीं भूली थी। उन सबको उसने मन-ही-मन मनन करके देखा था कि वास्तव में उसने ऐसा एक शब्द

भी नहीं कहा जिससे यह विश्वास हो सके कि मुझसे आशा करने को उनके लिए अब कोई गुंजाइश नहीं है, बल्कि उसे अपनी ओर से कहे गए ये शब्द अच्छी तरह याद आ रहे थे कि नरेन्द्र मेरे पिता के मित्र के लड़के हैं और यह भी पूछा था कि मियाद मिल जाने पर कर्ज चुकाने की सामर्थ्य उनमें है या नहीं। तब फिर जिसका सर्वस्व छीना जा रहा है, क्या उसे प्रयत्न नहीं करना चाहिए? जहाँ कोई भरोसा ही नहीं रहता वहाँ भी तो आत्मीय और मित्र एक बार प्रयत्न करके देखने को कहते हैं। तब क्या उनका यह मित्र एकदम जग से न्यारा है?"

नदी किनारे उससे फिर कभी भेंट नहीं हुई। वह सुबह से शाम तक रोजाना यही आशा करती कि एक बार वह जरूर आयेंगे लेकिन दिन बीत चले। न वह आए और न उनके अद्‌भुत डॉक्टर आए।

वृद्ध रासबिहारी ने भेंट होने पर इस बात का आभास तक नहीं होने दिया कि इस बीच बेटे से उनकी कोई बात नहीं हुई थी लेकिन इशारे से वह यही भाव प्रकट करने लगे कि संकल्प एक प्रकार से निश्चित हो गया इसलिए अब उसके संबंध में और कुछ सोचा नहीं जा सकता संकोच के कारण विजया भी कुछ न कह सकी। अगहन बीत गया। पूस के ठीक पहले दिन पिता-पुत्र ने एक साथ दर्शन दिए। रासबिहारी ने कहा, "बेटी, अब तो अधिक दिन नहीं हैं। इन थोड़े से दिनों में सारी तैयारियाँ करनी होंगी।"

विजया ने आश्चर्य से कहा, "उनके स्वयं अपनी इच्छा से चले गए बिना तो कुछ हो नहीं सकता।"

रासबिहारी मुँह बनाकर थोड़ा-सा हँसे। पिता ने कहा, "किसकी बात कहती हो बेटी? जगदीश के लड़के की?" उसने तो कल मकान छोड़ दिया है।"

इस समाचार से वास्तव में विजया के हृदय को गहरी चोट पहुँची। वह उसी पल विलास की ओर से मुड़कर इस तरह खड़ी हो गयी जिससे वह उसका मुँह न देख सके। किसी प्रकार उस चोट को संभालकर धीरे से रासबिहारी से पूछा, "उनके सामान का क्या हुआ? क्या अपने साथ ले गए।"

पीछे खड़े विलास ने व्यंग्य भरे स्वर में कहा, "सामान में तीन टांगों की बस एक खटिया थी। उसी पर शायद वह सोता था। मैंने उसे खींचकर बाहर पेड़ के नीचे डाल दिया। उसका मन हो तो ले जा सकता है। हमें कोई आपत्ति नहीं है।"

विजया चुप रही लेकिन उसके चेहरे पर मचलती पीड़ा देखकर रासबिहारी ने तिरस्कार भरे स्वर में कहा, "विलास, यह तुमने ठीक नहीं किया। मनुष्य कितना भी बड़ा अपराधी हो, भगवान उसे कितना भी दंड दें हमें उसके दुःख में दुःखी होना चाहिए। सहानुभूति प्रदर्शित करनी चाहिए। मैं यह नहीं कहता कि उसके लिए तुम्हें मन-ही-मन दुःख नहीं है, लेकिन उसे प्रकट करना भी तो तुम्हारा कर्तव्य है। जगदीश के लड़के से तुम्हारी भेंट हुई थी क्या? उससे एक बार मुझसे मिलने के लिए क्यों नहीं कहा? देखता अगर कुछ..."

पिता की बात पूरी न हो पाई थी कि पुत्र उनके संकेत की जरा-सी भी परवाह किए बिना घृणा भरे स्वर में बोल उठा, "जैसे उससे मिलकर निमंत्रण देने के अतिरिक्त मेरे पास और कोई काम नहीं था? बापू, तुम क्या कहते हो इसका कोई ठिकाना ही नहीं। फिर वह तो मेरे पहुँचने से पहले ही अपने ट्रंक, सन्दूक, यंत्र आदि लेकर जा चुका था। विलायत का डॉक्टर, निकम्मा लम्पट कहीं का..." कहकर वह और भी न जाने क्या-क्या कहने जा रहा था कि रासबिहारी ने विजया के मुँह की ओर आड़ से देखकर गुस्से में कहा, "नहीं विलास, तुम्हारी इस तरह की बातें मैं क्षमा नहीं कर सकता। अपने व्यवहार के लिए तुम्हें शर्मिन्दा होना चाहिए। पश्चाताप करना चाहिए।"

लेकिन विलास ने जरा-सा भी शर्मिन्दा हुए बिना उत्तर दिया, "किसलिए, बताइए? मुझे दूसरे के दुःख से दुःखी होने, दूसरे का कष्ट मिटाने की काफी शिक्षा मिली है। लेकिन जो दम्भी घर पर आकर अपमान कर जाए, उसे मैं क्षमा नहीं कर सकता। मैं पाखंडी नहीं हूँ।"

विलास की इस बात पर दोनों आश्चर्य में पड़ गए। रास बिहारी ने पूछा, "आखिर घर पर आकर तुम्हारा कौन अपमान कर गया? तुम किसकी बात कह रहे हो?"

विलास ने बनावटी गंभीरता से कहा, "जगदीश बाबू के सपूत नरेन्द्र की ही बात कह रहा हूँ बापू। वह एक दिन इसी कमरे में आकर मेरा अपमान कर गया है। उस समय मैं उसे पहचानता नहीं था। फिर विजया की ओर इशारा करके बोला, "उसने तो तुम्हारा भी अपमान करने में कसर नहीं छोड़ी थी। मालूम है?"

विजया ने चकित होकर मुँह फिराकर देखा। विलास बोला, "पूर्ण बाबू का भानजा बनकर जो तुम्हारा अपमान कर गया था, जानती हो वह कौन था? उस समय तो उसे बड़ा सहारा दिया था। वही नरेन्द्र है। अगर उस समय अपना असली परिचय देने का साहस करता तो मैं जानता कि यह मर्द है। बेशर्म, पाखंडी कहीं का।"

दोनों ने आश्यर्च से देखा, विजया का मुँह पलभर में दुःख से सूखकर मलिन हो गया है।

10

बड़े दिनों की छुट्टी में अब देर नहीं है। जगदीश के मकान का बड़ा हाल मन्दिर के लिए और दूसरे सारे कमरे कलकत्ता के मान्य मेहमानों के लिए सजाए जा रहे हैं। स्वयं विलास बिहारी उनकी देखभाला कर रहे हैं। साधारण मेहमानों की संख्या भी कम नहीं है। विलास के मित्रों की रासबिहारी और विजया के मकान में ठहरने की व्यवस्था की गई है। जो महिलाएं आयेंगी वे भी वहीं ठहरेंगी।

उस दिन सवेरे विजया ने नहाने के बाद नीचे की बैठक के कमरे में घुसते ही देखा परेश एक हाथ से ओली में से मुड़ि (मुरमुरा) निकाल-निकाल कर चबा रहा है और दूसरे हाथ में रस्सी से बंधी एक बछिया के गले को सहलाता हुआ अपूर्व आनंद का अनुभव कर रहा है। बछिया भी आराम से आँखें मूंदे गर्दन ऊँची किए सेवा ग्रहण कर रही है।

यह कहना कठिन है कि इन दो विजातीय जीवों की सहृदयता के साथ विजया के अंतर की सघन पीड़ा का क्या संबंध था। लेकिन देखते-देखते अनजाने ही उसकी आँखें आँसुओं से भीग गईं। इस मकान

में यही लड़का उसका सबसे अधिक आज्ञाकारी था। उसने आँखें पोंछकर उसे पास बुलाया और बड़े स्नेह से कहा, "हाँ रे परेश, तेरी माँ ने क्या तुझे यही धोती दी है? छिः यह भी कोई किनारी है रे।"

परेश ने गर्दन तिरछा करके कनखियों से अपनी धोती की किनारी के साथ विजया की साड़ी की बढ़िया चौड़ी किनारी का मन-ही-मन मिलान कर लिया और अत्यन्त क्षुब्ध हो उठा। उसका भाव समझकर विजया ने अपनी किनारी दिखाकर कहा, "ऐसी न हुई तो क्या तुझे अच्छी लगेगी? क्या कहता है रे?"

परेश ने हाँ में हाँ मिलाई, "अम्मा कुछ भी तो खरीदना नहीं जानती।"

विजया ने कहा, "लेकिन मैं तुम्हें ऐसी ही एक धोती खरीदकर दे सकती हूँ अगर तू..."

लेकिन 'अगर' से परेश का मतलब नहीं था। उसने लजीली हँसी से मुँह को कान तक फैलाकर पूछा, "कब ले दोगी?"

"ले दूंगी अगर तू मेरी एक बात सुने।"

"कौन सी बात?"

विजया ने कुछ सोचकर कहा, "लेकिन तेरी माँ या कोई और सुन लेगा तो तुझे पहनने नहीं देगा।"

इस संबंध में परेश किसी से भी बाधा को मानने के लिए तैयार नहीं था। उसने गर्दन हिलाकर कहा, "अम्मा जानेगी कैसे। तुम बोलो न, मैं अभी सुनूंगा।"

विजया ने पूछा, "दिघड़ा गांव जानता है?"

परेश हाथ उठाकर बोला, "दिघड़ा तो वह रहा। वहाँ तो मैं कोशे की तितलियाँ खोजने कई बार गया हूँ।"

"वहाँ सबसे बड़ा मकान किसका है, जानता है?"

"बामनों का ही तो है। अभी परसाल ही तो ताड़ी पीकर वह छत से कूद पड़े थे। वहीं तो गोविन्द की गुड़ बताशे की दुकान है। गोविन्द क्या कहता है जानती हो माँ जी? कहता है सब चीजें महंगी हो गई हैं।

एक धेले में अब ढाई गंडे बताशे नहीं मिलेंगे। बस दो गंडे मिलेंगे लेकिन अगर तुम एक साथ एक पैसे मंगाओ माँ जी तो मैं साढ़े पाँच गंडे ला सकता हूँ।"

विजया ने कहा, "तू दो पैसे के बताशे खरीदकर ला सकेगा?"

परेश बोला, "एक साथ मैं एक पैसे के साढ़े पाँच गंडे गिन लूंगा और बोलूंगा, दुकानदार इस हाथ में साढ़े पाँच गंडे और गिन दे। गिन देगा तब कहूंगा माँ जी ने कहा है दो रुकने में दे। तब दोनों पैसे उसके हाथ में दूंगा। ठीक है न?"

विजया ने कहा, "हाँ, तब पैसे देना। और साथ ही दुकानदार से पूछ लेना कि उस बड़े घर में जो नरेन्द्र बाबू रहते थे वह कहाँ गए? कहना भी वह जिस मकान में रहते हैं मुझे बता सकते हो? क्यों रे पूछ लेगा न?"

परेश ने सिर हिलाते-हिलाते कहा, "अच्छा पैसे दो, मैं दौड़कर अभी लिए आता हूँ।"

"और मैंने जो पूछने को कहा है?"

"सो भी पूछ लूंगा।"

"बताशे हाथ में लेते ही भूल तो नहीं जाएगा?"

परेश हाथ बढ़ाकर बोला, "तुम पैसे पहले दो न। मैं दौड़कर जाऊँ।"

"और तेरी माँ अगर पूछे कि परेश कहाँ गया था? तो क्या बतायेगा।"

परेश ने महाबुद्धिमान की तरह हँसकर कहा, "मैं बता दूंगा बताशे का दौना इस तरह झोली में छिपाकर कहूंगा, माँ जी ने भेजा था वहाँ बाहमनों के यहाँ नरेन्द्र बाबू का पता लगाने। तुम दो न पैसा।"

विजया हँस पड़ी, "तू कैसा पगला लड़का है रे परेश। माँ से कहीं झूठी बात कही जाती है? पूछने पर यही कह देना कि बताशे लेने गया था लेकिन देख, दुकानदार से यह बात पूछकर आने की बात न भूल जाना। नहीं तो धोती नहीं मिलेगी। बताए देती हूँ।"

"अच्छा," कहकर परेश के पैसे लेकर तेजी से चले जाने पर विजया उसी ओर सूनी नजरों से देखती हुई चुप खड़ी रही। जिस समाचार को जानने के कौतूहल में रत्ती भर भी अस्वाभाविकता नहीं है, जिसे वह किसी आदमी को भेजकर बहुत दिन पहले ही आसानी से जान सकती थी, वही क्यों आज उनके लिए इतने बड़े संकोच का कारण बन गया है। एक बार गहराई से सोचने पर इस लुकाचोरी की लज्जा से आज वह खुद ही मर जाती लेकिन लज्जा शायद उसकी चिन्ता धारा में अनजाने ही मिलकर एकाकार हो गई थी इसीलिए उसे अलग करके देखने की जो दृष्टि किसी भी समय उसकी आँखों में थी, वह आज उसे याद ही नहीं आया।

विजया को कई चिट्ठियां लिखनी थीं। समय बिताने के लिए वह मेज के पास कागज-कलम लेकर बैठ गई लेकिन बातें ऐसी अस्त-व्यस्त और असम्बद्ध होकर मन में आने लगीं कि ढेर सारे कागज फाड़-फाड़कर फेंक देने पड़े और अन्त में कलम रख देनी पड़ी। परेश भी दिखाई नहीं दिया मन की चंचलता को न दबा सकने के कारण विजया छत पर चढ़कर उसकी राह देखने लगी। बहुत देर बाद वह जल्दी-जल्दी नदी के रास्ते आता दिखाई दिया। विजया कांपते पैरों और शंका से भरा मन लिए नीचे उतर के ज्यों ही बाहर के कमरे में पहुँची त्यों ही लड़का बताशे का दौना झोली में छिपाए चोर की तरह दबे पांव आया और बोला, "दो पैसे के बारह गंडे लाया हूँ माँ जी।"

विजया ने डरे मन से पूछा– "और दुकानदार क्या बोला?"

परेश फुसफुसाकर बोला, "उसे पैसे में छै गंडे की बात किसी को बताने को मना कर दिया है। वह बोलता क्या था जानती हो माँ जी?"

विजया ने रोककर कहा, "और उन ब्राह्मणों के यहाँ के नरेन्द्र बाबू की बात!"

"वह वहाँ नहीं हैं। कहीं चले गए हैं। गोविन्द कहता क्या था, जानती हो माँ जी? बारह गंडे..."

विजया ने बिगड़कर रूखे स्वर में कहा, "ले जा अपने बारह गंडे बताशे मेरी आँखों के सामने से।" यह कहकर वहाँ से हट गई और खिड़की के सींखचे पकड़कर बाहर की ओर देखने लगी।

इस असम्भावित रूखेपन के कारण लड़के का मुँह निकल आया। सोचकर उसके पछतावे की सीमा नहीं रही कि वह इतनी जल्दी गया और आया, ग्यारह गंडे की जगह उसने कितनी चतुराई से बारह गंडे का सौदा किया तो भी माँ जी को प्रसन्न न कर सका। उसने दोनों हाथों में लिए उदास चेहरे से कहा, "इससे अधिक तो उसने दिए नहीं माँ जी।"

विजया ने उत्तर नहीं दिया। बिना देखे ही वह लड़के की हालत जान रही थी, इसलिए पलभर बाद बड़े प्यार से बोली, "जा परेश, ये सब तू खा ले।"

परेश ने डरते हुए पूछा, "सब?"

विजया ने मुँह फिराए बिना ही कहा, "हाँ सब, मुझे जरूरत नहीं है।"

परेश ने समझा माँ जी नाराज हैं। कुछ पल चुप रहते ही उसे धोती की बात याद आ गई। फिर एक और बात याद हो आई। धीरे से बोला, "भट्टाचार्य जी से पूछ आऊँ माँ जी!"

"कौन भट्टाचार्य जी? क्या पूछ आयेगा–" उत्सुकता से यह पूछते ही विजया मुँह फिराकर रुक गई। मुँह की बात मुँह में ही रह गई। क्योंकि बरामदे के ठीक समान ही नरेन्द्र दिखाई पड़ गया। दूसरे ही पल उसने कमरे में पैर रखकर हाथ उठाकर विजया को नमस्कार किया।

परेश बोला, "कि कहाँ गए हैं नरेन्द्र बाबू?"

विजया को नमस्कार का उत्तर देने का भी अवसर नहीं मिला। लज्जा से सारा चेहरा लाल करके अत्यन्त व्यग्र होकर बोल उठी, "अच्छा, जा, जा, अब और पूछने की जरूरत नहीं है।"

परेश ने समझा- यह भी क्रोध की बात है। दु:खी स्वर में बोला, "काने भट्टाचार्य जी तो उनके बगल के मकान में ही रहते हैं माँ जी। गोविन्द दुकानदार ने कहा।"

विजया ने रूखी हँसी हँसकर कहा, "आइए, बैठिए," फिर परेश की ओर देखकर कहा, "तू अब जा न परेश। जरा सी तो बात है। किसी और दिन पूछ आना। इस समय जा।"

परेश के चले जाने पर नरेन्द्र ने पूछा, "आप नरेन्द्र बाबू का समाचार जानना चाहती हैं? वह कहाँ हैं यही न?"

अगर स्वीकार न कर पाती तो विजया बच जाती लेकिन उसे झूठ बोलने की आदत नहीं थी। किसी प्रकार मन की लज्जा दबाकर बोली, "हाँ, सो किसी और दिन जानने से भी चल जाएगा।"

नरेन्द्र ने पूछा, "क्यों? कोई आवश्यकता है?"

उसने कानों में प्रश्न उपहास जैसा सुनाई पड़ा। बोली, "आवश्यकता के बिना क्या कोई किसी का समाचार जानना नहीं चाहता?"

"कोई क्या चाहता है क्या नहीं, उसे छोड़िए लेकिन उससे तो आपका सारा संबंध समाप्त हो गया। फिर क्यों उसका पता लगा रही हैं। क्या सारा कर्ज नहीं चुका?"

विजया दुःखी हो उठी। उसने कोई उत्तर नहीं दिया। नरेन्द्र भी आन्तरिक उद्देश्य को नहीं छिपा सका। दोबारा बोला, "अगर और भी कुछ कर्ज शेष हो तो जहाँ तक मैं जानता हूँ। उसके पास और कोई ऐसी चीज नहीं है जिससे वह उसे चुका सके इसलिए अब उसका पता लगाना!"

"आपसे किसने कहा कि मैं कर्ज के लिए ही उनका पता लगा रही हूँ?"

"इसके अतिरिक्त और क्या मतलब हो सकता है। जबकि न तो वह आपको पहचानता है और न आप उसे पहचानती हैं।"

"वह मुझे पहचानते हैं और मैं भी उनको पहचानती हूँ।"

नरेन्द्र हँसकर, "वह आपको पहचानता है, यह बात सच है, लेकिन आप उसे नहीं पहचानतीं। मान लीजिए, मैं अगर कहूँ कि मेरा नाम नरेन्द्र है तो?"

विजया ने गर्दन हिलाकर कहा, "तो मैं विश्वास करती हूँ और कहती हूँ कि यह बात बहुत दिन पहले ही आपको बता देनी चाहिए थी।"

फूँक मारकर रोशनी बुझा देने पर कमरे की दशा जिस प्रकार बदल जाती है विजया के प्रत्युत्तर से पलक झपकते ही नरेन्द्र का मुँह उसी प्रकार मलिन हो उठा। विजया ने कहा, "अपना गलत परिचय देकर अपनी आलोचना सुनना और लुक-छिपाकर आड़ से सुनना, दोनों ही काम क्या आपको एक जैसे नहीं लगते? मुझे तो लगते हैं। क्योंकि हम लोग ब्रह्म हैं।"

नरेन्द्र का मलिन चेहरा स्याह पड़ गया। थोड़ी देर मौन रहकर बोला, "आपके साथ अनेक प्रकार की आलोचनाओं के साथ मेरी भी आलोचना अवश्य हुई थी लेकिन इसमें मेरा कोई बुरा अभिप्राय नहीं था। मैंने सोचा था कि अन्तिम दिन परिचय दे दूंगा लेकिन दे नहीं सका। इससे आपकी कोई हानि हुई है क्या?"

पहले ही यह प्रश्न पूछ बैठने पर विजया के लिए उत्तर देना कठिन होता, लेकिन जो आलोचना एक बार शुरू हो जाती है। वह अपनी झोंक में स्वयं ही कठिनाई को पार कर जाती है। विजया ने सहज ही उत्तर दिया, "हानि तो कितने ही प्रकार की हो सकती है लेकिन यदि हुई भी तो हो गई। अब आप उसका कोई उपाय कर नहीं पायेंगे इसलिए इस बात को जाने दीजिए लेकिन यदि आपके आपने संबंध में कोई बात जानना चाहूँ तो क्या..."

"नाराज होऊंगा?– नहीं," कहते ही शांत और निर्मल हँसी से उसका सारा चेहरा चमक उठा। इतने दिन इतनी बातचीत होने पर भी इस व्यक्ति का जो परिचय विजया ने नहीं पाया यह एक पल की हँसी ही वह परिचय दे गई। लगा, जैसे उसका समस्त आन्तरिक और बाह्य स्वरूप स्फटिक के समान स्वच्छ है। जिस व्यक्ति ने सब कुछ ही छीन लिया है उसके सामने भी उसकी 'नहीं' नहीं से है और ठीक इसलिए लगता है कि वह उसकी ओर आँख उठाकर और प्रश्न नहीं कर सकी। उसने गर्दन नीची करके पूछा, "इस समय आप रहते कहाँ हैं?"

नरेन्द्र बोला, "दूर के रिश्ते की ही एक बुआ अभी भी जीवित हैं। उन्हीं के मकान में रहता हूँ।"

"आपके संबंध में जो सामाजिक झगड़ा-झंझट है क्या उसे गांव के लोग नहीं जानते?"

"जानते क्यों नहीं हैं।"

"तब?"

नरेन्द्र थोड़ा-सा सोचकर बोला, "मैं जिस कमरे में रहता हूँ उसे ठीक तौर पर मकान के अन्दर नहीं कहा जा सकता और शायद मेरी स्थिति जानकर कुछ दिनों के लिए उनके लड़कों को भी कोई आपत्ति नहीं होगी लेकिन अधिक दिन ठहरकर उन्हें परेशान करने से काम नहीं चलेगा। खैर, आप यह बताइए कि आप मेरा पता क्यों लगा रही थीं? पिताजी का और भी कुछ कर्ज निकल आया है? यही न?"

उत्तर देने के लिए विजया ने उसकी ओर देखा लेकिन हाँ या ना एक भी शब्द उसके गले से नहीं निकला।

नरेन्द्र ने कहा, "पिता का कर्ज कौन नहीं चुकाना चाहता लेकिन विश्वास कीजिए अपने या पराए नाम से मेरे पास ऐसा कुछ भी नहीं है जिसे बेच सकूँ। केवल एक माइक्रोस्कोप है। उसे बेचने पर ही बरमा जाने का खर्च जुटा सकूंगा। बुआ की आर्थिक स्थिति भी अच्छी नहीं है। यहाँ तक कि वहाँ खाना-पीना सह..." कहते-कहते वह एकदम रुक गया।

विजया की आँखों में आँसू आ गए। उसने मुँह फिरा लिया।

नरेन्द्र बोला, "अगर दया करें तो मैं पिताजी का बाकी कर्ज अपने नाम लिखकर दे सकता हूँ। भविष्य में चुका देने की पूरी-पूरी कोशिश करूंगा। आप अगर रासबिहारी बाबू से जरा-सा कह देंगी तो फिर वह इस मामले को लेकर इस समय मुझे अधिक तंग नहीं करेंगे।"

तभी परेश ने आकर दरवाजे के बाहर से कहा, "माँ जी, अम्मा कहती हैं समय बहुत हो गया– महाराज से भात परोसने को कह दूँ?"

सामने की घड़ी की ओर देखकर नरेन्द्र चौंककर खड़ा हो गया और लज्जित होकर बोला, "अरे बारह बज गए। आपको कष्ट हुआ।"

विजया ने आँखों के आँसू छिपाकर कहा, "आप किसलिए आए थे सो तो बताया ही नहीं।"

नरेन्द्र जल्दी से बोला, "उसे जाने दीजिए।" और जाने लगा।

"आपकी बुआ का मकान यहाँ से कितनी दूर है? इस समय वहीं तो जायेंगे?"

नरेन्द्र ने कहा, "हाँ, थोड़ी ही दूर है- लगभग दो कोस।"

विजया हैरान होकर बोली, "इस धूप में अब दो कोस पैदल जाइएगा पहुँचते-पहुँचते तीन बज जायेंगे।"

"सो बजने दीजिए- नमस्कार।" कहकर नरेन्द्र के पैर बढ़ाते ही विजया जल्दी से दरवाजे के सामने आ खड़ी हुई और बोली, "आज आपको मेरा एक अनुरोध मानना होगा। इस समय बिना खाए आप किसी भी तरह नहीं जा सकते?"

नरेन्द्र अत्यन्त विस्मित होकर बोला, "खाना खाकर जाऊंगा? यहाँ?"

"क्यों? इससे क्या आपकी जात चली जायेगी?"

प्रत्युत्तर में फिर वैसी ही शान्त हँसी से उसका चेहरा चमक उठा। बोला, "नहीं संसार में अब यह भय मुझे नहीं रहा है। इसके अतिरिक्त भगवान आज मुझ पर बहुत प्रसन्न है। नहीं तो इस समय वहाँ जाने पर खाने को क्या नसीब होता सो मैं ही जानता हूँ।"

11

भोजन लगभग समाप्त हो आया। नरेन्द्र ने कहा, "इतने समय तक स्वयं भूखे रहकर सामने बैठकर मुझे खिलाने की तो कोई आवश्यकता नहीं थी। किसी देश में यह चलन नहीं है।"

विजया ने मुस्कराकर उत्तर दिया, "पिताजी कहते थे। उस देश का बड़ा दुर्भाग्य है जिस देश की नारियां स्वयं बिना खाए पुरुषों को नहीं खिला पातीं और जहाँ उन्हें साथ बैठकर खाना पड़ता है। मेरा भी ठीक यही विचार है।"

नरेन्द्र ने कहा, "सो क्यों? दूसरे देश की बात न हो, छोड़ ही दी जाए लेकिन अपने देश में भी मैंने बहुतों के घर खाया है, उनमें भी यह प्रथा नहीं देखी।"

विजया ने कहा, "विलायती चाल चलन जिन्होंने सीखा है उनके मकान में शायद ऐसा हो लेकिन सबके यहाँ नहीं। आप स्वयं परदेस में बहुत दिन रहे हैं इसी से आप भूल करते हैं। नहीं तो हम पुरुषों के सामने निकलती हैं, जरूरत पड़ने पर बातें भी करती हैं। फिर भी बिल्कुल मेम साहब नहीं बन गई हैं और उनकी चाल भी नहीं चलती हैं।"

नरेन्द्र ने कहा, "न चलती हों लेकिन चलना तो उचित है। जिसमें जो अच्छी बात है उससे ले लेनी चाहिए।"

विजया बोली, "कौन सी अच्छी बात है? एक साथ बैठकर खाना?" फिर उसने जरा-सा हँसकर कहा, "आप क्या जानें कि नारियों को खिलाने पर कितना जोर रहता है। मैं नारी जाति के अनेक अधिकार छोड़ने के लिए तैयार हूँ, लेकिन इसे नहीं- अरे, यह सारा दूध तो पड़ा ही रह गया- नहीं, सिर हिलाने से काम नहीं चलेगा। मैं कहे देती हूँ। अभी आपका पेट नहीं भरा है।"

नरेन्द्र हँस पड़ा, "मेरा पेट भरा है या नहीं आप यह भी बता देंगी? यह तो अनोखी बात है।" और उठ खड़ा हुआ।

बात सुनकर विजया स्वयं भी हँस पड़ी लेकिन उसके चेहरे से स्पष्ट था कि उतना-सा दूध न पीने के कारण वह प्रसन्न नहीं है।

तीसरा पहर हो जाने पर विदा मांगते समय नरेन्द्र ने सहसा कहा, "एक बात से आज मैं बड़े आश्चर्य में पड़ गया हूँ। मुझे आपने धूप में जाने नहीं दिया, बिना खिलाए नहीं छोड़ा। जरा-सा कम खाते देख आप दु:खी हुई। यह सब किस प्रकार संभव हुआ? सुनकर आप दु:खी न हों। मैं व्यंग्य या उपहास के रूप में नहीं कह रहा। लेकिन मैं तब से केवल यही सोच रहा हूँ कि यह सब किस तरह संभव हुआ।"

विजया इस बात से छुटकारा पाने के लिए जल्दी से बोली, "सभी घरों में ऐसा होता है इस बात को जाने दीजिए अब बर्मा कब जाना चाहते हैं।"

नरेन्द्र ने उदास स्वर में कहा, "परसों। लेकिन मैं तो आपके लिए एकदम पराया हूँ। मेरे दु:ख-दर्द से आपका कुछ लाभ-हानि नहीं है।

तो भी आपका व्यवहार देखकर कोई भी बाहरी आदमी यह नहीं कह सकता कि मैं आपका अपना आदमी नहीं हूँ। कहीं मैं कम न खाऊँ या खाने में मामूली-सी कमी न रह जाए इस डर से आप स्वयं बिना खाए सामने बैठी रहीं। मेरी बहन नहीं है, माँ भी बचपन में ही मर गई थीं। ठीक नहीं जानता कि वह जीवित होतीं तो ऐसी ही व्याकुल होतीं या नहीं लेकिन आपकी चिंता सेवा देखकर मैं आश्चर्य में पड़ गया हूँ। वास्तव में यह सच नहीं हो सकता, मैं जानता हूँ। आप भी जानती हैं, बल्कि इसे सच कहना अपना मजाक उड़ाना होगा। झूठी कल्पना करने की इच्छा नहीं होती।"

विजया ने खिड़की के पार ताकते हुए कहा, "सहृदयता नाम की एक वस्तु है उसे क्या आपने और कहीं नहीं देखा?"

"सहृदयता, वहीं होगी शायद," कहकर सहसा उसके मुँह से लम्बी सांस निकली, फिर हाथ उठाकर और नमस्कार करके उसने कहा, "जिस प्रकार भी हो पिताजी का कर्ज चुक गया है, इससे मुझे बहुत ही संतोष हुआ है। आपके मन्दिर की दिनों-दिन श्रीवृद्धि हो। आज का दिन मुझे हमेशा याद रहेगा। मैं चला।" कहकर जब वह कमरे से बाहर निकल आया तब अन्दर से अस्पष्ट-सी पुकार सुन पड़ी, "जरा ठहरिए।"

नरेन्द्र के रुक जाने पर विजया ने बड़ी नर्मी से पूछा, "आपके माइक्रोस्कोप की क्या कीमत है?"

नरेन्द्र ने कहा, "पाँच सौ रुपए से अधिक में खरीदा था लेकिन इस समय दो-ढ़ाई सौ रुपए पाने पर भी मैं दे दूंगा। कोई भी ले सकता है आप जानती हैं, एकदम नया है।"

बेचने का इतना आग्रह देखकर दु:खी होकर विजया ने पूछा, "इतने कम में दे देंगे। क्या आपका सारा काम हो चुका है?"

नरेन्द्र सांस छोड़कर बोला, "काम तो कुछ भी नहीं हुआ।"

वह सांस भी विजया से छिपी नहीं रही। पलभर चुप रहकर बोली, "मेरी भी बहुत दिनों से खरीदने की साध है लेकिन खरीद नहीं सकी। कल क्या उसे एक बार दिखा सकते हैं?"

"हाँ, दिखा सकता हूँ। मैं उसे लाकर आपको सब कुछ बता दूंगा।" नरेन्द्र ने कहा। फिर कुछ सोचकर बोला, "जांच करने का समय जरूर नहीं है लेकिन मैं ठीक कह रहा हूँ। आपको घाटा नहीं रहेगा।"

फिर थोड़ी देर मौन रहकर बोला, "यह ऐसी चीज है जिसका मूल्य रुपयों से नहीं आंका जा सकता। मेरे लिए और काई उपाय ही नहीं है। नहीं तो... अच्छा, कल दोपहर को ले आऊँगा।"

चले जाने पर वह जितनी देर तक दिखाई देता रहा, विजया एकटक देखती रही। फिर लौटकर कुर्सी पर बैठ गई। सूनी नजरों से बाहर के पेड़ पौधों की ओर देखते और मूर्ति के समान स्तब्ध बैठे हुए केसे समय कट रहा है इसका उसे ध्यान ही नहीं रहा। कब शाम बीत गई। कब नौकर दिया जला गया उसे पता भी नहीं चला। अन्त में उसकी चेतना लौटी अपनी आँखों के आँसुओं से। अनजाने में न जाने कब से बूंद-बूंद गिरते-गिरते उसकी छाती का कपड़ा तक भीग गया है। छि:छि: नौकर चाकर आए गए हैं। शायद उन्होंने देख लिया हो। न जाने वे क्या सोचेंगे।

रात को बिस्तर पर लेटकर खिड़की के पार अंधेरे में देखती रही। शून्य अंधकार की तरह अपना सारा भविष्य उसकी आँखों के आगे नाचने लगा। फिर वह कब सो गई, पता नहीं। जब आँख खुली तो प्रभात के स्निग्ध आलोक से कमरा भर गया था। उसे याद आया कि जो अनजानी पीड़ा उसकी नींद में भी विचरण करती फिरी थी उसके साथ न जाने कैसे उस व्यक्ति का घनिष्ठ संबंध है।

दिन चढ़ने लगा। फिर पूस के दोपहर का सूर्य एक ओर झुक गया। धूप के रूप में ढलने की सूचना पाकर विजया निराश हो उठी। कल जो आदमी बहुत दिनों के लिए देश छोड़कर जा रहा है और अगर इतनी दूर न आ सके तो इसमें आश्चर्य की कोई बात नहीं। अगर वह अपना अन्तिम सहारा किसी दूसरे को अधिक दामों में बेचकर चला गया तो उसे कौन दोष देगा।

तभी परेश ने आकर कहा, "माँ जी नीचे आओ। बाबू आए हैं।"

विजया का मुँह पीला पड़ गया, "कौन बाबू रे?"

"कल जो आए थे। उनके साथ एक बड़ा भारी चमड़े का बक्स है माँ जी।"

"अच्छा तू बाबू को बैठने को कह। मैं आती हूँ।"

दो-तीन मिनट के बाद विजया ने कमरे में पहुँचकर नमस्कार किया। आज उसकी वेशभूषा और माथे के रूखे बिखरे बालों में ऐसी एक विशेषता थी। उन्हें सलीके से संवारा था कि किसी की नजर से नहीं बच सकता था। कल के साथ आज के इस अन्तर के कारण नरेन्द्र के मुँह से बात नहीं निकल सकी। उसकी आँखों में आश्चर्य देख जब विजया ने अपने आपको देखा तो शर्म से वह मिट्टी में गड़ गई। माइक्रोस्कोप का बैग अभी तक उसके हाथ में था। उसे मेज पर रख कर धीरे से बोला, "नमस्कार। मैं जब विलायत में था। तब मैंने चित्र बनाना भी सीखा था। आपको मैंने कई बार देखा है लेकिन आज आपको देखकर निश्चयपूर्वक कह सकता हूँ कि कोई भी चित्रकार आपका चित्र बनाने का लोभ संवरण न कर सकेगा। वाह, क्या सौन्दर्य है।"

विजया समझ गई कि सौन्दर्य की प्रशंसा में निष्कपट, और स्वार्थहीन भावना ही है। फिर भी वह बुरी तरह लजा उठी। फिर गंभीर स्वर में बोली, "मुझे इस प्रकार अपूर्व कहना क्या आपके लिए उचित है। फिर मैंने तो आपको आपसे कुछ खरीदने के लिए बुलाया था, चित्र बनवाने के लिए नहीं।"

उत्तर सुनकर नरेन्द्र उदास हो गया। लज्जा से अत्यधिक कुंठित और संकुचित होकर क्षमा याचना करके बोला, "मुझसे बहुत बड़ी भूल हो गई। मैंने कुछ भी सोचकर नहीं कहा। और कभी मैं..." उसके पछताने को देख विजया हँस पड़ी, "कहाँ है देखूँ आपका यन्त्र?"

नरेन्द्र उठा, "अभी लीजिए, दिखाता हूँ।" कहकर बक्सा खोलने लगा। कमरे में उजाला कम होता जा रहा था। विजया ने बगल के कमरे की ओर इशारा करके कहा, "उस कमरे में भी उजाला है। चलिए वहीं चलें।"

"अच्छी बात है। चलिए" उसने बक्स उठाया और गृह स्वामिनी के पीछे-पीछे बगल वाले कमरे में आ गया। एक छोटी सी तिपाई पर यन्त्र रखकर दोनों आमने-सामने दो कुर्सियाँ लेकर बैठ गए। नरेन्द्र ने कहा, "लीजिए, अब देखिए। किस प्रकार उपयोग किया जाता है यह मैं बाद में सिखा दूंगा।"

"इस अणुवीक्षण यन्त्र को जिन्होंने अपनी आँखों से नहीं देखा वे कल्पना भी नहीं कर सकते कि इस छोटी-सी वस्तु के अन्दर कितना बड़ा आश्चर्य देखा जा सकता है" नरेन्द्र ने कहा। विलायत में डॉक्टरी सीख चुकने के बाद उसकी ज्ञान पिपासा इसी जीवाणु तत्त्व की ओर बढ़ी थी। इसी से जिस प्रकार इस तत्त्व से उसका घनिष्ठ परिचय हो गया था उसी प्रकार उसका संग्रह भी असंभव हो गया था। उस सब को भी वह अपने साथ ले आया था। उसने सोचा था यह सब न देने से केवल यन्त्र लेकर क्या लाभ होगा। विजया को पहले तो कुछ भी दिखाई नहीं दिया। धुंधला और अस्पष्ट-सा कुछ दिखाई दिया। नरेन्द्र जितने ही आग्रह से पूछता विजया को इतनी ही हँसी आती क्योंकि न तो उसका मन था और न वह कोशिश कर रही थी। नरेन्द्र उसे समझाने की कोशिश कर रहा था कि इस प्रकार देखना चाहिए। देखने में आसानी हो इसलिए हर एक कल पुर्जे को घुमा-फिराकर पूरी-पूरी कोशिश कर रहा था लेकिन देखे कौन। जो समझा रहा था उसकी आवाज से उसका हृदय डोल उठता था। लम्बी सांसों से बिखरे बाल उड़-उड़कर सारे चेहरे पर बिखर गए थे। हाथ-हाथों से टकराकर उसकी देह को रोमांचित किए दे रहे थे। भला यह देखने से उसे क्या सरोकार था कि जीवाणु की स्वच्छ देह के भीतर क्या है क्या नहीं? कौन मलेरिया से गांव उजड़ रहा है? और कौन तपेदिक से घर सूने कर रहा है। इसकी जानकारी से भी उसको क्या लाभ। जान लेने पर भी क्या वह उनका निवारण नहीं कर सकेगी। वह तो डॉक्टर नहीं है। लगभग दस मिनट तक माथा-पच्ची और बकझक करने के बाद नरेन्द्र झल्लाकर उठ बैठा। बोला, "यह आपका काम नहीं है। मैंने जीवन में ऐसी मोटी बुद्धि नहीं देखी।"

विजया किसी प्रकार हँसी दबाकर बोली, “मोटी बुद्धि मेरी है या आप समझा नहीं पा रहे?”

अपनी कड़ी बात से मन ही मन लज्जित होकर नरेन्द्र ने कहा, “और कैसे समझाऊँ, बताइए। वास्तव में आपकी बुद्धि मोटी नहीं है लेकिन लगता है आप मन नहीं लगा रहीं। मैं तो बकवास करके मर रहा हूँ और आप झूठ-मूठ आँख लगाए मुँह नीचा किए सिर्फ हँस रही हैं।”

“किसने कहा, मैं हँसती हूँ।”

“मैं कहता हूँ।”

“आपकी भूल है।”

“मेरी भूल। अच्छा मान लिया। लेकिन यंत्र तो भूल नहीं है। फिर आप क्यों नहीं देख पातीं?”

“इसलिए कि आपका यंत्र खराब है।”

नरेन्द्र चकित होकर बोला, “खराब है? आप नहीं जानतीं कि इस प्रकार शक्तिशाली माइक्रोस्कोप इस देश में अधिक लोगों के पास नहीं है। इसमें इतना साफ दिखता है।”

यह कहकर और फिर अपनी आँख से एक बार जांच लेने के लिए वह जैसे ही नीचे की ओर झुका उसका सिर विजया के सिर से टकरा गया।

“ऊँ...” कहकर विजया सिर दबाकर हाथ से सहलाने लगी। नरेन्द्र हड़बड़ाकर कुछ कहना ही चाहता था कि उसने खिल-खिलाकर कहा, “सिर टकरा देने से क्या होता है? जानते हैं? सींग निकल आते हैं।”

नरेन्द्र हँस पड़ा। “निकलते हों तो आपके सिर से ही निकलना उचित है।”

“आपके इस पुराने टूटे यंत्र को मैंने अच्छा नहीं कहा, इसलिए मेरा सिर सींग निकलने के योग्य हो गया?”

नरेन्द्र हँसा तो लेकिन उदास हो गया। गर्दन हिलाकर बोला, “साफ कहता हूँ यंत्र टूटा नहीं है। मेरे पास कुछ है नहीं। इसलिए आपको

संदेह हो रहा है कि मैं ठगकर रुपए लेने की कोशिश कर रहा हूँ। इसे आप बाद में देखिएगा।"

विजया ने कहा, "बाद में देखकर क्या करूंगी? उस समय मैं आपको कहाँ पाऊंगी।"

नरेन्द्र ने लम्बी कटुता से कहा, "तो आपने क्यों कहा कि आप लेंगी? मुझे बेकार ही परेशान किया।"

विजया गंभीर स्वर में बोली, "उस समय आपने क्यों नहीं बताया कि यह टूटा हुआ है?"

नरेन्द्र झल्ला उठा, "मैं सौ बार कह चुका हूँ कि टूटा नहीं है। फिर भी आप कहे जा रही हैं कि टूटा है।"

क्रोध पर काबू न पाकर वह खड़ा हो गया, "अच्छा यही ठीक है, यह टूटा ही सही, मैं बहस नहीं करना चाहता। आपने मेरा केवल इतना ही नुकसान किया कि अब कल मैं जा नहीं सकूंगा। सब लोग आपके समान अंधे नहीं हैं। कलकत्ता में आसानी से बेच दूंगा। अच्छा, चल दिया," कहकर वह यंत्र को बक्स में रखने लगा।

विजया गंभीर स्वर में बोली, "इस समय कैसे जाइयेगा? अब तो खाना खाकर ही जा सकेंगे।"

"नहीं, उसकी जरूरत नहीं है।"

"जरूरत क्यों नहीं है?"

नरेन्द्र ने उसकी ओर देखकर कहा, "आप तो मन ही मन हँस रही हैं। क्या मेरा मजाक उड़ा रही हैं?''

"कल जब खाने के लिए कहा था तब क्या मैंने मजाक किया था। आपको खाकर ही जाना होगा। जरा-सा बैठिए। मैं अभी आती हूँ," कहकर विजया हँसी दबाए सारे कमरे में अपने सौंदर्य की तरंग प्रवाहित करती हुई बाहर चली गई।

लगभग पाँच मिनट के बाद ही वह अपने हाथ में भोजन का थाल और नौकर के हाथ में चाय का सामान लिए लौट आई। तिपाई खाली देखकर बोली, "इतनी देर में आपने उसे बन्द कर रख दिया। आपका क्रोध कम नहीं है।"

नरेन्द्र ने उदास स्वर में कहा, "आप नहीं लेंगी इसमें क्रोध की क्या बात है। लेकिन सोचकर तो देखिए। इतनी भारी चीज इतनी दूर लादकर लाने और ले जाने में कितनी तकलीफ होती है।"

थाली मेज पर रखकर विजया बोली, "यह तकलीफ आपने मेरे लिए नहीं, अपने लिए की है। खाना खाइए, मैं चाय तैयार कर दूँ।"

नरेन्द्र चुपचाप बैठा रहा।

"मैं ले लूंगी। आपको लादकर नहीं ले जाना पड़ेगा। आप खाना तो शुरू कीजिए।"

नरेन्द्र स्वयं को अपमानित समझकर बोला, "आपसे दया करने का अनुरोध तो मैंने किया नहीं।"

"लेकिन उस दिन तो किया था जिस दिन आप मामा की ओर से बात करने आए थे।"

"वह दूसरे के लिए था अपने लिए नहीं। यह अभ्यास मुझे नहीं है।"

बात कहाँ तक सच है विजया से छिपी नहीं इसीलिए उसका मन कराह उठा। बोली, "जो भी हो, आपको वापस नहीं ले जाना पड़ेगा। यह यहीं रहेगा। खाना शुरू कीजिए।"

नरेन्द्र ने संदिग्ध स्वर में पूछा, "इसका मतलब?"

"मतलब कुछ तो है ही।"

उत्तर सुनकर नरेन्द्र पलभर स्तब्ध हो गया। फिर जैसे मन-ही-मन कारण जानकर कुछ बोला, "वह क्या है, सो मैं आपसे साफ-साफ सुनना चाहता हूँ। क्या इसे खरीदने के बहाने मंगाकर अपने पास रख लेना चाहती हैं? क्या पिताजी इसे भी गिरवीं रख गए थे। तब तो लगता है आप मुझे भी रोककर रख सकती हैं। कह सकती हैं कि पिताजी मुझे भी आपके पास गिरवीं रख गए हैं।"

विजया का मुँह लाल हो उठा। गर्दन, घुमाकर बोली, "कालीपद, तू यहाँ खड़ा-खड़ा क्या कर रहा है जा चाय ले आ।"

कालीपद चला गया। विजया चुपचाप चाय बनाने लगी और क्रोध के मारे नरेन्द्र हांडी सा मुँह बनाए कुर्सी पर बैठा रहा।

12

सृष्टि तत्त्व का जो अनजाना व्यापार है उसके संबंध में विजया ने बड़े-बड़े पंडितों से अनेक चर्चाएँ और अन्वेषण सुने हैं लेकिन उसका जो अंश जाना हुआ है वह कहाँ आरंभ हुआ, उसका कार्य क्या है, कैसी आकृति प्रकृति है, इतिहास क्या है? ऐसी दृढ़ और स्पष्ट भाषा में कहते हुए उसने कभी सुना है उसे याद नहीं। जिस यंत्र को अभी टूटा कहकर मजाक कर रही थी उसी की सहायता से कैसे-कैसे अपूर्व और अद्‌भुत व्यापार उसे दिखाई दिए। उस दुर्बल और पागल जैसे व्यक्ति ने डॉक्टरी पास की है उसे विश्वास नहीं होता। यही नहीं, जीवाणुओं के संबंध में उसके ज्ञान की गहराई, विश्वास की दृढ़ता और याद रखने की असाधारण सामर्थ्य को जानकर वह चकित रह गई। उसने यह भी देखा कि साधारण मनुष्यों की तरह उसे नाराज कर देना कितना आसान है। वह मुँह ताकती उसकी बातें सुनती रही थी और उसके त्याग, सीधेपन, भद्रता की बात सोचकर स्नेह, श्रद्धा और भक्ति से विभोर हो रही थी।

"आप कुछ भी नहीं सुन रही हैं," नरेन्द्र ने कहा।

"सुन तो रही हूँ।"

"क्या सुन रही हैं, बताइए।"

"क्या एक ही दिन में सब कुछ सीख लिया जाता है?"

"नहीं आप कुछ नहीं सीख सकेंगी। आपके जैसा नासमझ व्यक्ति मैंने इस जन्म में नहीं देखा।"

"एक दिन में आदमी शायद सब कुछ सीख सकता है? क्या आपने भी एक ही दिन में सीख लिया था?"

नरेन्द्र हो-हो करके हँस पड़ा, "आप तो सौ वर्ष में भी नहीं सीख सकेंगी और फिर यह सब सिखायेगा कौन?"

विजया ने होंठ दबाकर हँसते हुए कहा, "आप। नहीं तो यह टूटा हुआ यंत्र लेगा कौन?"

नरेन्द्र ने गंभीर होकर कहा, "आपको न तो इसे लेने की जरूरत है और न मैं सिखा ही सकूंगा।"

"तो फिर चित्र बनाना सिखा दीजिए। वह तो सीख सकूंगी?"

"सो भी नहीं सीख सकेंगी। जिसे देखते-देखते मनुष्य को नहाने खाने को भी सुध नहीं रहती जब आप उसी में मन नहीं लगा सकीं तो चित्र बनाने में कैसे मन लगा पाएंगी?"

"फिर चित्र बनाना भी नहीं सीख सकूंगी?"

"नहीं।"

विजया ने बनावटी गंभीरता से कहा, "कुछ भी न सीख पाने पर तो सिर में सींग निकल आयेंगे।"

उसके चेहरे के भाव और उसकी बात से नरेन्द्र फिर ठहाका मारकर हँस पड़ा। बोला, "आपके लिए यही उचित दंड होगा।"

विजया ने मुँह फेरकर हँसी छिपाकर कहा, "जरूर। यह क्यों नहीं कहते कि आप में सिखाने की क्षमता नहीं है- लेकिन, नौकर चाकर क्या कर रहे हैं। अभी तक रोशनी क्यों नहीं की। आप जरा बैठिए। मैं दिया जलाने को कह आऊँ।" यह कहकर वह फुर्ती से उठी। उसने द्वार का पर्दा हटाया ही था कि अचानक इस तरह रुक गई जैसे भूत दिखाई दे गया हो। सामने ही बैठक के कमरे में दो कुर्सियों पर दखल जमाए पिता पुत्र रासबिहारी और विलास बिहारी बैठे हैं। विलास के मुँह पर जैसे किसी ने काली स्याही फेर दी थी। विजया ने अपने आपको संभालकर आगे बढ़कर पूछा, "आप कब आये काका जी? मुझे आपने बुलाया क्यों नहीं?"

रास बिहारी ने सूखी हँसी-हँसकर कहा, "लगभग आधा घंटा हो गया। तुम बातचीत में व्यस्त थीं इसलिए नहीं बुलाया। यह शायद जगदीश का लड़का है? क्या चाहता है?"

विजया इतने धीरे से बोली कि बगल के कमरे तक आवाज न जा सके, "एक माइक्रोस्कोप बेचकर बर्मा जाना चाहते हैं। वही दिखा रहे थे।"

विलास गरज उठा, "माइक्रोस्कोप? ठगने के लिए उसे और कोई जगह नहीं मिली?"

रास बिहारी भर्त्सना के स्वर में बोले, "ऐसी बात क्यों कहते हो विलास। हम लोग उसका उद्देश्य नहीं जानते। वह अच्छा भी तो हो सकता है?" फिर विजया की ओर देखकर बोले, "जो मालूम नहीं उसके बारे में कोई राय प्रकट करना मैं उचित नहीं समझता। उसका बुरा नहीं भी हो। क्या कहती हो बेटी- यह भी ठीक है कि जोर देकर कुछ भी नहीं कहा जा सकता लेकिन वह चाहे जो हो, उसकी हमें जरूरत क्या है? दूरबीन होता तो शायद समय असमय दूरी--ऊरी देखने में काम में आ भी सकता था।- अरे, कौन है? कालीपद, उस कमरे में रोशनी करने जा रहा है? वहाँ बैठें हुए बाबू से कह देना कि हम लोग नहीं खरीदेंगे। वह जा सकते हैं।"

विजया डरते-डरते बोली, "मैंने तो उनसे कह दिया है कि मैं लूंगी।"

रासबिहारी ने आश्चर्य से कहा, "क्यों लोगी? उसकी क्या आवश्यकता है?"

विजया चुप रही।

रासबिहारी ने पूछा, "कितनी कीमत मांगता है?"

"दो सौ रुपए।"

रासबिहारी भौंहें फैलाकर बोले, "दो सौ?" दो सौ रुपए चाहता है? तब तो फिर विलास ने निहायत- क्या कहते हो विलास, कॉलेज में उसने एम.ए. क्लास पढ़ते समय इन सब चीजों को काफी देखा सुना उलटा, पलटा है। दौ सौ रुपया एक माइक्रोस्कोप की कीमत? कालीपद जा, उनसे कह दे- यह सब चालबाजी यहाँ नहीं चलेगी।"

लेकिन जिससे कहना था वह तो अपने कानों से सब कुछ सुन रहा था। कालीपद को जाते देख विजया ने शांत और दृढ़ स्वर में कहा, "तुम सिर्फ रोशनी करके चले आओ। जो कुछ कहना है मैं खुद कह लूंगी।"

विलास ने पिता से व्यंग्य भरे स्वर में कहा, "बापूजी, बेकार ही अपना अपमान क्यों कराते हो? उन्हें शायद अभी कुछ और देखना बाकी है।"

रासबिहारी तो चुप रहे लेकिन क्रोध से विजया का मुँह लाल हो उठा। विलास उसे देखकर बोला, "मैंने भी अनेक तरह के माइक्रोस्कोप देखे हैं बापूजी लेकिन किसी में भी हो-हो करके हँसने की कोई बात नहीं पाई।"

कल के खाना खाने की बात भी वह जान गया था और आज का हँसना भी उसने सुन लिया था। विजया की आज की वेशभूषा की सजावट भी उसकी नजरों से छिपी न थी। ईर्ष्या के विष से वह इस तरह जल रहा था कि उसे सही-गलत का ज्ञान नहीं रहा। विजया ने उसकी ओर पीठ फिरा ली और रासबिहारी से बोली, "मुझसे क्या कोई खास बात करनी है काकाजी।"

लड़के की ओर गुस्से से देखकर रासबिहारी ने नर्मी से कहा, "बात तो जरूरी करनी है बेटी लेकिन उसके लिए जल्दी क्या है?"– फिर कुछ ठहरकर बोले, "मैंने तो सोचकर देखा है कि जब उसे बात दे दी है तो उसे लेना होगा। दो सौ रुपए अधिक हैं या बात का मूल्य? कल आकर रुपए ले जाने को कह दो बेटी।"

"क्या अपसे कल बातें नहीं हो सकतीं काकाजी।"

रासबिहारी ने आश्चर्य से कहा, "क्यों बेटी?"

"रात हुई जा रही है। उन्हें बहुत दूर जाना है। उनसे मुझे कुछ बातें भी करनी हैं," विजया ने निस्संकोच कहा।

उसकी इस गुस्ताखी भरी स्पष्टता से स्तब्ध हो जाने पर भी बूढ़े ने प्रकट नहीं होने दिया। आँख उठाकर देखा लड़की की आँखें हिंसक पशु के समान झकझक कर रही हैं और कुछ कह बैठने की चेष्टा के साथ जैसे युद्ध कर रही हो। धूर्त रासबिहारी ने पलक झपकते ही स्थिति समझ ली और मुस्कराते हुए बोला, "अच्छा तो है बेटी, मैं कल सवेरे आ जाऊंगा। चलो विलास, अंधेरा हुआ जा रहा है।" कहकर वह उठ

खड़े हुए और लड़के की बाहें हौले से खींचकर उसके दुर्दमनीय क्रोध के फटकार बाहर निकलने से पहले ही उसे साथ लेकर बाहर निकल गए।

"उस कमरे में बत्ती जला आया हूँ माँ जी," कालीपद ने उस कमरे में आते हुए कहा।

"अच्छा," कहकर विजया अपने को सचेतकर दरवाजे का पर्दा हटाकर धीरे से कमरे में चली गई। नरेन्द्र गर्दन नीचे किए कुछ सोच रहा था, उठ खड़ा हुआ और दुःख के साथ बोला, "इसे मैं लिए जाता हूँ। आपका आज का दिन बहुत बुरा बीता। क्या जाने सुबह किसका मुँह देखकर उठी थीं। मैंने भी आपसे बहुत सी अप्रिय बातें कहीं और वे लोग भी कह गए।"

विजया के मन में आग जल रही थी लेकिन संयत स्वर में बोली, "मैं तो चाहती हूँ कि रोजाना उसी का मुँह देखकर मेरी नींद टूटे। आपने सारी बातें अपने कानों से सुन ली हैं इसीलिए कहती हूँ कि आपके संबंध में उन्होंने जो असम्मान भरी बातें की, उनकी अनाधिकार चेष्टा है। मैं उन्हें कल समझा दूंगी।"

अतिथि के असम्मान से उसे कैसी चोट पहुँची है नरेन्द्र समझ गया। शांत स्वर में बोला, "आवश्यकता क्या है, इन चीजों के बारे में वे जानते नहीं इसीलिए उन्हें संदेह हुआ है। नहीं तो मेरा अपमान करने में उन्हें कोई लाभ नहीं था। आपको भी पहले सन्देह हुआ था सो क्या असम्मान करने के लिए? वे लोग आपके अपने हैं। शुभचिन्तक हैं। मेरे कारण उन्हें दुःखी मत कीजिए लकिन अब रात हुई जा रही है। मैं जाता हूँ।"

"कल या परसों एक बार आ सकेंगे?"

"अब तो समय नहीं मिलेगा। मैं कल जा रहा हूँ। कल ही बर्मा जाना न हो सकेगा। कलकत्ता में कुछ दिन ठहरना पड़ेगा लेकिन दोबारा मिलने का..."

विजया की आँखें डबडबा आई। वह मुँह न उठा सकी। न कुछ कह सकी। नरेन्द्र ने हँसकर कहा, "आप स्वयं इतना हँसा करती हैं

और आप ही इतनी मामूली सी बात से इतना नाराज हो गईं। मैं ही बिगड़कर आपको मोटी बुद्धि की और न जाने क्या-क्या कह गया हूँ लेकिन उससे तो नाराज नहीं हुईं, बल्कि होंठ दबाकर हँसती रहीं। उससे मुझे और भी क्रोध आया था लेकिन आप हमेशा याद आयेंगी। आप खूब हँसा सकती हैं।"

शान्त वर्षा की बूंदें हवा के जोर से जिस प्रकार पत्तों से झर पड़ती हैं उसी तरह इस अन्तिम बात से आँसू की कई बूंदें विजया की आँखों से झर कर मिट्टी पर गिर पड़ीं, लेकिन हाथों से पोंछने पर नरेन्द्र की नजर न पड़ जाए। वह चुपचाप नीचा मुँह किए खड़ी रही।

नरेन्द्र कहने लगा, "इसे ले नहीं सकीं इसलिए आप दुःखी हैं," यह कहकर वह व्यावहारिक ज्ञान से अनजान वैज्ञानिक पलक झपकते एक विचित्र हरकत कर बैठा। अचानक हाथ बढ़ाकर विजया की ठोड़ी पकड़कर आश्चर्य से बोला, "यह क्या, आप रो रही हैं?"

बिजली की गति से विजया ने दोनों पैर पीछे हटाकर आँसू पोंछ डाले।

नरेन्द्र ने सकपकाकर पूछा, "क्या हुआ?"

यह सब बातें उस बेचारे की बुद्धि से परे थीं। वह जीवाणुओं को पहचानता था। उन सब के नाम-धाम, जाति-गोत्र आदि की कोई बात उसे अज्ञात नहीं थी। उनके कार्य-कलाप, रीति-नीति के संबंध में उससे रत्ती भर भी भूल नहीं हुई। उनके आचार-विचार का सारा हिसाब उसके नाखूनों पर था लेकिन यह क्या? जो निर्बोध कह देने से छिपकर हँसती है, जो श्रद्धा और कृतज्ञता से अभिभूत होकर प्रशंसा करने से रो-रो कर नदी बहा देती है। प्रकृति के ऐसे अद्भुत प्राणी के साथ ज्ञानी आदमी का सहज व्यवहार किस तरह चल सकता है? वह क्षणभर स्तब्ध-सा खड़ा रहा। उसके बाद जैसे ही उसने हौले से बैग उठाया, विजया रुंधे गले से बोल उठी, "यह मेरा है आप रख दीजिए।" और रूलाई अधिक रोक न सकने के कारण तेजी से कमरे से निकल गईं।

उसे नीचे रखकर नरेन्द्र हैरान-सा दो-तीन मिनट खड़ा रहा। उसने बाहर आकर देखा कहीं कोई नहीं था। कुछ देर वह राह देखता रहा फिर खाली हाथ अंधेरे रास्ते पर चल पड़ा।

विजया ने लौटकर देखा बैग रखा है लेकिन उसका मालिक नहीं है। वह रुपए लेने अपने कमरे में गई थी। लेकिन बिस्तर पर लेट कर रूलाई रोकने में कितनी देर हो गई इसका उसे होश नहीं रहा। पुकारने पर कालीपद बाहर आया। पूछने पर दुनिया भर के कामों की लम्बी लिस्ट सुनाने के बाद बोला, "मैं ऊपर था। जानता नहीं बाबू कब चले गए।" दरबान कन्हैया सिंह ने आकर कहा, "मैं अरहर की दाल चूल्हे से उतार कर रोटियां बना रहा था। मौका पाकर बाबू कब चुपके से बाहर निकल गए, मुझे मालूम ही नहीं हुआ।"

13

विलास बिहारी की प्रचंड कीर्ति, गंवई गांव में ब्रह्म मन्दिर की स्थापना का शुभ दिन समीप आ गया। एक-एक करके अतिथि आने लगे। केवल कलकत्ता से ही नहीं आस-पास से भी दो-चार व्यक्ति सपत्नीक आ पहुँचे। कल वही शुभ दिन है आज शाम को रासबिहारी ने अपने निवास पर एक प्रीति भोज का आयोजन किया है।

निमन्त्रित व्यक्तियों के बीच बैठकर रासबिहारी अपनी पकी दाढ़ी पर हाथ फेरकर अधमुंदी आँखों से अपने बाल्य-बन्धु स्वर्गवासी वनमाली का उल्लेख करते हुए गंभीर स्वर में कहने लगे, "भगवान ने उन्हें असमय बुला लिया। उनकी मंगल इच्छा के विरुद्ध हमारी रत्ती भर भी शिकायत नहीं है। किन्तु बाहर से देखकर आप इनका अनुमान भी न लगा सकेंगे कि वह मुझे कैसी हालत में छोड़ गए हैं। हम लोगों के मिलन का दिन निरन्तर निकट आता जा रहा है। निराकार ब्रह्म के श्रीचरणों में मैं यही प्रार्थना करता हूँ कि अपनी असीम करुणा से उस दिन को और भी निकट कर दें।" यह कहकर उन्होंने कुर्ते की बांह से अपनी आँखों की कोरें पोंछ लीं। फिर कुछ पल आत्म समाधि मग्न मौन रहकर कुछ प्रसन्न होकर बचपन में खेलने-कूदने

का, पढ़ने-लिखने का, सत्यकर्म ग्रहण करने का इतिहास बताकर बोले, "लेकिन वनमाली का कोमल मन गांव का अत्याचार सहन नहीं कर सका। वह कलकत्ता चले गए लेकिन मैंने सारे कष्ट सहकर गांव में रहने की प्रतिज्ञा की। मन ही मन कहा, सत्य की जय होगी ही। उनकी महिमा से एक दिन विजयी होऊंगा ही। वही शुभ दिन सामने है। इतने समय बाद इसी से आप लोगों की पद धूलि पड़ी। आज वनमाली हम लोगों के बीच नहीं है लेकिन मैं आँखें मूंदते ही देख पा रहा हूँ। वह देखिए, वह आकाश से आनन्द से मधुर-मधुर हँस रहे हैं।" यह कहकर वह फिर आँखें मूंदकर समाधिमग्न हो गए।

उपस्थित व्यक्तियों के मन भर आए। विजया की आँखों में आँसू डबडबा आए। रासबिहारी आँखें पोंछकर दायां हाथ फैलाते हुए बोल उठे, "उनकी एकमात्र कन्या यह विजया है। पिता के समस्त गुणों की अधिकारिणी। कर्तव्य पालन में कठोर और सत्य कहने में दृढ़, निर्भीक। और यह मेरा बेटा विलास बिहारी है। वैसा ही अटल और दृढ़ चित्त। ये दोनों बाहर से इस समय अलग हैं फिर भी अन्दर से, हाँ वह शुभ दिन निकट आ रहा है जिस दिन फिर आप लोगों की पदधूलि के प्रसाद से इनका सम्मलित जीवन धन्य होगा।"

मधुर कलरव से सारी सभा गूंज उठी। जो महिला निकट बैठी थी उसने विजया का हाथ अपने हाथ में लेकर जरा सा दबा दिया। रासबिहारी गहरी सांस छोड़कर बोले, "यह उनकी एकमात्र संतान है। यह शुभ दिन अपनी आँखों से देखने की उनकी बड़ी साध थी लेकिन सारा अपराध मेरा है। हम लोग सिर्फ मुँह से ही कहते हैं करके नहीं दिखाते। जीवन इतनी जल्दी जा सकता है मैंने सोचा भी नहीं था, लेकिन अब मुझे होश आ गया है। अपने शरीर को देखकर अगले फागुन से अधिक देर करने का साहस नहीं होता। कौन जाने, मैं भी बिना देखे ही चला जाऊँ।"

फिर एक अव्यक्त ध्वनि उठी। रास बिहारी ने दाएं-बाएं देखकर कहा, "जिस तरह वनमाली अपनी सम्पूर्ण संपत्ति के साथ कन्या को

भी मेरे हाथों सौंप गए हैं उसी तरह मैं भी धर्मानुसार अपना कर्तव्य पूरा करूंगा। आप लोगों के आशीर्वाद से दीर्घ जीवन पाकर ये दोनों सत्य के सहारे अपना कर्तव्य पालन करें। जिस स्थान से इनके पिता को निर्वासित किया गया था उसी स्थान में दृढ़ता के साथ सत्य धर्म का प्रचार करें यही मेरी एकमात्र प्रार्थना है।"

वृद्ध आचार्य दयाल चन्द्र धाड़ा ने आशीर्वाद वर्षा की।

रासबिहारी ने विजया से कहा, "बेटी तुम्हारे पिता नहीं हैं तुम्हारी सती साध्वी माँ भी बहुत पहले स्वर्ग सिधार गईं। नहीं तो यह बात मुझे तुमसे न पूछनी पड़ती। शर्माओ मत बेटी। कह दो। जिससे आज इन पूजनीय अतिथियों को अगले फागुन के महीने में फिर एक बार पदधूलि देने का निमंत्रण दे सकूँ।"

विजया क्या कहे, दुःख, भय, और उपेक्षा से गला रुंध गया। नीचा मुँह किए चुपचाप बैठी रही। रासबिहारी ने क्षण भर प्रतीक्षा करके हँसते हुए कहा, "दीर्घजीवी होओ बेटी, अब तुम्हें कुछ नहीं कहना होगा। हम लोग सब समझ गए हैं।"

इसके बाद वह खड़े होकर दोनों हाथ जोड़कर बोले, "मैं अगले फागुन में एक बार फिर आप लोगों की पदधूलि की भीख मांगता हूँ।" सभी लोग सहमति प्रगट करने लगे। विजया और अधिक न सह सकने के कारण रुंधे गले से बोल उठी, "बापू की मृत्यु के एक वर्ष के अन्दर ही...।" गला भर आने के कारण बात पूरी न हो सकी।

रासबिहारी पलक मारते मामला समझकर दुःख भरे स्वर में बोल उठे, "ठीक कहती हो बेटी। यह तो मुझे याद नहीं था लेकिन तुम तो मेरी माँ हो न बेटी। इसी से इस बूढ़े बेटे की गलती तुमने पकड़ ली।"

विजया ने चुपचाप आँचल से आँखें पोंछ लीं। रासबिहारी ने देख लिया। लम्बी सांस छोड़कर आर्द्र स्वर में बोले, "सब कुछ उन्हीं की इच्छा है लेकिन उसके लिए भी तो अधिक विलम्ब नहीं है। अगले बैसाख में ही यह शुभ कार्य संपन्न होगा। विलास बिहारी रात हुई जा रही है। कल सुबह से तो कार्यों की सीमा नहीं रहेगी। भोजन का

आयोजन, ...नहीं-नहीं नौकरों के भरोसे छोड़ना ठीक नहीं है। तुम खुद जाओ। चलो मैं भी चलूँ।" कहते-कहते वह लड़के के पीछे अंदर चले गए।

प्रीतिभोज संपन्न हो गया। काफी आयोजन किया था। कोई कमी नहीं रहने पाई। रात को लगभग बारह बज रहे होंगे। एक खम्बे की आड़ में अंधेरे में विजया अकेले खड़ी पालकी की प्रतिक्षा कर रही थी। रासबिहारी उसे खोजकर चौंक पड़े, "यहाँ अकेले क्यों खड़ी हो बेटी? चलो-चलो घर में बैठो।"

"नहीं काका जी मैं ठीक खड़ी हूँ।"

"लेकिन सर्दी लग जाएगी।"

"नहीं... नहीं लगेगी।"

रास बिहारी पास आकर घर की लक्ष्मी आदि कहकर आशीर्वाद देने लगे। विजया पत्थर की मूर्ति की तरह चुपचाप स्नेह का सारा नाटक सहन करती रही।

अचानक उन्हें एक बात याद आ गई बोले, "तुम्हें बताना भूल गया बेटी। माइक्रोस्कोप की कीमत दे दी है।"

आठ-दस दिन हो गए। नरेन्द्र उस दिन के बाद आया ही नहीं। विजया के ये दिन किस तरह कटे हैं, वही जानती है। उसने बुआ के घर की दूरी तो जान ली थी, लेकिन गांव का नाम नहीं पूछ पाई थी। यह भूल तपे बर्छे की तरह उसे हर पल बेधती रही थी। रासबिहारी की बात से चकित होकर बोली, "कब?"

रासबिहारी जरा सोचकर बोले, "शायद दूसरे ही दिन दी होगी। सुना कि तुमने उसे खरीदने की इच्छा से रख लिया है। बात जब दी जा चुकी तब ठगाई हो या कुछ भी हो, रुपए दे दिए। देखा उस बेचारे को बड़ी जरूरत है। रुपऐ मिलते ही चला जाएगा। जाकर जीविका का कुछ न कुछ उपाय करेगा। हजार हो, फिर भी पराया तो नहीं है बेटी, वह भी तो एक मित्र का लड़का है। देखा जाने के लिए बहुत विकल हो रहा है। रुपए पाते ही चला जायेगा। तुम्हारा देना भी देना है और मेरा

देना भी देना है, इसीलिए मैंने उसी समय दे दिए। उसका धर्म उसके साथ है। दस रुपए अधिक भी गए हों तो ले जाए।"

विजया की जीभ मानो मुँह में ही जकड़ गई। फिर प्रयत्न करके पूछा, "उन्हें रुपए कहाँ दिए?"

रासबिहारी पता नहीं कैसे प्रश्न को बिल्कुल कुछ और ही समझकर चौंक उठा, "नहीं नहीं, कहती क्या हो? रुपए दो बार ले गया क्या? लेकिन कैसे? ऐसा तो उसका मुँह देखकर लगा नहीं लोगों की बातों पर विश्वास करके, ठगाते-ठगाते ही तो मैंने अपनी दाढ़ी पका डाली है। न हो और दो सौ गए। वे रुपए मैं दे दूंगा। हमेशा इसी प्रकार दंड सहते-सहते कंधे कड़े पड़ गए हैं बेटी।"

विजया और अधिक न सह सकने के कारण रूखे स्वर में बोली, "आप व्यर्थ डर रहे हैं काका जी। दो बार रुपए ले जाने वाले आदमी नहीं हैं वे। बिना खाए पिए भले ही मर जाना पड़े। लेकिन भेंट कहाँ हुई? रुपए कब दिए?"

रासबिहारी ने संतुष्ट होकर लम्बी सांस छोड़कर कहा, "चलो जान बची। रुपए भी तो कम नहीं थे, दो सौ। वह जाने के लिए बहुत उतावला था। फिर अचानक कुछ देखकर बोले, "कौन खड़ा है? विलास? अरे पालकी का क्या हुआ? सर्दी जो लग रही है। जो काम मैं न देखूंगा क्या वह होगा ही नहीं?" कहकर बड़े गुस्से से दूसरी ओर के खंभे को विलास समझकर तेजी से उसी ओर बढ़ गए।

14

एक दिन था जब विलास के हाथ आत्म-समर्पण करना विजया के लिए कुछ कठिन नहीं था। लेकिन आज केवल विलास ही क्यों, इतनी बड़ी पृथ्वी के इतने करोड़ व्यक्तियों में से केवल एक व्यक्ति को छोड़कर और किसी को छूने तक की बात सोचकर उसका समूचा तन, मन घृणा और लज्जा से भर आता है। अन्तर्मन घोर पाप के भय से कांप उठता है। यही सोचती हुई रासबिहारी के निमंत्रण के बाद

पालकी में बैठे-बैठे अनेक पहलुओं की बड़ी बारीकी से आलोचना करती हुई घर आ रही थी।

उसके संबंध में पिता की वास्तविक इच्छा क्या है, यह जानने का अवसर उसे नहीं मिला, किन्तु उनकी मृत्यु के बाद भविष्य की जीवन धारा विलास बिहारी के साथ ही मिलकर बहेगी– यह निश्चित हो गया था। इस संभावना की कल्पना भी कभी पैदा नहीं हुई कि इसमें किसी प्रकार की बाधा पड़ सकती है।

यह जो एक अनासक्त उदासीन व्यक्ति आकाश के न जाने किस अदृश्य प्रदेश से सहसा धूमकेतु समान उदय हो गया ओर पलक झपकते ही अपनी विशाल पूंछ की प्रचंड ताड़ना से सब कुछ छार-छार करके सब कुछ उलट-पलट कर उसके निश्चित मार्ग की रेखा तक मिटाकर स्वयं कहीं सरक गया, अपना चिह्न तक नहीं छोड़ गया था। वह सत्य था या स्वप्न?– विजया अपनी समस्त आत्मा को जगाकर आज यही सोच रही थी। यदि वह स्वप्न था तो उसका मोह किस तरह कितने दिनों में समाप्त होगा ओर यदि सत्य था तो जीवन में किस प्रकार सार्थक होगा?

घर आकर वह बिस्तर पर लेट गई। लेकिन नींद उसके जलते हुए मस्तक के पास भी नहीं फटकी। आज तो आशंका उसके मन में बार-बार उठने लगी वह यह कि जो चिन्ता कुछ दिनों से उसे रात-दिन व्याकुल कर रही थी उसमें कुछ सत्य भी है। या वह केवल आकाश कुसुमों की माला है। इस जटिल समस्या की गांठ कौन खोलेगा?

माँ नहीं है। पिता भी परलोक में हैं। भाई-बहन तो थे ही नहीं। अपना कहने को रासबिहारी के अतिरिक्त और कोई नहीं है। वह ही उसके बन्धु-मित्र और अभिभावक हैं। आज उसके सामने यह बात पानी के समान स्वच्छ हो गई कि उन्होंने कौन-सा शुभ उद्देश्य सिद्ध करने के लिए इतनी जल्दी करके उसे उसके बचपन से परिचित कलकत्ता के समाज से दूर इस देश में लाकर डाल दिया है। पानी की उस स्वच्छता के भीतर जितनी दूर तक उनकी नजर गई सब कुछ

स्पष्ट होकर दिखाई देने लगा। विदेश जाने के लिए नरेन्द्र को बिना मांगे सहायता देना, अपने घर प्रीतिभोज का आयोजन, संभावित मेहमानों के सामने विवाह का प्रस्ताव, लजीला मौन, सहमति मानकर उसका प्रचार, इस प्रकार हर ओर से बांध लेने की बूढ़े की इन कोशिशों की कोई भी बात छिपी न रह सकी।

लेकिन रहस्यपूर्ण बात यह है कि रासबिहारी के काम में जोर-जबरदस्ती कहीं दिखाई नहीं देती। विनम्रता और स्नेह भरी कल्याण कामना की आड़ लेकर पलपल ठेल-ठेल का उसका दुर्निवास शासन जाल की ओर बढ़ाए चला जा रहा है। इस बात का अनुभव करने के साथ ही उसे अपनी असहाय अवस्था का चित्र भी स्पष्ट दिखाई दिया। वह आतंक से कांप उठी। सारी रात सो न सकी और अपने स्वर्गवासी पिता को बार-बार पुकार कर और रो-रो कर कहने लगी, बापू तुम तो इन लोगों को पहचानते थे। तब मुझे इनके हाथों में क्यों सौंप गए।

एक समय उसने स्वयं ही विलास को पसंद किया था। उसके साथ ही मिलकर पिता की इच्छा के विरुद्ध नरेन्द्र के सर्वनाश की कामना की थी। यह कामना ही आज उसकी समस्त हितकर इच्छाओं को पराजित करके विजय प्राप्त कर रही है। यह सोचकर उसका हृदय फटने लगा।

दूसरे दिन परेश की माँ की पुकार से जब विजया की नींद खुली, काफी दिन चढ़ आया था। उठते ही सुना बाहरी कमरा निमंत्रित व्यक्तियों से भर गया है। केवल वही नहीं है। इस भूल को सुधारने के लिए क्या जल्दी करती। सारे दिन के उत्सव के हंगामे को याद करके खीझ उठी। शीतकाल के प्रभात कालीन सूर्य की किरणें बगीचे के आम के वृक्षों की शिखाओं पर बिखर गई थीं। उनके पत्तों की फांकों में से सामने के मैदान से होकर खेलते-कूदते और गायों को चराने के लिए जाते हुए ग्वाल बाल दिखाई दे रहे थे। जब से वह देश आई है तब से इस दृश्य को देखते-देखते मन कभी नहीं भरा। अनेक बार आवश्यक काम टाल कर भी वह बहुत देर बाद टकटकी लगाए

इस दृश्य को देखती रही है। आज वह सोच ही नहीं सकी कि इसमें कौन सी मधुरिमा थी।

तभी उसने देखा- कालीपद एक डग में तीन-तीन सीढ़ियां पार करता हुआ ऊपर आ रहा है। विजया को देखते ही बोला, "माँ जी जल्दी कीजिए। छोटे बाबू बुरी तरह नाराज हो रहे हैं। आज कहीं इतनी देर करनी चाहिए।"

आग की चिंगारी बारूद के ढेर में पड़कर जैसा विस्फोट होता है कालीपद की सूचना ने विजया के तन मन में ठीक वैसा ही विस्फोट जगा दिया। उसे लगा जैसे पैरों के तलवों से लेकर बालों के छोर तक एक ही पल में प्रचंड ज्वाला धधक उठी हो लेकिन कुछ कह न सकी। स्फटीक का टुकड़ा दोपहर के सूर्य की किरणों से जिस प्रकार ज्वलन्त तेज फैलाता है उसी प्रकार उसकी दोनों जलती आँखों से ही वैसी ही असहनीय आग बरसने लगी। उन आँखों को देखते ही कालीपद कांप उठा। वह कुछ कहना चाहता था कि विजया ने कहा, "तुम नीचे आ जाओ। कालीपद।"

विजया जानती थी कि इस मकान में छोटे बाबू का अर्थ विलास बिहारी और बड़े बाबू का अर्थ रासबिहारी है। दोनों पिता-पुत्र यहाँ इतने बड़े बन बैठे हैं कि उनके क्रोध का भार आज नौकर चाकरों के निकट मालिक तक को पार कर गया है। यह बात विजया को आज ही मालूम हुई। उसने स्पष्ट देखा कि इतने ही समय में विलास यहाँ का वास्तविक स्वामी और वह उसकी आश्रिता तथा दया पर जीने वाली बन गई है।

आधे घंटे के बाद वह तैयार होकर नीचे उतर आई। लोग चाय पी रहे थे। लगभग सभी लोगों ने खड़े होकर अभिवादन किया और उसके चेहरे तथा आँखों के रूखेपन को देखकर हैरान हो उठे। सहसा विलास बिहारी अपना चाय का प्याला मेज पर पटककर बोल उठा, "इस समय भी नींद न खुलती तो भी चल जाता। यह कहे बिना नहीं रहा जाता कि तुम्हारे व्यवहार से मैं तंग होता जा रहा हूँ।"

यह ठीक है कि उसे नराजगी प्रकट करने का अधिकार था लेकिन बाहर के इतने लोगों के सामने भावी पति की इस कर्तव्य परायणता ने अत्यधिक अभद्रता के रूप में सबको दु:खी ओर हैरान कर दिया लेकिन विजया ने उसकी ओर आँख उठाकर भी नहीं देखा। जैसे कुछ भी न हुआ हो। सबको नमस्कार करके बूढ़े आचार्य दयाल बाबू की ओर बढ़ गई– "आपके चाय पीने में कोई विघ्न तो नहीं हुआ। मुझसे अपराध हो गया। मैं जल्दी न उठ सकी।"

वृद्ध दयाल स्नेह से आर्द्र स्वर में एकदम बेटी शब्द से सम्बोधित करके बोल उठे, "नहीं बेटी, किसी को कोई असुविधा नहीं हुई। विलास बाबू और रासबिहारी बाबू ने कहीं कोई कमी नहीं होने दी लेकिन तुम स्वस्थ दिखाई नहीं दे रहीं। तबियत तो खराब नहीं हो गई?"

यह हमेशा कलकत्ता में नहीं रहते इसलिए विजया पहले से उन्हें नहीं पहचानती थी। कल भी उसने उन्हें अच्छी तरह नहीं देखा था लेकिन आज कमरे में पैर रखते ही उस वृद्ध की शांत–सौम्य मूर्ति ने मानो बिल्कुल अपने आदमी की तरह उसे आकर्षित कर लिया। वह उनके पास जा खड़ी हुई। उसे न जाने क्यों उनकी आवाज़ में पिता की आवाज की प्रतिध्वनि सुनाई दी।

दयाल एक कोच पर बैठे थे। बगल में और थोड़ी सी जगह थी। उसी ओर इशारा करके बोले, "खड़ी क्यों हो यहाँ बैठो बेटी। तबियत तो खराब नहीं हो गई?"

विजया बैठ गई। उत्तर न देकर दूसरी ओर देखने लगी। आँसुओं का रोकना पल–पल कठिन होता जा रहा था। वृद्ध ने फिर वही प्रश्न किया। उत्तर में विजया ने सिर हिलाकर ना कह दी।

रुंधे गले का यह संक्षिप्त उत्तर वृद्ध से छिपा नहीं रहा। क्षणभर के लिए चुप रहकर मामला समझकर मन–ही–मन कुछ हँसे। जो इस मकान के मालिक के स्थान पर पहले से ही दखल जमा बैठा है वह यदि अपनी भावी पत्नी से कड़वी बातें करता है तो अनाड़ियों को

वे चाहे जैसी रूखी मालूम दें लेकिन जो ज्ञानी वृद्ध लोग यौवन का इतिहास पढ़ चुके हैं। वे यदि मन-ही-मन हँसे तो उन्हें दोष नहीं दिया जा सकता।

वृद्ध अपने पास बैठा अभिमानिनी को सचेत होने का समय देने के लिए स्वयं ही धीरे-धीरे बातें करने लगे। इतनी थोड़ी उम्र में सत्य धर्म के प्रति उन लोगों की अडिग निष्ठा और प्रतिष्ठा की भरपूर प्रशंसा करके अन्त में बोले, "भगवान के आशीर्वाद से तुम लोगों के महान उद्देश्य की दिन-दिन श्री वृद्धि हो लेकिन बेटी, जिस मन्दिर की तुमने अपने गांव में प्रतिष्ठा की है उसे बनाए रखने के लिए तुम लोगों को अनर्थक परिश्रम और बहुत स्वार्थ त्याग करना पड़ेगा। मैं स्वयं भी गंवई गांव में रहता हूँ। मैंने अच्छी तरह देख लिया है कि यह कभी गंवई गांव का रस खींचकर भी जैसे जीवित नहीं रह सकता। इसीलिए मुझे लगता है कि अगर उसे सचमुच जीवित रख सको बेटी तो इस देश में सचमुच एक बहुत बड़ी समस्या हल हो जाए। मैं सोच ही नहीं पा रहा कि तुम लोगों के इस प्रयास को क्या कह कर आशीर्वाद दूँ।"

विजया के जी में आया, कह दे कि इस मन्दिर प्रतिष्ठा में मुझे कोई संस्कार नहीं हैं, इसमें रत्ती भर सार्थक्य दिखाई नहीं देता लेकिन इसे दबाकर कोमल स्वर से पूछा, "आप यह क्यों कह रहे है कि एक जटिल समस्या का समाधान हो जायेगा?"

"मेरा आन्तरिक विश्वास है कि बंगाल के गांवों में फैले करोड़ों बुरे संस्कारों से केवल हमारा धर्म ही मुक्ति दिला सकता है। लेकिन यह भी जानता हूँ कि जिसका जहाँ स्थान नहीं है, प्रयोजन नहीं है वहाँ वह बचता नहीं है, लेकिन परिश्रम और कोशिशों से अगर एक को भी बचाया जा सके तो क्या इससे भारी आशा नहीं पैदा होगी? अपने बंगाली घरों के गुण दोष की बात तुम स्वयं भी तो कम नहीं जानतीं बेटी। इन सबके विषय में अच्छी तरह गहराई से सोचकर देखो।"

विजया और प्रश्न न करके सोचने लगी। अपने देश के कल्याण की कामना उसमें स्वभाव से ही थी। आचार्य की अन्तिम बात से यह

चलायमान हो उठी। मन्दिर प्रतिष्ठा के नाम पर भारी नाम कमाने की आड़ में ही विलास उसके हृदय के मर्म स्थानों पर बार-बार आघात कर रहा था? वह वेदना से छटपटा रही थी। फिर भी प्रतिघात करने का कोई उपाय नहीं था। इसीलिए उसके सम्पूर्ण मन इन सारे मामले के विरुद्ध क्रोध ओर द्वेष से अंधा हो उठा था, लेकिन जब दयाल ने शान्त और स्नेह भरी वाणी के आह्वान से विलास की चेष्टा की इस विशेष दिशा की ओर आँख खोलकर देखने के लिए अनुरोध किया, तब उसे लगा जैसे उसे भ्रम हो रहा है। विलास वास्तव में क्रूर और हृदयहीन नहीं है। उसकी कठोरता धर्म के प्रति प्रबल अनुरक्ति को ही प्रकट करती है। इस धर्म के विस्तार पर देश का इतना अधिक कल्याण निर्भर है यह जानकर उसका मन विलास को क्षमा किए बिना न रह सका। मन ही मन कहने लगी, संसार में जो लोग बड़े काम करने के लिए आते हैं, उनका व्यवहार हम जैसे सामान्य लोगों के साथ भले ही पूर्ण रूपेण न मिले, उन्हें दोष देना अनुचित है। बल्कि अन्याय है और अन्याय को न्याय समझकर मैं किसी तरह आश्रय न दे सकूंगी।"

फिर एक-एक कर लोग उठने लगे। विजया भी उठकर खड़ी हो गई। रासबिहारी ने लड़के को अलग बुलाकर कुछ कहा। लड़का जैसे इस अवसर की प्रतीक्षा ही कर रहा था। विजया के पास आकर बोला, "तुम्हारी तबियत क्या आज सुबह से अच्छी नहीं है विजया?"

आधे घंटे पहले इस प्रश्न की उपेक्षा करके कुछ भी कह देती लेकिन इस समय सहज स्वर में बोली, "नहीं अच्छी ही हूँ। रात को नींद नहीं आई, इसलिए शायद कुछ अस्वस्थ दिखाई दे रही हूँ।"

विलास का चेहरा खुशी से चमक उठा। अपने स्वाभाविक कर्कश स्वर को नर्म बनाकर बोला, "तो फिर अब तुम धूप में न निकलना। जल्दी ही नहा-धोकर भोजन करके थोड़ी देर सो लेने की कोशिश करना। ऋतु परिवर्तन का समय अच्छा नहीं होता। कहीं तबियत खराब न हो जाए," यह कहकर और चेहरे से उत्कंठा व्यक्त करके ऐसा लगा जैसे अपने, व्यवहार के लिए क्षमा मांगने जा रहा है लेकिन यह बात

उसके स्वभाव में थी ही नहीं इसलिए और कुछ न कहकर मेहमानों के साथ बाहर निकल गया।

जितनी दूर दिखाई पड़ा विजया उसकी ओर देखती रही। फिर एक लम्बी सांस लेकर धीरे-धीरे ऊपर कमरे में चली गई। कुछ समय से जो पीड़ा उसे हर समय व्याकुल किए रहती थी। उसका कहीं पता ही न था।

शाम को मन्दिर की प्रतिष्ठा रीति अनुसार सम्पन्न हो गई। भीतर के एक विशिष्ट स्थान में दो अच्छी कुर्सियां पास-पास रखी गई थी। उनमें से एक पर अब विजया को बड़े समारोह सहित बैठाया गया तब बराबर वाली कुर्सी किसके द्वारा भरी जाने की प्रतीक्षा कर रही है यह समझने में देर नहीं लगी। पलभर के लिए विजया के मन में आग जल उठी लेकिन जब विलास उस कुर्सी पर आ बैठा तो उसे शांत होने में अधिक समय नहीं लगा।

15

जले हुए अनारदाने के खोल जैसी तुच्छ वस्तु समान ब्रह्म-मन्दिर के समारोह समाप्त होने पर कहीं लोगों की दृष्टि हट न जाए उस आशंका से विलास बिहारी उत्सव का सिलसिला समाप्त ही नहीं करना चाहता था, लेकिन जो लोग आए थे उनके घर द्वार थे, काम काज था। दूसरे के खर्च पर आनंद मनाते रहने से काम नहीं चल सकता था इसलिए एक दिन उत्सव समाप्त करना ही पड़ा।

बूढ़े रासबिहारी छोटी सी स्पीच देकर अन्त में बोले, "जिनकी असीम कृपा से हम लोग मूर्ति पूजा के घोर अंधकार से निकलकर प्रकाश में आ सके हैं उन्हीं एकमेव द्वितीयम निराकर परब्रह्म के चरण कमलों में यह मन्दिर जिन लोगों ने उत्सर्ग किया है उनका कल्याण हो। मैं समूचे अन्तःकरण से प्रार्थना करता हूँ कि निकट भविष्य में वे दोनों निर्मल नवीन जीवन के लिए चिरकाल के लिए सम्मिलित हों और यह शुभ मुहूर्त देखने के लिए भगवान हम सब लोगों को रखे।" फिर उन्होंने दोनों नवीन जीवों की ओर देखकर कहा, "बेटी विजया, विलास इन सबको प्रणाम करो। आप लोग भी हमारी संतानों को आशीर्वाद दें।"

विजया और विलास ने पृथ्वी पर सिर टेककर बड़े ब्राह्मणों को प्रणाम किया। उन्होंने आशीर्वाद दिया इसके बाद सभा भंग हो गई।

शाम के बाद जब विजया घर पहुँची उनके मन में कोई विरोध, कोई चंचलता नहीं थी। धर्म के आंनद और उत्साह से उसका हृदय इस सीमा तक भरा हुआ था कि स्वतः ही कहने लगी, "पार्थिव सुख ही एकमात्र सुख नहीं है, बल्कि धर्म के लिए, दूसरों के लिए उस सुख का बलिदान कर देना ही श्रेयकर है।"

उसने जोर देकर मन को समझाया कि भले ही विलास के साथ विचार न मिलते हों लेकिन धर्म के संबंध में हमारे बीच कभी विरोध न होगा। बिस्तर पर लेटकर वह सोचने लगी, "अच्छा ही हुआ कि विलास जैसे दृढ़ संकल्प, धर्म परायण, कर्तव्यनिष्ठ व्यक्ति के साथ मेरा जीवन सदैव के लिए जुड़ने जा रहा है। मेरे द्वारा भगवान को अनेक काम कराने हैं, इसलिए उन्होंने मेरे मन की गति बदल दी।"

दूसरे दिन विलास ने हाथ जोड़कर सबसे कहा, "आप लोग अगर महीने में एक बार ही आकर मन्दिर की मर्यादा बढ़ा जाया करें तो हम लोग आजीवन कृतज्ञ रहेंगे।" अनेक लोग इस अनुरोध को स्वीकार करके ही लौटे।

रासबिहारी ने आकर कहा, "बेटी विजया, अगर तुम लोग अपने मन्दिर का स्थायित्व चाहते हो तो दयाल बाबू को यहीं रखने की कोशिश करो।"

विजया ने आश्चर्य और प्रसन्नता से पूछा, "क्या यह संभव है काकाजी?"

रासबिहारी ने हँसकर कहा, "संभव न होता तो क्या कहता बेटी? उन्हें मैं बचपन से जानता हूँ। एक प्रकार से मरे बाल्य बन्धु हैं। गरीब होने पर भी खालिस आदमी हैं। अपनी जमींदारी में कोई काम दे दो तो उन्हें आसनी से रखा जा सकता है। मन्दिर के मकान में कमरों की कमी नहीं है। दो-चार कमरे लेकर सपरिवार आनंद से रह सकते हैं।"

इन वृद्ध सज्जन के प्रति विजया को सच्ची श्रद्धा हो गई थी। उनकी आर्थिक हीन अवस्था को सुनकर श्रद्धा में करुणा जाग उठी। जल्दी से रासबिहारी के प्रस्ताव का समर्थन करके बोली, "उन्हें यहीं रखिए, मुझे सचमुच बड़ी खुशी होगी। काकाजी।"

यही हुआ। दयाल सपरिवार वहीं रहने लगे।

दिन बीतने लगे। पूस समाप्त होकर आधा माघ भी बीत गया। जमींदारी और मन्दिर का काम ढंग से चलने लगा। कहीं कोई विरोध या अशान्ति किसी की कल्पना में भी उत्पन्न नहीं हुई।

नरेन्द्र का कोई समाचार नहीं मिला। मिलता भी क्या। केवल दो दिन के लिए देश आया था, दो दिन बाद चला गया। उस माइक्रोस्कोप की ओर जब भी विजया की नजर उठ जाती थी। एक पीड़ा उसके अन्तर में जाग उठती थी। वह सोचती थी अगर उसके उस नितान्त बुरे दिनों में इस चीज का कुछ अधिक मूल्य दे दिया जाता तो अच्छा होता। दो दिन की जान-पहचान से ही न जाने कैसे इस व्यक्ति के लिए इतना स्नेह पैदा हो गया है। सौभाग्य से प्रकट नहीं हुआ, नहीं तो मिथ्या मोह एक दिन मिट्टी में तो मिल ही जाता। लज्जा को छिपाने के लिए जीवन में भी कहीं स्थान न मिलता। इन दो दिनों के स्नेह ममता के पात्र की ज्यों ही उसे याद आती वह उसे पूरी शक्ति से दूर ठेल देती। इस तरह माघ का महीना भी बीत गया।

फागुन के आरंभ में ही सहसा अत्यन्त गर्मी पड़ने लगी और चारों ओर बुखार फैलने लगा। दो दिन से दयाल बाबू बुखार में पड़े थे। आज सुबह उन्हें देखने जाने के लिए कपड़े पहनकर तैयार होकर नीचे उतरी थी। बूढ़ा दरबान कन्हैया सिंह लाठी लेने अपने कमरे में गया था इसी बीच वह बाहरी कमरे में बैठी चाय पी रही थी।

"नमस्कार।"

विजया चौंक पड़ी। मुँह उठाकर देखा नरेन्द्र कमरे में आ रहा है।

उसके हाथ का प्याला हाथ में ही रह गया। चकित सी, आँखें फाड़े उसे देखती रही। न नमस्कार का उत्तर दिया, न बैठने को कहा।

एक कुर्सी की पीठ से नरेन्द्र ने अपना डंडा टिका दिया और दूसरी कुर्सी खींचकर बैठ गया। बोला, "इस काम से मैं भी नहीं निबट पाया हूँ और एक प्याला चाय लाने का हुक्म दे दीजिए।"

विजया हाथ का प्याला रखकर बाहर चली गई लेकिन कालीपद से कहकर तत्काल नहीं लौट सकी। ऊपर सीढ़ी की रेलिंग पकड़े चुपचाप खड़ी रह गई। उसका अन्तःस्थल भीषण तूफान से पागल हो उठने वाले समुद्र के समान पागल हो उठा। वह नहीं जानती थी कि किसी भी कारण से मनुष्य का हृदय इस प्रकार हिल सकता है।

फिर भी वह स्पष्ट समझ रही थी कि जब तक यह तूफान शांत नहीं हो जाता किसी के साथ सहज भाव से बातचीत करना असंभव है। पाँच-सात मिनट चुपचाप खड़ी रहकर जब उसने कालीपद को चाय लेकर जाते देखा तो उसके पीछे कमरे में आ गई।

कालीपद के चले जाने पर नरेन्द्र ने विजया की ओर देखकर कहा, "आप मन ही मन झल्ला रही होंगी कि आप कहीं बाहर जा रही थीं मैंने बीच में आकर बाधा डाल दी लेकिन मैं आपको पाँच मिनट से अधिक न रोकूंगा।"

विजया ने कहा, "अच्छा पहले चाय पीजिए।" सहसा पश्चिम की ओर नजर आते ही उसने आश्चर्य से पूछा, "उस खिड़की को कौन खोल गया?"

"कोई नहीं। मैंने खोली है।" नरेन्द्र बोला।

"किस तरह खोली?"

"जिस तरह सब लोग खोलते हैं- खींचकर। क्या कोई अपराध हो गया?" विजया ने सिर हिलाकर कहा "नहीं" फिर उसकी लम्बी पतली उंगलियों की ओर देखते हुए बोली, "आपकी उंगलियां क्या लोहे की हैं, इस खिड़की के बंद हो जाने पर पीछे से जोर से धक्का मारे बिना सिर्फ खींचकर खोल ली। ऐसा आदमी मैंने तो देखा नहीं।"

नरेन्द्र ने हो-हो कर अट्टाहास से घर भर दिया। यह वही हँसी है- याद आने पर विजया रोमांचित हो उठी। हँसी रुकने पर नरेन्द्र ने

सहज स्वर में कहा, "सचमुच मेरी उंगलियां बहुत कड़ी हैं। अगर जोर से दबाकर पकड़ लें तो मेरा विचार है किसी भी व्यक्ति का हाथ टूट सकता है।"

विजया ने हँसी दबाकर कहा, "और आपका सिर इनसे भी कड़ा है। टक्कर लगने से..."

बात समाप्त होने से पहले ही नरेन्द्र ने फिर उसी प्रकार ठहाका लगाया। इस आदमी की हँसी प्रभात के आलोक के समान मधुर और ऐसी उपभोग की वस्तु है कि सुनने का लोभ किसी भी प्रकार संवरण नहीं किया जा सकता।

नरेन्द्र ने जेब से दो सौ रुपयों के नोट निकालकर मेज पर रख दिए और कहा, "इन्हीं के लिए आया हूँ। मैं चालबाज हूँ, ठग हूँ– इस तरह की और भी न जाने कितनी गालियां इन थोड़े से रुपयों के लिए आपने कहला भेजी थीं। लीजिए अपने रुपये और दीजिए मेरी चीज।"

विजया का चेहरा लाल हो उठा लेकिन स्वयं को संभालकर बोली, "और क्या-क्या कहला भेजा था, बताइए तो?"

नरेन्द्र ने कहा, "इतना मुझे याद नहीं है। उसे लाने के लिए कह दीजिए। मैं साढ़े नौ की गाड़ी से कलकत्ता लौट जाऊंगा। अच्छा हुआ कि कलकत्ता में नौकरी मिल गई। उतनी दूर नहीं जाना पड़ा।"

विजया का चेहरा दमक उठा। बोली, "भाग्य अच्छा है।"

नरेन्द्र बोला, "हाँ। लेकिन मेरे पास अधिक समय नहीं है। नौ बज रहे हैं। मुझे अभी जाना होगा। उसे लाने को कह दीजिए।"

विजया ने उसकी ओर आँखें उठाकर कहा, "क्या आपके साथ यही शर्त हुई थी कि आप दया करके रुपऐ लाए हैं इसलिए उसे लौटा देना होगा।"

नरेन्द्र ने लज्जित होकर कहा, "नहीं, ऐसा तो नहीं है। लेकिन आपको तो उसकी कोई आवश्यकता है नहीं।"

"यह आपसे किसने कहा कि आज नहीं है इसलिए किसी भी दिन नहीं होगी?"

नरेन्द्र ने सिर हिलाकर कहा, "मैं कहता हूँ यह चीज आपके कभी भी काम नहीं आएगी लेकिन मेरे..."

"लेकिन बेचकर जाने के समय तो आपने कहा था कि इससे मेरा बड़ा उपकार होगा और मेरे यह कहला भेजने से कि आप मुझे ठग ले गए हैं आप नाराज हो रहे हैं। उस समय एक तरह की बात और अब दूसरी तरह की बात।"

नरेन्द्र लज्जा से मलिन हो गया। कुछ देर चुप रहकर बोला, "तब मैंने सोचा था कि इस बढ़िया चीज को आप अपने व्यवहार में लाएंगी। इस प्रकार डाल न रखेंगी। अच्छा, आप तो चीज गिरवीं रखकर भी रुपया उधार देती हैं। तब क्यों न इसे भी ऐसा ही समझ लीजिए। मैं इन रुपयों का ब्याज देता हूँ।"

विजया ने पूछा, "कितना ब्याज दीजिएगा?"

"जो भी उचित ब्याज हो, मैं देने को तैयार हूँ।"

विजया ने गर्दन हिलाकर कहा, "लेकिन मैं तैयार नहीं हूँ। कलकत्ता में जँचवाकर देखा है। इसे मैं आसानी से चार सौ में बेच सकती हूँ।"

नरेन्द्र ने सीधे खड़े होकर कहा, "तो फिर यही कीजिए। मुझे आवश्यकता नहीं। तो दो सौ रुपयों में चार सौ चाहता है उससे मैं कुछ भी नहीं कहना चाहता।"

विजया ने मुँह नीचा करके हँसी दबाकर मुँह ऊपर उठाया। उसे लगा केवल इस व्यक्ति को छोड़कर और किसी के भी सामने अपने मन के भाव नहीं छिपा सकती लेकिन उस ओर नरेन्द्र की नजर ही नहीं थी। तेजी में बोला, "अगर पहले से जानता कि आप ऐसी शाईलाक हैं तो मैं कभी न आता।"

विजया ने भले आदमी की तरह कहा, "कर्ज की अदायगी में जब मैंने आपका सब कुछ हड़प लिया तब भी नहीं जाना?"

"क्योंकि उसमें आपका हाथ नहीं था। यह काम मेरे और आपके पिता कर गए थे। उसके लिए हम में से कोई अपराधी नहीं है। अच्छा अब मैं चला।"

"खाकर नहीं जाइएगा?"

"नहीं, खाने के लिए नहीं आया।"

विजया ने शान्त भाव से पूछा, "आप तो डॉक्टर हैं– आप हाथ देखना जानते हैं?"

इस बार उसके होठों में हँसी की रेखा पकड़ाई दे गई। नरेन्द्र क्रोध से जल उठा, "क्या मैं आपके उपहास का पात्र हूँ? रुपए आपके ढेरों हो सकते हैं लेकिन उनके बल पर किसी को यह अधिकार नहीं मिल जाता। आप जरा हिसाब से बात कीजिए।" कहकर उसने डंडा उठा लिया।

विजया ने कहा, "नहीं तो आपके शरीर में शक्ति है और हाथ में डंडा। यही न?"

नरेन्द्र डंडा फेंककर हताश भाव से बैठ गया और बोला, "छिः–छिः आपके जो मुँह में आता है कह देती हैं। आपसे मैं नहीं जीत सकता।"

"देखिए, इस बात को याद रखिएगा," कहकर अपने को और अधिक संभाल पाने के कारण हँसी दबाती हुई फुर्ती से चल पड़ी।

सूने कमरे में नरेन्द्र हतबुद्धि सा बैठा रहा। फिर डंडा उठाकर ज्यों ही उठकर खड़ा हुआ विजया ने आकर कहा, "आपके ही कारण मुझे इतनी देर हो गई इसलिए आप अब नहीं जा सकेंगे। आप हाथ देखना जानते हैं, चलिए मेरे साथ।"

नरेन्द्र ने जाने की बात पर विश्वास नहीं किया। फिर भी पूछा, "हाथ देखने कहाँ जाना होगा," उसकी ओर देखकर विजया ने गंभीर होकर कहा, "यहाँ अच्छे डॉक्टर नहीं हैं। हम लोगों के जो नए आचार्य हैं उन पर मेरी अनन्त श्रद्धा है। आज दो दिन से उन्हें बुखार आ रहा है। चलिए, एक बार देख आइए।"

"अच्छा चलिए।"

विजया ने कहा, "तो जरा रुकिए। उस लड़के परेश को तो आप जानते हैं। परसों से उसे भी बुखार है। मैंने उसे उसकी माँ से यहाँ ले आने को कह दिया है।"

तभी परेश की माँ लड़के को आगे करके दरवाजे के पास आ खड़ी हुई। नरेन्द्र ने उस पर एक पल नजर डालकर कहा, "अपने लड़के को ले जाओ, मैंने उसे देख लिया।"

लड़के की माँ और विजया दोनों चकित हो उठीं। माँ ने विनती भरे स्वर में कहा, "सारे शरीर में भयानक दर्द है बाबू। नाड़ी देखकर कोई दवाई-अवाई दे देते।"

"दर्द मैं समझता हूँ भाई। अपने बच्चे को घर ले जाओ। हवा-अवा मत लगा देना। दवाई मैं भेजे देता हूँ।"

माँ कुछ दु:खी होकर लड़के को लेकर चली गई। तब नरेन्द्र ने विजया के विस्मित मुँह की ओर देखकर कहा, "इस ओर चेचक बहुत फैली है और इस लड़के के मुँह पर चेचक के चिह्न स्पष्ट हैं। जरा सावधानी से रखने को कह दीजिएगा।"

विजया का मुँह काला पड़ गया, "चेचक? चेचक क्यों होगी?"

नरेन्द्र ने कहा, "क्यों होगी-सो लम्बी कथा है लेकिन हुई है। आज अच्छी तरह दिखाई नहीं पड़ेगी लेकिन कल देखते ही जान लेंगे। मुझे लगता है आपको आचार्य महाशय को भी देखने की अब विशेष आवश्यकता नहीं है। उनके रोग का भी शायद कल तक ठीक पता लग जाएगा।"

भय से विजया का सारा शरीर सनसना उठा। वह असहाय और बेजान-सी कुर्सी पर टिककर बैठ गई, "मुझे भी चेचक निश्चय ही निकलेगी नरेन्द्र बाबू, मुझे भी कल रात को बुखार आया था। मेरी देह में भी भयानक पीड़ा हो रही है।"

नरेन्द्र हँसकर बोला, "पीड़ा भयानक नहीं है। भयानक है आपका रूप। अगर बुखार आ भी गया तो क्या होता है? आस-पास चेचक दिखाई दे रही है इसलिए गांवभर के सब लोगों के चेचक निकल आएगी- इसका तो यह मतलब नहीं।"

विजया की दोनों आँखें छलछला उठीं, "निकल आई तो मेरी देखभाल कौन करेगा? मैरा कौन है?"

नरेन्द्र ने हँसकर कहा, "देखभाल करने वाले बहुत मिल जायेंगे। उसकी चिंता नहीं है। लेकिन आपको कुछ नहीं होगा।"

विजया हताश होकर सिर हिलाकर बोली, "न हो सो भी अच्छा है। लेकिन कल रात मुझे सचमुच ही बहुत तेज बुखार हो गया था। तो भी सुबह जबरदस्ती उसे झाड़ फेरकर दयाल बाबू को देखने जा रही थी। इस समय भी मुझे थोड़ा-थोड़ा बुखार है। यह देखिए," कहकर उसने दायां हाथ बढ़ा दिया।

नरेन्द्र ने पास जाकर उसका कोमल और शिथिल हाथ अपने शक्तिशाली हाथ में लेकर कुछ देर बाद छोड़कर कहा, "आज कुछ खाइएगा नहीं चुपचाप लेटी रहिए। कोई डर नहीं, कल-परसों मैं फिर आऊंगा।"

"आपकी कृपा," कहकर विजया आँख-मूंदकर चुप हो गई लेकिन बात तीर के समान नरेन्द्र मर्मस्थल में जाकर बिंध गई। चुपचाप डंडा उठाकर जब वह कमरे से निकल गया तब इस भयभीत नारी के चेहरे पर झांकती दया की भीख उनके शक्तिशाली पुरुष मन को बुरी तरह मथने लगी।

दूसरे दिन कामों की व्यस्तता के कारण किसी भी तरह कलकत्ता नहीं छोड़ सका। लेकिन तीसरे दिन नौ बजे ही वह गांव में पहुँच गया। मकान में पांव रखते ही कालीपद ने कहा, "माँ जी को बहुत बुखार है बाबू, आप एक बार ऊपर चलिए।"

नरेन्द्र जिस समय विजया के कमरे में पहुँचा, वह तेज बुखार के कारण बिस्तर पर छटपटा रही थी। एक प्रौढ़ा स्त्री घूंघट से मुँह ढके सिरहाने बैठी पंखे से हवा कर रही थी और पास ही कुर्सियों पर पिता-पुत्र रासबिहारी और विलास बिहारी असामान्य गंभीर मुँह किए बैठे थे। नरेन्द्र के आने से उन दोनों को रत्ती भर खुशी नहीं हुई विलास बिहारी ने बिना किसी भूमिका के सीधे ही पूछा, "आप ही तो परसों आकर चेचक का डर दिखा गए थे।"

बात इतनी झूठ थी कि एकदम उत्तर नहीं दिया जा सकता था लेकिन प्रश्न सुनते ही विजया ने अपनी लाल आँखें खोलकर देखा।

पहले तो जैसे वह कुछ समझ ही नहीं सकी। फिर दोनों बाहें बढ़ाकर बोली, "आइए।"

पास ही और कोई कुर्सी न होने के कारण नरेन्द्र उसके पलंग के एक छोर पर बैठ गया। पलभर में ही विजया ने दोनों हाथों से जोर से उसका हाथ दबाकर कहा, "आप कल आ जाते तो मुझे आज इतना बुखार न होता। मैं सारे दिन राह तकती रही।"

नरेन्द्र ठहरा डॉक्टर। उसे समझने में देर नहीं लगी कि तेज बुखार उग्र शराब के नशे की तरह अनेक आश्चर्य भरी बातें मनुष्य के अंदर से खींच लाता है लेकिन स्वस्थ हो जाने पर उनका कोई अस्तित्व न मुँह में, न हृदय में- कहीं भी नहीं रहता। लेकिन विजया की बात सुनकर पास ही बैठे पिता, पुत्र के सिर के बाल क्रोध से खड़े हो गए। नरेन्द्र ने सहज सान्त्वना के स्वर में मुस्कराते हुए कहा, "डर क्या है, बुखार दो दिनों में ही अच्छा हो जायेगा।"

विजया ने उसका हाथ एकदम हृदय के ऊपर खींचकर अत्यन्त करुण स्वर में कहा, "लेकिन जब तक मैं अच्छी न हो जाऊँ, बोलो कि तुम तब तक कहीं नहीं जाओगे। तुम चले गए तो मैं शायद बचूंगी नहीं।"

उत्तर देने के लिए नरेन्द्र ने मुँह खोला ही था कि दो जोड़ी भयानक आँखों से उसकी आँखें लड़ गईं। उसने देखा, जिस प्रकार भूखा बाघ अत्यन्त निकट के शिकार पर फांद पड़ने से पहले उसे देखता है वे भी उसी प्रकार देख रहे थे।

16

नरेन्द्र अवाक होकर देखता रहा। विजया ने प्रश्न का उत्तर न दे सका। कुर्सियों पर बैठे पिता पुत्र की आँखों को देखते ही वह जान गया कि ये दोनों मेरे आने से प्रसन्न नहीं हैं। विजया को जब वह माइक्रोस्कोप दिखाने लाया था तब अपने कानों से उनकी अनेक बातें सुन गया था और जिस दिन रासबिहारी कीमत देने उसके मकान पर गए थे उस दिन भी हितोपदेश की आड़ में कम कड़ी बातें सुनाकर नहीं लौटे

थे लेकिन वह यह नहीं सोच सका कि जब विजया ठगी नहीं गई और वह चीज दो सौ की जगह चार सौ की बिक सकती है जांच हो चुकी है तब उसके कारण अभी तब इनका क्रोध बना हुआ है। अब रहा चेचक का डर दिखा जाना। सो वह डर दिखाकर तो गया नहीं था, बल्कि बात इससे एकदम उल्टी है। यह झूठ किसी और ने फैलाया था विजया के मुँह से ही निकला यह निश्चय करने से पहले ही विलास बिहारी एकदम चीख उठा। कालीपद ने शायद कौतूहल में थोड़ा सा पर्दा हटाकर झांका ही था कि विलास की नजर उस पर पड़ गई। एकदम हिंदी में गरज उठा– बहुत संभव है हिंदी भाषा में क्रोध अधिक व्यक्त किया जा सकता हो। उसने कहा, "अरे सूअर के बच्चे, एक कुर्सी ले आ।"

कमरे में बैठे सभी लोग चौंक पड़े। कालीपद सूअर के बच्चे और तीखा शब्द का अर्थ तो समझ गया लेकिन कुर्सी क्या चीज है इसका अनुमान लगाने के लिए कमरे में कभी इधर कभी उधर मुँह घुमाकर देखने लगा। रासबिहारी ने अपने आपको संयत कर लिया था, गंभीर स्वर में बोले, "कालीपद, उस कमरे में से एक चेयर ले आओ बाबू को बैठने को दो।" कालीपद के जल्दी से चले जाने पर वह लड़के की ओर मुड़कर शान्त और उदार स्वर में बोले, "यह रोगी का कमरा है, इतने उतावले मत बनो विलास। टेम्पर लूज करना किसी भी भले आदमी को शोभा नहीं देता।"

विलास ने उद्दंडता से कहा, "ऐसी हालात में टेम्पर लूज न होगा तो और कब होगा? बताइए? हरामजादे नौकर ने बिना पूछे ऐसे असभ्य आदमी को लाकर बिठा दिया जो भद्र महिला का सम्मान रखना तक नहीं जानता।"

अचानक भारी धक्का लगने पर जिस प्रकार नशे से चूर व्यक्ति का नशा उतर जाता है ठीक उसी प्रकार विजया के ज्वर की बेहोशी दूर हो गई। उसने चुपचाप नरेन्द्र का हाथ छोड़ दिया और दीवार की ओर मुँह करके करवट बदल ली।

कालीपद के कुर्सी लाकर रखते ही नरेन्द्र बिस्तर से उठकर उस पर बैठ गया। रासबिहारी ने विजया के चेहरे के भाव को पहचानने में भूल नहीं की। कुछ हँसकर विलास की ओर देखकर बोले, "मैं सब कुछ समझता हूँ विलास। यह भी मानता हूँ कि इस संबंध से तुम्हारा नाराज होना अत्यन्त स्वभाविक है। लेकिन तुम्हें यह सोचना चाहिए था कि सब लोग जान-बूझकर अपराध नहीं करते। सभी अगर इस प्रकार की रीति-नीति, आचार-व्यवहार जानते होते तो चिन्ता ही क्या थी? इसलिए क्रोध न करके शान्ति से मनुष्य की भूल-चूक सुधार लेनी पड़ती है।"

यह किसी को भी समझने में देर नहीं लगी कि भूल-चूक किसकी थी। विलास ने कहा, "नहीं बाबूजी, इस तरह की गुस्ताखी बर्दाश्त नहीं होती। इसके अलावा हमारे इस घर के नौकर-चाकर जैसे अभागे हैं वैसे ही बदजात भी हो गए हैं। कल ही सबको निकाल बाहर करूंगा। तब दम लूंगा।"

रासबिहारी ने थोड़ा हँसकर कहा, "जब इसका मन खराब होता है तब यह क्या-क्या कह बैठता है कुछ ठिकाना नहीं और केवल लड़के को ही आखिर दोष क्या दूँ। मैं बूढ़ा आदमी हूँ। फिर भी बीमारी की बात सुनकर कितना घबराया था। एक तो मकान में ही एक व्यक्ति को चेचक निकली है और फिर यह डर दिखा गए।"

नरेन्द्र ने इतनी देर तक कुछ कहा नहीं था। इस बार टोककर बोला, "नहीं मैं किसी प्रकार का भय दिखाकर नहीं गया।"

विलास ने जमीन पर पैर पटककर तेजी से कहा, "बिल्कुल भय दिखा गए थे, कालीपद गवाह है।"

नरेन्द्र ने कहा, "कालीपद ने गलत सुना है।" उत्तर में विलास ने जाने कौन-सी बेहूदगी करने जा रहा था कि पिता ने रोककर कहा, "अरे, यह क्या करते हो विलास। जब यह अस्वीकार कर रहे हैं तब क्या कालीपद पर विश्वास किया जाएगा। निश्चय ही इनकी बात सच है। एक मामूली बीमारी से बुद्धि मत खो बैठो विलास। शान्त हो जाओ। मंगलमय जगदीश्वर केवल हमारी परीक्षा के लिए संकट भेज देते हैं।

मैं तो सोच ही नहीं सकता कि विपत्ति में पड़ने पर कुछ लोग इस बात को क्यों भूल जाते हैं।"

थोड़ा रुककर फिर बोले, "और उन्होंने गलत बीमारी की बात कह ही दी तो उससे भी क्या होता है? बहुत से पढ़े-लिखे, अच्छे-अच्छे बुद्धिमान डॉक्टरों से भी भूल हो जाती है। फिर यह तो लड़के हैं।" फिर नरेन्द्र की ओर देखकर बोले, "खैर बुखार तो आप मामूली ही बता रहे हैं। चिंता करने का कोई कारण नहीं है। यही राय है न आपकी?"

नरेन्द्र के आने के बाद से अब तक अनेक अपमान चुपचाप सह लिए थे लेकिन इस बार टेढ़ा उत्तर दिए बिना न रह सका। बोला, "मेरे कहने से क्या आता-जाता है। अच्छा तो यह है कि आप किसी अच्छे पढ़े-लिखे बुद्धिमान डॉक्टर को दिखाइए।"

विलास एकदम उछल पड़ा और मारने को तैयार होकर चीख उठा, "मैं कहे देता हूँ कि किसके साथ बात कर रहे हो यह ध्यान में रखकर बात करो। अगर यह कमरा न होता तुम कहीं और होते तो तुम्हारा यह कटाक्ष करना..."

इस व्यक्ति का बात-बेबात शुरू से ही झगड़ा पैदा करके भयानक कांड कर बैठने की जी-जान से कोशिश देख नरेन्द्र हैरान रह गया लेकिन क्यों, किस कारण और कहाँ उसके व्यवहार में कौन-सा अपराध हुआ है, कुछ भी तो निश्चित नहीं कर पाया। नरेन्द्र नहीं जानता था कि यह आदमी उससे इतना जलता क्यों है। विजया के यहाँ आने के साथ ही साथ गांव के लोग विलास और विजया के भावी संबंध की चर्चा किया करते थे तब यह वैज्ञानिक जीवाणुओं के अध्ययन में डूबा रहता था। गांव की जनश्रुति उसके कानों तक नहीं पहुँची। उसके बाद वह ब्रह्म मन्दिर प्रतिष्ठा के दिन बात पक्की होकर चारों ओर प्रसिद्ध हो गई तब वह कलकत्ता चला गया था। आज पिता-पुत्र की बातचीत के ढंग से बीच-बीच में उसे एक अनदेखी व्यथा की तरह कुछ खटक अवश्य रहा था लेकिन उसे स्पष्ट करने का न तो उसे समय ही मिला और न आवश्यकता ही उसे थी।

तभी विजया ने इस ओर मुँह फिराकर नरेन्द्र के चेहरे पर अपनी पीड़ित-व्यथित आँखें गड़ाकर कहा, "मैं जितने दिन जिऊंगी, आपका अहसान मानूंगी लेकिन जब इन लोगों ने दूसरे डॉक्टर के द्वारा ही मेरा इलाज कराने का निश्चय किया है तो आप बेकार अपमान मत सहन कीजिए लेकिन लौटते हुए दयाल बाबू को जरूर देखते जाइएगा। मेरी केवल यह प्रार्थना स्वीकार कर लीजिए।" कहकर उत्तर की प्रतीक्षा किए बिना उसने मुँह फिरा लिया। रासबिहारी ने बहुत पहले ही असल मामला समझ लिया था। जल्दी से बोल उठे, "विचित्र बात है। जिसे तुमने बुला भेजा है भला उसका अपमान करने की किसमें ताकत है।"

इसके बाद लड़के को बार-बार बुरा-भला कहकर इसी बात का ढिंढोरा पीटने लगे कि भारी बीमारी समझकर व्याकुलता के कारण विलास हित-अहित का ज्ञान खो बैठा है। नरेन्द्र चुपचाप उठा और छड़ी और छोटा बैग लेकर चुपचाप बाहर आ गया। रासबिहारी ने पीछे से पुकार कर कहा, "नरेन्द्र बाबू, आपसे एक जरूरी बात करनी है।" और तुरंत उठकर लड़के को अप्रतिद्वंद्व, एकमात्र और अद्वितीय रूप से विजया के कमरे में प्रतिष्ठित करके उसके पीछे-पीछे नीचे उतर गए।

नरेन्द्र को बगल के एक कमरे में बैठाकर भूमिका के बहाने कहा, "पाँच आदमियों के सामने तुम्हें बाबू कहूँ या बेटा, लेकिन यह नहीं भूल सकता कि तुम हमारे जगदीश के बेटे हो। वनमाली और जगदीश स्वर्ग चले गए। केवल मैं बचा हूँ। हम तीनों क्या थे तुम्हें इसका आभास तो उस दिन दे दिया था लेकिन खोलकर नहीं बता सकता। मेरा हृदय मानो फट जाना चाहता है, नरेन्द्र।"

वास्तव में माइक्रोस्कोप की कीमत देते समय उन्होंने अनेक बातें कही थीं। नरेन्द्र चुपचाप सुनता रहा।

अचानक जैसे उस दिन की बातें याद आ जाने पर रासबिहारी बोल उठे, "उस आवश्यक यंत्र को बेच देने के कारण मैं सचमुच ही तुम पर बहुत नाराज हो गया था नरेन्द्र, लेकिन बेटा 'नाराज हो गया था'

बहुत रूखा है। दुनियादारी के लिहाज से 'नाराज नहीं हुआ था' कहना ही अच्छा होगा। मेरे द्वारा जो नहीं हो सकता उसके लिए दुःखी होना बेकार है। न जाने कितने लोगों के निकट बुरा बनता हूँ। कितने गालियाँ देते हैं। हितैषी लोग कहते हैं तुम झूठ कभी नहीं बोल सकते रासबिहारी। हम लोग भी झूठ बोलने के लिए नहीं कहते लेकिन कुछ घुमा-फिराकर बोलने से अगर गाली-गलौज से छुट्टी मिल जाती है तो वैसा क्यों नहीं करते। लेकिन बेटा, जो हुआ नहीं उसे बनाकर, घुमा-फिराकर कैसे कहा जा सकता है। जाने दो बेटा, अपने संबंध में चर्चा करना मैंने कभी पसंद नहीं किया और एक बात जानते हो नरेन्द्र, मैंने बाल इस दुनिया में रहकर ही सफेद कर डाले हैं लेकिन क्या करने और क्या कहने से सुख-सुविधा मिलती है, आज तक पके सिर में नहीं आ सका। नहीं तो यह बात तुम्हारे मुँह पर ही कहकर कि मैं तुमसे नाराज हुआ था तुम्हें क्यों कलेश पहुँचाता।"

नरेन्द्र ने विनम्रता से कहा, "जो सत्य है आप वही कहते हैं। इसमें दुःखी होने की तो कोई बात नहीं है।"

रासबिहारी गर्दन हिलाते-हिलाते बोले, "नहीं, यह बात मत कहो नरेन्द्र। कठोर बात की ठेस लगती ही है लेकिन मैं चुप नहीं रह सका। सोचा, बहुत दुःख में ही अपनी जरूरी चीज बेच गया है। उसकी कीमत जो भी हो, जब तय हो चुकी है। तब कुछ सोचा नहीं जा सकता और कीमत देने में भी देर नहीं की जा सकती। हमारी विजया बेटी की जब इच्छा है और जितने दिनों में देने की हो, रुपये दे लेकिन मैं अभी जाकर खुद दे आऊँ। रुपए पाकर बेचारा विदेश जा सकेगा। एक दिन देर करना भी उचित नहीं है जबकि वह हमारे जगदीश का लड़का है।"

नरेन्द्र ने उस समय की कड़वी बातों को याद करके दुःखी मन से पूछा, "क्या उनकी कीमत देने की इच्छा नहीं थी?"

वृद्ध ने गंभीर होकर कहा, "नहीं, यह बात तो मेरे मन में आई नहीं लेकिन तुम तो जानते हो... नहीं जाने दो।" कहकर वे एकदम चुप हो गए।

रासबिहारी आदमी पहचानते थे। नरेन्द्र की आज की बातचीत और व्यवहार से उन्हें भीषण सन्देह हो गया था कि नरेन्द्र अभी तक असली बात नहीं जानता। बोले, "विलास के आचरण से मैं जितना दुःखी हुआ हूँ उतना ही लज्जित भी। इस माइक्रोस्कोप की ही बात कहता हूँ। विजया विलास की सलाह लेकर उसे खरीदती तब तो कोई बात ही नहीं उठती। तुम्हीं बताओ, क्या यह उसका कर्त्तव्य नहीं था?"

विजया के कर्त्तव्य को ठीक तरह से न समझ पाने के कारण नरेन्द्र जिज्ञासा से उनका मुँह ताकता रहा। रासबिहारी ने कहा, "उसकी बीमारी की खबर पाकर विलास, कितना व्याकुल हो उठा है, हमें समझने के लिए बाकी ही नहीं है। सारी भलाई-बुराई, सारी जिम्मेदारी उसी के सिर पर तो है। चिकित्सा और चिकित्सक निश्चित करना उसी का काम है। उसकी राय के बिना तो कुछ हो नहीं सकता। विजया ने अन्त में स्वयं भी तो यह समझ लिया। लेकिन दो दिन पहले सोच लेती तो ये अप्रिय घटनाएँ न हो पातीं। अब वह छोटी लड़की नहीं है। सोचना तो उचित था।"

क्यों उचित था? यह न समझ पाने के कारण नरेन्द्र वृद्ध के प्रश्न का समर्थन न कर सका लेकिन मन में आशंका जाग उठी।

"लेकिन बेटा, तुम विलास के मन की हालत समझकर अपने मन में ग्लानि मत रखना। मेरा एक अनुरोध और है नरेन्द्र, इन लोगों का विवाह बैसाख में होगा। अगर कलकत्ता में रहे तो अभी से कहे देता हूँ, इस शुभ कार्य में तुम्हें योग देना होगा।"

नरेन्द्र कुछ कह नहीं सका। सिर्फ गर्दन हिलाकर बताया, "अच्छा।"

रासबिहारी बोले, "यह विवाह मंगलमय की एकान्त इच्छा से हो रहा है। दूसरे यह संबंध इन दोनों के जन्म लेते ही निश्चित हो गया था। खैर, तो क्या अब कलकत्ता में ही रहना होगा? काम मिलने की कोई आशा-वाशा है?"

"हाँ, एक विलायती दवाइयों की दुकान में मामूली-सा काम मिल गया है।"

रासबिहारी खुश होकर बोले, "अच्छी बात है, अच्छी बात है, दवाइयों की दुकान में अच्छा पैसा है। टिककर रह सके तो सिलसिला जमा लोगे।"

नरेन्द्र इस इशारे के पास भी नहीं फटका। बोला, "जी हाँ।"

"कितना वेतन देते हैं?"

नरेन्द्र बोला, "बाद में कुछ अधिक दे सकते हैं। इस समय तो कुल चार सौ देते हैं।"

"चार सौ?" रासबिहारी के आश्चर्य की सीमा न रही।

दिन चढ़ते देख नरेन्द्र उठ खड़ा हुआ। दयाल बाबू के दो-चार चेचक के दाने दिखाई पड़े थे। उन्हें देखने जाना था। उसने पूछा, "परेश अब कैसा है, आप बता सकते हैं?"

"उसे गांव के घर भिजवा दिया है। कैसा है, कह नहीं सकता।"

दोनों कमरे से बाहर निकल आए। रासबिहारी को फिर ऊपर जाना था। लड़का प्रतीक्षा कर रहा होगा। उसने चिकित्सा का क्या प्रबंध किया यह भी जानना था। बरामदे के छोर पर आकर नरेन्द्र ने पलभर रुककर कहा, "आप मेरी ओर से विलास बाबू से एक बात कह दीजिए कि तेज बुखार में मनुष्य का आवेश साधारण से कारण से बढ़ जाता है। विजया के संबंध में डॉक्टर की इस बात पर अविश्वास न करें," यह कहकर वह मुड़ा और तेज चाल से चला गया।

स्नान नहीं, खाना नहीं, सिर पर कड़ी धूप-मैदान पार करता हुआ नरेन्द्र दिघड़ा की ओर चला जा रहा था। उसे कुछ भी अच्छा नहीं लग रहा था। चलते-चलते अपने आप से प्रश्न करने लगा, "मेरी क्या गर्ज हैं? किसी स्त्री ने अपने एक श्रद्धा पात्र को देखने के लिए अनुरोध कर दिया है इसलिए जिसे कभी आँखों से देखा नहीं। उसे देखने के लिए ऐसी धूप में खेतों के ब्राह्मण ढेले फोड़ता फिर रहा हूँ।" यह सोचकर कि यह अनुरोध करने का उसे कोई अधिकार नहीं था, उसका तन मन जलने लगा। अपने आप से कहने लगा कि इस अनुरोध की रक्षा करने के लिए जाने में आत्म-सम्मान की हानि है। फिर भी वह लौट

न सका। एक-एक कदम बढ़ाता हुआ दिघड़ा की ओर बढ़ने लगा और थोड़ी ही देर में उस अनुरोध की रक्षा करने के लिए अपने मकान के दरवाजे पर पहुँच गया।

17

कागज के एक टुकड़े पर नरेन्द्र ने अपने नाम के साथ अपनी विलायती डिग्री जोड़कर भीतर भेज दिया। उसे पढ़कर दयाल बहुत ही घबरा उठे। इतना बड़ा डॉक्टर पैदल चलकर उन्हें देखने आया है– यह उन्हें अशोभनीय ढिठाई और अपराध-सा लगा। वे यह नहीं सोच सके कि जब इस डॉक्टर को ही निकालकर वे इस मकान में रह रहे हैं तो इस लज्जा के कारण किस तरह उसे अपना मुँह दिखायें।

पलभर के बाद ही एक और गौर वर्ण, दुबले-पतले छरहरे युवक ने उनके कमरे में प्रवेश किया जो मुग्ध नेत्रों से उसे ताकते रह गए। उन्हें ऐसा लगा कि मुझे चाहे जो भी रोग हो और चाहे जितना भयानक हो, अब डर नहीं है। मैं बच गया। यह आश्वासन पाकर कि रोग बहुत मामूली है, चिन्ता का कोई कारण नहीं है, वह उठकर बैठ गए और यहाँ तक सोचने लगे कि डॉक्टर साहब को रेल गाड़ी में बैठा आने के लिए स्टेशन तक साथ जाना संभव होगा या नहीं। विजया स्वयं चारपाई पर पड़ी है लेकिन उन्हें भूली नहीं है। उसी ने अनुरोध करके इन्हें भेजा है। यह सुनकर कृतज्ञता और प्रसन्नता से उनकी आँखें छलछला आईं। देखते-देखते नए डॉक्टर और पुराने आचार्य में बातचीत का रंग जम गया। नरेन्द्र के मन में आज ढेर सारी ग्लानि जमा हो गई थी किंतु आचार्य के संतोष, सहृदयता और मन की पवित्रता से आधे से अधिक धुल गई। बातों-बातों में वह समझ गया कि भले ही धर्म संबंधी पठन-पाठन बहुत ही थोड़ा है लेकिन धर्म की वस्तु को वृद्ध प्राण भरकर प्रेम करता है और इस यथार्थ प्रेम ने ही मानो धर्म की सत्य दिशा के प्रति उसकी आँखों की दृष्टि को असाधारण रूप में स्वच्छ कर दिया है। किसी धर्म के विरुद्ध शिकायत नहीं और अगर मनुष्य शुद्ध है तो सभी धर्म उसे शुद्ध वस्तु दे सकते हैं। यही अकपट रूप

से विश्वास करते हैं। मगर उनका यह असाम्प्रदायिक मतवाद विलास बिहारी के कानों तक पहुँच जाता तो उनका आचार्य पद बना रहता या नहीं, इस बारे में घोर संदेह है। वृद्ध ही शान्त, सरल और द्वेषहीन बातें सुनकर नरेन्द्र मुग्ध हो उठा। रास बिहारी और विलास बिहारी का भी उन्होंने बहुत गुणगान किया। वह जिसकी भी बात करते उसी के बारे में कहते कि वैसा भला आदमी संसार में उन्होंने दूसरा देखा ही नहीं। वृद्ध की मनुष्य को पहचानने की यह अद्भुत शक्ति देख नरेन्द्र मन ही मन खूब हँसा। अन्त में विलास के सिलसिले में ही बड़े प्रसन्न होकर बताया, अगले बैसाख में विवाह है और विजया की इच्छा है कि उस समय आचार्य पद मैं ही ग्रहण करूँ और यह विवाह ब्रह्म समाज में विवाह का यथार्थ आदर्श होगा।

लेकिन यदि वृद्ध सौभाग्य और आनन्द की अधिकता से स्वतः इतने अधिक विह्वल न हो उठे होते तो आसानी से देख पाते कि अन्तिम चर्चा किस प्रकार उनके श्रोता के मुँह पर स्याही पर स्याही पोते चली जा रही है।

स्नान-भोजन के लिए वह नरेन्द्र को किसी भी प्रकार राजी नहीं कर पाए। लगभग डेढ़ घंटे के बाद नरेन्द्र जब सच्ची श्रद्धा के साथ नमस्कार करके बाहर आ गया। तब उसे यह समझना शेष न रहा कि उसे पीड़ा कहाँ है। उसका मन उदास और बेचैन क्यों हैं। नदी पार होते ही बांयी ओर बहुत दूर जमींदार के भवन के शिखर पर नजर पड़ जाने से उसकी दोनों आँखें फिर जल उठीं। मुँह फिराकर सीधे मैदान के रास्ते से रेलवे स्टेशन की ओर तेजी से चलने लगा। आज अचानक इतना बड़ा आघात न लगता तो शायद वह इतना जल्दी अपने मन को न पहचान पाता। स्टेशन पहुँचकर उसने देखा– जो माइक्रोस्कोप इतने दुःख की जड़ है, कालीपद उसे लिए खड़ा है। पास आकर बोला, "डॉक्टर बाबू, माँ जी ने इसे आपके पास भेजा है।"

नरेन्द्र ने तीखी आवाज में पूछा, "क्यों?"

क्यों, सो कालीपद जानता नहीं था, लेकिन चीज डॉक्टर बाबू की है और इसी को लेकर जो अनेक अप्रिय घटनाएँ हो चुकी थीं वे

कालीपद से छिपी नहीं थीं, इसलिए उसने गांठ की बुद्धि खर्च करके मुस्कराते हुए कहा, "आपने वापस जो मांगा था।"

नरेन्द्र मन-ही-मन और अधिक क्रुद्ध हो उठा, "नहीं, मैंने नहीं मांगा। मेरे पास देने के लिये रुपये नहीं हैं।"

कालीपद ने समझा, यह रूठ जाने की बात है। पुराना नौकर था। रुपये-पैसे के मामले में विजया के मन के भाव और आचरण के अनेक दृष्टान्त देखे थे। अपने ज्ञान को और थोड़ा-सा फैलाकर थोड़ी-सी उपेक्षा से बोला, "ऊँ, बड़ी भारी कीमत न। माँ जी के लिए दो-चार रुपये भी कोई रुपये हैं। ले जाइए आप। जब रुपयों का प्रबंध हो, भेज दीजिएगा।"

रुपयों के संबंध में उसके प्रति विजया के इस विश्वास से नरेन्द्र का क्रोध कुछ कम हुआ लेकिन आवाज के तीखेपन को दूर नहीं कर सका। इसी से दो सौ के बदले में चार सौ देने की असमर्थता प्रकट करके बोला, "नहीं-नहीं, तू लौटा लेजा कालीपद। मुझे जरूरत नहीं है। मैं दो सौ के बदले चार सौ नहीं दे सकूंगा।"

कालीपद ने विनय भरे स्वर में कहा, "नहीं डॉक्टर बाबू, सो नहीं होगा। आप उसे ले जाइए। मैं गाड़ी में रखकर ही जाऊंगा।"

इस चीज के संबंध में उसका व्यक्तिगत एक विशेष स्वार्थ था। विलास को वह फूटी आँखों नहीं देख सकता था। उसके प्रति द्वेष होने के कारण ही नरेन्द्र के प्रति उसके मन में एक प्रकार की सहानुभूति पैदा हो गई थी इसलिए दरबान के द्वारा भेज देने का हुक्म होने पर भी कालीपद स्वयं याचना करके यह भारी बक्स लाद लाया था। गला साफ करके बोला, "आप ले जाइए डॉक्टर बाबू। माँ जी अच्छी होने पर चाहें तो आपसे कीमत भी नहीं लेंगी।"

यह इशारा सुनकर नरेन्द्र आग बबूला हो उठा। ठीक है, उसने बुलाया और विलास ने अपमान किया। लगता है यह भी उसी का पुरस्कार है।

प्लेटफार्म पर और भी लोग थे। नरेन्द्र ने किसी तरह अपने को संभाला और रास्ते की ओर इशारा करके बोला, "चले जाओ मेरी

आँखों के सामने से।" और मुँह मोड़कर एक ओर चला गया। कालीपद काठ की तरह हतबुद्धि बेचैन होकर खड़ा रह गया। आखिर बात क्या हुई? वह समझ ही नहीं पाया। लगभग पन्द्रह मिनट बाद गाड़ी आने पर नरेन्द्र जब उसमें बैठ गया कालीपद ने धीरे-धीरे फर्स्ट क्लास कम्पार्टमेंट की खिड़की के पास जाकर पुकारा "डॉक्टर साहब!"

नरेन्द्र दूसरी ओर देख रहा था। मुँह फिरते ही उसकी नजर कालीपद के अद्‌भुत चेहरे पर पड़ी। नौकर से व्यर्थ ही कठोर व्यवहार करके मन-ही-मन पछतावा हुआ, इसलिए थोड़ा-सा हँसकर बड़ी नर्मी से बोला, "अब क्यों आया रे?"

वह कागज का एक टुकड़ा और पैंसिल निकालकर बोला, "आप अगर अपना पता...?"

"मेरा पता लेकर क्या करेगा रे?"

"मैं कुछ नहीं करूंगा। माँ जी ने कहा था...?"

माँ जी के नाम से नरेन्द्र आपे में नहीं रहा। जोर से डाँटकर बोला, "दूर हो जा सामने से? पाजी बदमाश कहीं का?"

कालीपद चौंककर दो कदम पीछे हट गया। दूसरे ही पल गाड़ी सीटी बजाकर चल दी।

लौटकर जब वह ऊपर के कमरे में पहुँचा, विजया खाट की बाजू में सिर करके आँखें मूंदे टिकी बैठी थी, पैरों की आहट से आँखें खोलते ही कालीपद ने कहा, "लौटा दिया, लिया नहीं।"

विजया की आँखों में वेदना या आश्चर्य कुछ भी दिखाई नहीं पड़ा। कागज पैंसिल मेज पर रखकर बोला, "बाबा रे क्या गुस्सा है। ठिकाना पूछने पर बिगड़कर मारने दौड़ा।"

प्रत्युत्तर में विजया मौन रही।

रास्ते भर कालीपद अपने आप ही सोचता आया था कि मालिक के आग्रह के उत्तर में वह क्या बोलेगा लेकिन उस ओर से रत्ती भर भी उत्साह न पाकर उसने आँखें उठाकर देखा, विजया की नजरें वैसी ही भाव-शून्य थीं। सहसा उसके मन में आया कि जान-बूझकर ही

विजया ने यह बेकार का काम उसे सौंपा था। इसी से चुपचाप कुछ देर खड़ा रहा फिर धीरे-धीरे बाहर चला गया।

हालांकि पाँच-छह दिन में विजया की बीमारी दूर हो गई लेकिन शरीर स्वस्थ होने में देर होने लगी। विलास ने अच्छे डॉक्टर द्वारा शक्तिवर्धक दवाइयाँ और पथ्य का प्रबंध करने में कोई कमी नहीं की लेकिन कमजोरी दिन पर दिन बढ़ती ही चली गई। इस ओर फागुन समाप्त होने को आ गया। बीच में केवल चैत का महीना ही रह गया। रासबिहारी का संकल्प था कि बैशाख के पहले सप्ताह में ही लड़के का विवाह कर देंगे लेकिन यह देखकर कि वह तो दिन-प्रतिदिन कान्तिमान और परिपुष्ट हो रहा है और कन्या दुबली और मुरझाई सी होती जा रही है। रासबिहारी रोजाना एक बार आकर आकुलता प्रकट करने लगे। कोशिशों में रत्तीभर भी कमी नहीं हो रही है फिर क्या कारण है? उस माइक्रोस्कोप से संबंधित घटना न जाने कुछ अतिरंजित होकर पिता-पुत्र के कानों तक पहुँच गई थी। सुनकर लड़का जितना उछलने-कूदने लगा बाप उतना ही उसे ठंडा करने लगा। अंत में उन्होंने लड़के को विशेष रूप से सतर्क कर दिया कि छोटी-मोटी बातें लेकर ऊधम मचाते फिरने से कोई लाभ नहीं होगा। विजया की बीमार देह पर बुरा प्रभाव पड़ेगा। विलास संसार के कितने ही व्यक्तियों को तुच्छ या उपेक्षा योग्य समझे लेकिन पिता की पक्की बुद्धि का सम्मान मन-ही-मन करता था, क्योंकि सांसारिक कार्यों में इस बुद्धि की श्रेष्ठता के इतने प्रमाण मौजूद थे कि उसकी प्रमाणिकता पर संदेह करना असंभव था। इसलिए इस बात को लेकर उसके हृदय में भले ही कितना विष इकट्ठा हो गया था खुलकर विरोध करने का साहस उसने नहीं किया लेकिन उससे अधिक सहन न हो सका। एक बहुत ही मामूली-सी बात पर कालीपद के पीछे पड़ गया। पहले तो उसे मारने दौड़ा और अन्त में गुमाश्ते को बुलाकर वेतन चुका देने की आज्ञा देकर उसे नौकरी से निकाल दिया।

डॉक्टर ने विजया के लिए सुबह-शाम थोड़ा-सा घूमने-फिरने का निर्देश दिया था। उस दिन सवेरे वह नदी के किनारे थोड़ा-सा

घूम-फिरकर लौटी ही थी कि कालीपद आँसू भरे गले से बोला, "माँ जी, छोटे बाबू ने जवाब दे दिया।"

विजया ने आश्चर्य से पूछा, "क्यों?"

कालीपद रोकर बोला, "मालिक स्वर्ग चले गए। उनसे कभी गाली नहीं खाई माँ जी, लेकिन आज..." कहकर वह बार-बार आँखें पोंछने लगा। फिर रोना बंद करके उसने जो कुछ कहा उसका सार वह है– उसने कोई अपराध नहीं किया लेकिन छोटे बाबू उसे फूटी आँखों नहीं देख सकते। डॉक्टर बाबू के पास वह बक्स देने जाने की बात मैंने खुद उन्हें क्यों नहीं बताई? क्यों मैं उन्हें घर बुला लाया था- आदि-आदि।

विजया कुर्सी पर कड़ी होकर बैठी रही। बहुत देर चुप रहने के बाद उसने पूछा, "कहाँ है वह?"

कालीपद बोला, "कचहरी में बैठे कागज देख रहे हैं।"

"अच्छा जरूरत नहीं। अभी तू जा काम पर," विजया ने कहा और स्वयं भी चली गई। लगभग एक घंटे के बाद उसने खिड़की से देखा विलास कचहरी से निकलकर चला गया। उसने समझ लिया कि आज वह उसकी खबर लेने क्यों नहीं आया।

दयाल रोग मुक्त होकर फिर नियमित रूप से अपने काम पर आने लगे थे। शाम से पहले लौटते समय किसी-किसी दिन विजया उनके साथ हो लेती थी और बातें करते-करते कुछ दूर तक पहुँचाकर लौट आती थी।

नरेन्द्र के लिए दयाल के मन में आदर कृतज्ञता पैदा हो गई थी। बीमारी की बात उठने पर वृद्ध नए चिकित्सक की मुक्त कंठ से प्रशंसा करने लगते। विजया चुपचाप सुनती रहती लेकिन किसी प्रकार का आग्रह प्रकट न करती इसलिए दयाल मुँह खोलकर नहीं कह पाते थे कि उनकी बहुत इच्छा है कि उन्हें ही बुलाकर विजया की बीमारी के बारे में पूछा जाए। अन्दर का रहस्य उन्हें बिल्कुल मालूम न था इसलिए विजया की मौन उपेक्षा से उन्हें आंतरिक पीड़ा होती थी। हजार तरह के इशारों द्वारा बताना चाहते थे कि वह लड़का अवश्य है लेकिन

जो विख्यात और अनुभवी डॉक्टर तुम्हारी बेकार चिकित्सा करके समय और धन नष्ट कर रहे हैं उनकी अपेक्षा वह कहीं अधिक बुद्धिमान है।

लेकिन इस गुप्त रहस्य का आभास पाने में उन्हें अधिक दिन नहीं लगे। एक दिन सहसा वह विजया के कमरे में आकर बोले, "बेटी, कालीपद को अब मैं उस मकान में नहीं रख सकता।"

विजया को पहले ही संदेह था। फिर भी उसने पूछा, "क्यों?"

दयाल ने कहा, "जिसे तुम मकान में नहीं रख सकीं मैं उसे किस साहस से रखूँ। बताओ तो भला बेटी?"

विजया ने मन ही मन अत्यन्त क्रुद्ध होकर कहा, "लेकिन वह भी तो मेरा ही मकान है।"

दयाल लज्जित होकर बोले, "सो जरूर है। हम सभी तो तुम्हारे आश्रित हैं बेटी। लेकिन..."

विजया ने पूछा, "क्या उन्होंने आपको रखने से मना किया है?"

दयाल चुप रहे। विजया समझ गई। बोली, "तो फिर कालीपद को मेरे पास ही भेज दीजिए। वह हमारे बापू का नौकर है। उसे मैं निकाल नहीं सकती।"

दयाल ने पलभर मौन रहकर संकोच के साथ कहा, "काम अच्छा नहीं होगा बेटा। उनकी अवहेलना करना तुम्हारा कर्त्तव्य नहीं है।"

विजया सोचकर बोली, "तो फिर आप क्या करने को कहते हैं?"

दयाल ने कहा, "तुम्हें कुछ भी करना नहीं होगा। कालीपद स्वयं ही घर जाना चाहता है। मैं कहता हूँ, कुछ दिनों के लिए वह चला ही क्यों न जाए?"

बहुत देर तक चुप रहने के बाद एक लम्बी सांस छोड़कर विजया बोली, "तो फिर चला जाए, लेकिन जाने से पहले उसे एक बार यहाँ भेज दीजिएगा।"

लम्बी सांस की आवाज से चकित होकर वृद्ध ने मुँह उठाते ही देखा, विजया के मुरझाए चेहरे पर गहरी घृणा उभर आई थी। वह हैरान रह गए। लेकिन इस संबंध में और कुछ कहने का साहस उन्हें नहीं हुआ।

इसके बाद पाँच-छह दिन तक दयाल दिखाई न पड़े। विजया ने कचहरी में पता लगाया। मालूम हुआ कि वह काम पर नहीं आते। इससे बेचैन होकर वह जब यह सोच रही थी कि आदमी भेजकर पता लगाना आवश्यक है या नहीं उसने दरवाजे के बाहर उनका खांसना सुना। वह बड़ी प्रसन्न्ता से उसी और आदर से उन्हें कमरे में लाकर बैठाया।

दयाल की पत्नी हमेशा बीमार रहती है। अचानक बीमारी बढ़ जाने के कारण वह काम पर नहीं आ सके थे। उन्हें स्वयं ही खाना बनाना पड़ता था। उसकी बातों से विजया ने यह तो समझ लिया कि भय की कोई बात नहीं है। फिर भी पूछा, "अब वह कैसी हैं?"

दयाल बोले, "आज अच्छी हैं। नरेन्द्र बाबू को चिट्ठी लिखी थी। वह कल तीसरे पहर आकर दवा दे गए हैं। कैसी अद्भुत चिकित्सा है बेटी? चौबीस घंटे के अन्दर-अन्दर बारह आने रोग चला गया है।"

विजया होंठ दबाकर हँसी। फिर बोली, "अच्छी क्यों न होंगी? आप सबका क्या साधारण विश्वास है उन पर?"

दयाल बोले, "यह सच है लेकिन विश्वास यों ही तो हो नहीं जाता बेटी, हमने परीक्षा करके देख लिया है। ऐसा लगता है कि घर में पांव रखते ही सब ठीक हो जाएगा।"

"अवश्य हो जायेगा", विजया फिर मुस्कराई। दयाल ने खुद भी थोड़ा-सा हँसकर कहा, "वह केवल उसका ही इलाज नहीं कर गए हैं बेटी और भी एक व्यक्ति की व्यवस्था कर गए हैं।" उन्होंने एक कागज टेबल पर खोलकर रख दिया।

यह एक प्रिस्क्रिप्शन था। ऊपर विजया का नाम लिखा था। लिखावट पर नजर पड़ते ही वे थोड़े से अक्षर जैसे आनंद के बाण बनकर विजया के हृदय में आ लगे। पलभर के लिए चेहरा रक्तिम हो उठा। फिर राख के समान फीका पड़ गया। वृद्ध अपनी सफलता के आनन्द में ऐसे विभोर थे कि उन्होंने उस ओर देखा तक नहीं। बोले, "तुम्हें उपेक्षा नहीं करने दूंगा बेटी। तुम्हें इस दवा की परीक्षा करके देखनी होगी।"

विजया ने अपने आपको संभालकर कहा, "लेकिन यह तो अंधेरे में ढेले फेंकना है।"

वृद्ध ने गर्वीले स्वर में कहा, "यह तुम क्या कहती हो। इन्हें क्या तुमने नेटिव डॉक्टरों जैसा समझ लिया है बेटी, जो फीस देते ही दवा लिख देते हैं। यह तो विलायत पास करके आए हुए बहुत बड़े डॉक्टर हैं। रोगी को अपनी आँखों से देखे बिना वह कुछ नहीं बताते। उन्हें अपनी जिम्मेदारी का क्या साधारण ज्ञान है बेटी?"

विजया ने बनावटी आश्चर्य से आँखें फैलाकर कहा, "अपनी आँखों से देखकर कैसे? किसने कहा कि वह मुझे देख गए हैं? केवल आपके मुँह से सुनकर ही उन्होंने यह दवा लिख दी होगी।"

दयाल बार-बार सिर हिलाते हुए कहने लगे, "नहीं-नहीं। बिल्कुल नहीं। कल जब तुम अपने बगीचे की रेलिंग पकड़कर खड़ी थीं तब ठीक तुम्हारे सामने के रास्ते से ही वह पैदल चलकर गए थे और तुम्हें अच्छी तरह देख गए थे। शायद उस समय तुम्हारा चित्त इधर-उधर था।"

विजया चौंककर बोली, "साहबों जैसी वेशभूषा थी क्या? सिर पर हैट था?"

दयाल हाँ-हाँ करके हँसते हुए कहने लगे, "कौन कह सकता था कि वह असली साहब नहीं हैं? कौन कह सकता था कि वह हमारे स्वजातीय बंगाली हैं। मैं स्वयं भी तो चौंक पड़ा था बेटी।"

सामने से होकर गए, आँखों के आगे से गए, उसे देखते गए, फिर भी एक बार से अधिक उनकी ओर देखा तक नहीं, बल्कि यह सोचकर कि पुलिस का कोई अंग्रेज अधिकारी होगा उसने उपेक्षा से आँखें हटा ली थीं। वृद्ध को इसका पता ही न चल पाया कि विजया के हृदय में कैसा तूफान मचल उठा है। वह अपने आप ही कहते चले गए, "बीच में केवल चैत का महीना बाकी है। बैसाख के पहले या अधिक से अधिक दूसरे सप्ताह में तो विवाह है। मैंने कहा बिटिया का शरीर अच्छा नहीं हो रहा डॉक्टर बाबू। कोई ऐसी दवा दीजिए। जिससे..." उनकी बात यहीं अधूरी रह गई।

उनके अचानक रुक जाने से विजया ने मुँह उठाकर उनकी नजरों का पीछा करते ही विलास को कमरे में आते देखा। कमरे में आते ही उसने महसूस किया कि जो आलोचना चल रही थी उसके आ जाने से बंद हो गई है। इससे विलास की आँखें और चेहरा क्रोध से काले पड़ गए लेकिन अपने आपको संभालकर वह पास आकर एक कुर्सी खींचकर बैठ गया। सामने ही प्रिस्क्रिप्शन पड़ा था। उसने उठा लिया और आरंभ में अंत तक तीन-चार बार पढ़कर वहीं रख देने के बाद बोला, "नरेन्द्र डॉक्टर का प्रिस्क्रिप्शन जान पड़ता है। आया किस तरह? शायद डाक से?"

किसी ने उत्तर नहीं दिया। विजया मुँह फिराकर खिड़की से बाहर देखने लगी।

विलास ईर्ष्या से जलते हुए थोड़ा-सा हँसकर बोला, "डॉक्टर तो बस नरेन्द्र डॉक्टर है। इसी से लगता है, इनसे कोई दवा पी ही नहीं जाती। शीशी की दवा शीशी में ही सड़ती रहती है और फिर फेंक दी जाती है। खैर, यह सब हुआ लेकिन कलिकाल के इन धनवन्तरि ने यह कागज भेजा किस प्रकार? सो तो सुनूं। डाक से भेजा है?"

इस प्रश्न का भी किसी ने उत्तर नहीं दिया।

तब उसने दयाल की ओर देखकर कहा, "अब तक तो आप खूब लेक्चर झाड़ रहे थे। सीढ़ियों से ही सुनाई दे रहा था। पूछता हूँ आप कुछ जानते हैं?"

जब से जमींदारी सरिश्ते में विलास बिहारी के अधीन काम करना शुरू किया है। दयाल उससे मन ही मन बाघ के समान डरने लगे हैं। इसके अतिरिक्त कालीपद के मुँह से सुनने को भी कुछ बाकी नहीं रहा था इसलिए प्रिस्क्रिप्शन हाथ में लेते ही उनका हृदय बांस के पत्ते के समान कांप रहा था। प्रश्न सुनकर उनकी जीभ ऐसी जकड़ गई कि एक शब्द भी मुँह से नहीं निकला।

विलास ने कुछ देर ठहरकर डाँटकर कहा, "एकदम भीगी बिल्ली बन गए। मैं पूछता हूँ जानते हैं कुछ?"

नौकरी जाने का भय निर्धन व्यक्ति को कितना ओछा बना देता है– यह देखकर बड़ा दुःख होता है। दयाल चौंक उठे धीरे से बोले, "जी हाँ, मैं ही लाया हूँ।"

"आह, यही तो जान पड़ता है। कहाँ पा गए उसे?"

दयाल ने रुक-रुककर सारी बातें बता दीं।

विलास कुछ देर स्तब्ध बैठा रहा। फिर पूछा, "पिछले वर्ष का हिसाब पूरा करने को कहा था, पूरा हो गया?"

दयाल ने बुझे मुँह से कहा, "जो दो दिन के अंदर पूरा कर डालूंगा।"

"हुआ क्यों नहीं?"

"घर में बड़ी विपत्ति थी। रसोई बनानी पड़ती थी। आ ही नहीं सका।"

विलास ने अपने कुत्सित, कर्कश और कटु कंठ से दयाल के रुक-रुककर नकल करते हुए हाथ हिलाकर कहा, "आ ही नहीं सका? तब और क्या मुझे आपने राजा बना दिया है। मैंने पिताजी से पहले ही कहा था इन सब बूढ़े आदमियों से मेरा काम नहीं चलेगा।"

इतनी देर बाद विजया ने मुँह फिराकर देखा। उसके चेहरे पर अपार गंभीर शान्ति थी लेकिन दोनों आँखों से जैसे आग निकल रही थी उसने धीमे लेकिन दृढ़ स्वर में कहा, "दयाल बाबू को यहाँ किसने बुलाया है, जानते हैं? आपके पिताजी ने नहीं, मैंने।"

विलास ने विजया की ऐसी आवाज कभी नहीं सुनी थी। इस प्रकार की आँखों की दृष्टि भी कभी देखी नहीं थी लेकिन वह झुकने वाला आदमी नहीं था। पलभर चुप रहकर बोला, "किसी ने भी बुलाया हो मुझे यह जानने की आवश्यकता नहीं। मैं काम चाहता हूँ, मेरा संबंध काम से है।"

विजया ने कहा, "जिनके घर पर विपत्ति है वे काम करने किस तरह आ सकते हैं?"

विलास उद्दंडता से बोला, "इस तरह तो सभी विपत्ति की दुहाई दे सकते हैं। लेकिन दुहाई सुनने से मेरा काम नहीं चलता। मैंने जरूरी

काम समाप्त करने का हुक्म दिया था सो नहीं हुआ। उसकी कैफियत चाहता हूँ। विपत्ति के बारे में नहीं जानना चाहता।"

विजया के होंठ कांप उठे। उसने कहा, "सभी लोग विपत्ति की झूठी दुहाई नहीं देते। कम से कम मन्दिर का आचार्य नहीं देगा, सो जाने दीजिए लेकिन मैं आपसे ही पूछती हूँ जब आप जानते हैं कि आवश्यक काम होना ही चाहिए, तब आपने ही पूरा करके क्यों नहीं रखा? आपने क्यों चार दिन काम में गैर हाजिरी की? कौन-सी विपत्ति में पड़ गए थे आप, सुनूँ?"

विलास आश्चर्य से हतबुद्धि होकर बोला, "मैं खुद खाता पूरा करके रखूँ। मैंने क्यों गैर हाजिरी की?"

विजया ने कहा, "हाँ यही। हर महीने आप दो सौ रुपए वेतन लेते हैं। ये रुपए मैं। आपको खाली यों ही नहीं देती। काम करने के लिए देती हूँ।"

विलास ने मशीन के पुतले की तरह बस इतना ही कहा, "मैं नौकर हूँ? मैं तुम्हारा अमला हूँ?"

अत्यधिक क्रोध से विजया को हित-अहित का ज्ञान नहीं रहा। उसने तीव्र स्वर में कहा, "काम करने के लिए जिसे वेतन दिया जाता है उसे इसके सिवा और क्या कहते हैं? आपके अनेक उत्पात मैं चुपचाप सहती आ रही हूँ लेकिन मैंने जितना सहा है, अन्याय और उपद्रव उतना ही बढ़ता गया है। जाइए, नीचे जाइए। मालिक नौकर के संबंध के सिवा आज से आपके साथ मेरा कोई संबंध नहीं रहेगा। जिस नियम से मेरे अन्य कर्मचारी काम करते हैं ठीक उसी नियम से आप काम कर सकें तो कीजिए, नहीं तो आपको मैंने जवाब दिया। मेरी कचहरी में घुसने की कोशिश मत कीजिएगा।"

विलास उछल पड़ा और दाहिने हाथ की तर्जनी कंपाता हुआ चिल्ला उठा, "तुम्हारा इतना दुस्साहस।"

विजय ने कहा, "दुस्साहस मेरा नहीं है, आपका है। मेरी स्टेट में नौकरी करेंगे और मुझ पर ही अत्याचार करेंगे। मुझे तुम कहने का

अधिकार किसने दिया आपको? मेरे नौकर को मेरे ही मकान में जवाब देने का, मेरे अतिथि का मेरी ही आँखों के सामने अपमान करने का साहस कहाँ से आपको हुआ?"

विलास क्रोध से जैसे पागल होकर अपनी चीखों से घर भर को कंपाकर बोला, "अतिथि के बाप का पुण्य था जो उस दिन उसे शरीर पर मैंने हाथ नहीं लगाया और उसका हाथ नहीं तोड़ दिया। बेशर्म, बदमाश, चोर लोफर कहीं का। कभी देख पाऊँ।"

चीखों की आवाज से डरकर गोपाल कन्हैया सिंह को बुला लाया। दरवाजे पर उसका चेहरा देखते ही विजया ने लज्जित होकर अपनी आवाज संयत और सामान्य कर ली और कहा, "आप जानते नहीं, मैं जानती हूँ कि यह आपका ही बहुत बड़ा सौभाग्य है जो उनके शरीर पर हाथ लगाने का साहस आपने नहीं किया। वह उच्च शिक्षित बड़े डॉक्टर हैं। उस दिन उनके शरीर पर भी शायद वह एक बीमार नारी के कमरे में विवाद न करते और सहन करके चले जाते लेकिन मेरे इस उपदेश की भूलकर भी अवहेलना मत कीजिएगा कि भविष्य में उनके शरीर पर हाथ लगाने का शौक अगर आपको हो तो या तो पीछे से लगाइएगा। नहीं तो फिर अपने जैसे और भी पाँच-सात आदमियों को साथ लेकर सामने से लगाइयेगा। लेकिन बहुत हो-हल्ला हो चुका है, अब रहने दीजिए। नीचे से नौकर-चाकर दरबान तक डरकर ऊपर चढ़ आए हैं। जाइए नीचे जाइए।" कहकर वह उत्तर की प्रतीक्षा तक किए बिना बगल के दरवाजे से दूसरे कमरे में चली गई।

18

लड़के के मुँह से सारी बातें सुनकर क्रोध से, विरक्ति से और आशा भंग होने की घोर निराशा से रासबिहारी का ब्रह्मज्ञान और उसके संबंध का नकली चेहरा पलभर में खिसक कर गिर गया। वह तीखे-कड़वे स्वर में बोल उठे, "अरे भाई, हिन्दू जो हम लोगों को नीच जात कहते हैं सो झूठ थोड़े ही कहते हैं। हम ब्राह्मण हों या चाहे जो हों,

आखिर केवर्त ही तो हैं। कोई ब्रह्मण-कायस्थ का लड़का होता तो भलमनसाहन भी सीखता। अपना भला-बुरा किससे होता है जिससे नहीं, वह व्यावहारिक ज्ञान भी उसे पैदा हो गया होता। जाओ अब खेतों मे हल-बैल लेकर अपने कुल का काम करते फिरो। उठते-बैठते तोते की तरह पढ़ाया-सिखाया कि भले-भले विवाह हो जाने दे। उसके बाद जो जी में आए करना, लेकिन तुमसे संतोष नहीं किया गया। तू चला उस पर हुकुम चलाने। वह ठहरी रायवंश की लड़की-हरिराय की नातिन जिसके डर से शेख बकरी का एक घाट पर पानी पीते थे। तू हाथ बढ़ाकर उसकी नाक में नकेल डालने चला। मूर्ख कहीं का। मान-सम्मान गया, इतनी बड़ी जमींदारी की आशा गई। हर महीने में दो सौ रुपए वेतन के नाम से जो वसूल हो रहा था वह भी गया। जा, अब किसान के लड़के, खेती पाती करके गुजर कर। अब तू मेरे पास आया है आँखें रंगकर उसके नाम शिकायत करने। जा, जा मेरे सामने से चला जा अभागे, बदमाश, शैतान।"

विलास ने स्वयं भी समझ लिया था कि अगर यह घटना न होती तो अच्छा होता। बाप की भीषण उग्र मूर्ति देखकर उसकी सारी तेजी, उछल-कूद बुझकर पानी हो गई। फिर भी ज्यों ही उसने कुछ कैफियत देने की कोशिश करनी चाही वैसे ही क्रुद्ध पिता तेजी के साथ अपने कमरे में चले गए लेकिन रासबिहारी गुस्से से लड़के से चाहे जो कह दें लेकिन काम के समय क्रोध में जल्दबाजी करके काम मिट्टी कर देने वाले नहीं थे। आलस्य करके भी कभी उद्देश्य को नष्ट नहीं करते थे। इसलिए उस दिन वह धीरज धारण करके विजया को शान्त होने का समय देकर दूसरे दिन अपनी शान्ति और अविचलित गंभीरता लेकर विजया के बैठकखाने में दिखाई पड़े और कुर्सी खींचकर बैठ गए।

विजया के क्रोध की उत्तेजना धीरे-धीरे मिट गई थी। वह अपने असंयत रूखेपन और निर्लज्ज ढिठाई को याद करके लज्जा से भरी जा रही थी। मकान के नौकर-चाकर और कर्मचारियों के सामने ऊँची

आवाज से जिस नाटक का अभिनय हो चुका था शायद वह इसी बीच अनेक आकारों में फैलकर गांव के पुरुषों में घर-घर कहा सुना जाता होगा और नदी-तालाब के घाटों पर स्त्रियों की हँसी मजाक का विषय बन गया होगा। उसकी बदनामी की कल्पना करके विजया फिर घर से बाहर ही नहीं निकल सकी। उसकी यह लज्जा यह सोचकर और सौ गुनी बढ़ गई कि इस खबर का फैलना भी कहीं बाकी नहीं रहा है कि आज जिसे उसने नौकर कहकर सबके सामने अपमानित करने में संकोच नहीं किया दो दिन बाद पति मानकर उसके ही गले में वरमाला पहनानी होगी।

रासबिहारी जब धीरे-धीरे कमरे में आकर चुपचाप मुस्कराते हुए बैठ गए तब विजया मुँह उठाकर उनकी ओर देख नहीं सकी। लेकिन इसके लिए उसने प्रत्येक पल प्रतीक्षा की थी और जिन सब युक्तियों और तर्कों की लहर और अप्रिय चर्चा उठाने को थी उसका कच्चा मसौदा कल से ही तैयार कर रखा था। इससे वह एक प्रकार से शान्त बैठी रही। लेकिन वृद्ध ने उससे ठीक उलटा सुर निकालकर विजया को अवाक् कर दिया। कुछ पल चुप रहकर एक लम्बी सांस भरकर बोले, "बेटी विजया, सुनते ही मुझे कितना आनंद हुआ है सो बताने के लिए मैं कल ही दौड़कर आता, अगर गुर्दे का दर्द उभर कर बिछौने पर न डाल देता। लम्बी उम्र हो बेटी, मैं यही तो चाहता हूँ। यही तो तुझ से आशा करता हूँ। उन सर्व शक्तिमान मंगलमय से केवल यही प्रार्थना करता हूँ कि वह मुझे सुख में, दुःख में, भले में, बुरे में, जो धर्म न्याय है उसी के प्रति अडिग श्रद्धा रखने की सामर्थ्य दे।" यह कहकर उन्होंने हाथ माथे पर लगाकर और आँख बंद करके सर्व शक्तिमान को प्रणाम कर लिया।

फिर आँखें खोलकर उत्तेजित स्वर में कहने लगे, "लेकिन यह बात किसी भी प्रकार सोच नहीं पाता विजया कि विलास मेरे समान सीधे-भोले उदासीन, व्यक्ति का लड़का होकर इतना बड़ा पक्का कामकाजी कैसे बन बैठा। जिसके पिता में आज भी संसार के

काम-काज का ज्ञान, लाभ-हानि का विचार पैदा नहीं हुआ। वह इतनी सी ही उम्र में ऐसा पक्का कामकाजी किस तरह हो गया। क्या उनका खेल है, क्या संसार का रहस्य है, कुछ भी तो समझने का उपाय नहीं है बेटी," कहकर आँखें मूंदकर उन्होंने फिर सिर झुका लिया।

विजया चुपचाप बैठी रही। रासबिहारी थोड़ी देर चुप रहकर कहने लगे, "लेकिन अति किसी भी बात की अच्छी नहीं होती। जानता हूँ कार्य साधन ही विलास का प्राण है। इस स्थान पर वह अंधा है। कर्त्तव्य कर्म की अवहेलना उसके हृदय में शूल के समान चुभती है लेकिन इसीलिए क्या माननीय व्यक्ति का सम्मान नहीं रखा जायेगा? दयाल जैसे व्यक्ति की गलती क्षमा करना क्या आवश्यक नहीं है। जानता हूँ अपराध छोटे-बड़े, धनी-निर्धन का विचार नहीं करता लेकिन क्या इसी से उसे अक्षर-अक्षर मानकर चलना होगा? सब समझता हूँ। काम न करना भी दोष है। सूचना दिए बिना गैर हाजिर रहना भी अन्याय है। ऑफिस का अनुशासन भंग करना भी ऑफिस के अधिकारी के पक्ष में अपराध है लेकिन दयाल को भी क्या- नहीं बेटी, हम बूढ़े भी हैं, हममें वह तेज भी नहीं है, वह शक्ति भी नहीं है। साहब लोग विलास की कर्त्तव्य निष्ठा की कितनी ही प्रशंसा करें, उसे कितना ही बड़ा समझें, हम अच्छा नहीं कह सकते। अपना लड़का है इसलिए तो झूठ नहीं बोल सकता बेटी। मैं कहता हूँ, काम न हो दो दिन बाद ही हो जाता, दस रुपयों की हानि ही हो जाती लेकिन क्या इतने से ही मनुष्य की भूल-चूक, दुर्बलता क्षमा नहीं करनी चाहिए। तुम्हारी जमींदारी के हित अनहित में ही विलास का पूरा मन लगा रहता है लेकिन मुझे गलत मत समझो बेटी। धन सम्पत्ति की रक्षा करना गृहस्थ का परम धर्म है। उसकी उन्नति करना और बड़ा धर्म है क्योंकि उसके बिना संसार का हित नहीं किया जा सकता। विलास के हाथ से तुम्हारी दोनों की जमींदारी दोगुनी चौगुनी यहाँ तक कि दस गुनी हो गई है, यह सुनकर मुझे रत्ती भर आश्चर्य नहीं होगा। हो भी यही रहा है। मैं इसी से उन अद्वितीय, निराकार के श्री चरण कमलों में बराबर भीख

मांगता हूँ, कि उसकी उद्दंडता के लिए तुमने जो दण्ड दिया है, उसी से वह आगे के लिए सचेत हो जाए। संसार में क्या हम केवल काम करने ही आए हैं? काम के कारण क्या दया-माया भूल जानी होगी। अच्छा ही हुआ बेटी, आज उसे तुम्हारे ही हाथ से सर्वोत्तम शिक्षा पाने का सुयोग मिला।"

विजया चुप बैठी रही। रासबिहारी ने जैसे अपने आप ही मग्न रहकर जरा हँसकर कोमल स्वर में कहा, "मेरी दोनों संतानों में एक प्रचंड कमी है और दूसरी का हृदय स्नेह, ममता और करुणा का झरना है। एक काम में पागल है दूसरा दया-माया में, कल से यही सोच रहा हूँ कि भगवान जब इन दोनों की जोड़ी मिलाकर रथ चलायेंगे। तब दुःख भरे संसार में स्वर्ग ही उतर आयेगा और आश्चर्य है कि धर्म के प्रति भी उसका प्रेम साधारण नहीं है। मन्दिर प्रतिष्ठा के लिए उसने कितना जी तोड़ श्रम किया है। जैसे ब्रह्म धर्म को छोड़कर और कोई उद्देश्य ही न हो- मैं तुम्हारे हृदय को भी आरसी के समान स्पष्ट देख रहा हूँ। तुम्हारे साथ ही तो उसकी सारी भलाई निर्भर है। उसकी शक्ति, तुम्हारी बुद्धि। तभी तो दोनों का जीवन सार्थक होगा। बेटी पूछता हूँ, इतनी चिन्ता, इतना ज्ञान, भविष्य को सफल बना सकने की इतनी बड़ी बुद्धि तुमने इतने दिन कहाँ छिपा रखी थी।"

विजया का सम्पूर्ण बदन सिहर उठा लेकिन वह चुपचाप बैठी रही। रासबिहारी चौंककर बोले, "अरे दस बज गए। मुझे तो दयाल की पत्नी को देखने जाना है।"

विजया ने धीरे से पूछा, "अब वह कैसी हैं?"

"अच्छी ही हैं," कहकर दरवाजे की ओर दो-एक कदम बढ़ाकर सहसा रुककर बोले, "लेकिन असली बात तो अभी कही ही नहीं," इसके बाद वह लौटकर अपने स्थान पर बैठकर कोमल स्वर में बोले, "अपने इस बूढ़े काका का एक अनुरोध तुम्हें मानना होगा। बोलो मानोगी? संतान का यह दुलार माँ को रखना ही होगा। बोलो रखोगी?"

विजया ने धीमी आवाज में कहा, "बोलिए।"

रासबिहारी ने कहा, "उसने केवल अपनी नींद ही नहीं त्याग दी है। पश्चाताप से वह जला भी जा रहा है लेकिन बेटी, इस संबंध में तुम्हें थोड़ा कड़ा होना पड़ेगा। कल अभिमान के कारण वह नहीं आया लेकिन आज नहीं रुक सकेगा। उसे तुम क्षमा कर दो तुमने अन्याय का जो दण्ड उसे दिया है कम से कम एक दिन और भोग ले।"

विजया के मुँह पर आश्चर्य देखकर वह कुछ हँसे। फिर स्नेह से भीगे स्वर से बोले, "तुम्हें स्वयं कितना कष्ट हो रहा है यह क्या मुझसे छिपा है बेटी। तुम्हें क्या मैं पहचानता नहीं? तुम मेरी ही तो बेटी हो। जानता हूँ तुम उसकी अपेक्षा अधिक कष्ट पा रही हो। लेकिन अपराध का पूरा दण्ड मिले बिना प्रायश्चित नहीं होता। यह गंभीर दुःख वह और सहन न करेगा तो मुक्त नहीं होगा। यह यन्त्रणा कुछ समय उसे और भोग लेने दो। यही मेरा अनुरोध है बेटी।"

रासबिहारी के चले जाने पर विजया आश्चर्य से स्तब्ध बैठी रही। उसका विचार था कि विलास चोट खाकर अकेला रह गया है लेकिन बदला लेते समय अकेला नहीं आयेगा और तब रासबिहारी के साथ उसे बहुत ही कड़े ढंग से बरतने का मौका मिल जाएगा।

जब वृद्ध धीरे-धीरे बाहर चला गया तब उसके मन से भय का भारी पत्थर ही नहीं हट गया, बल्कि इस व्यक्ति को कभी वह आन्तरिक श्रद्धा करती थी, यह बात भी उसे याद आ गई और वह श्रद्धा धीरे-धीरे क्यों चली गई। उसके मन में संशय उठने लगा कि वृद्ध का यथार्थ संकल्प न समझकर ही मैंने उनके प्रति मन में अविचार किया है लेकिन वृद्ध की बातों में जो संकेत सबसे अधिक छिपा रहकर सबसे अधिक स्पष्ट हो उठा था। वह था विलास का असीम प्रेम और उसका निश्चित फल प्रबल ईर्ष्या।

कालीपद आकर बोला, "माँ जी, तो फिर घर को एक और चिट्ठी लिखकर दूँ कि अब मेरा आना न हो सकेगा।"

"अच्छा।"

कालीपद जाने लगा तो विजया ने उसे बुलाकर लज्जा और दुविधा के साथ कहा, "न हो तो मैं कहती हूँ कालीपद चिट्ठी जब लिख ही दी है तब महीने के लिए घर हो ही आओ। उनकी बात भी रह जाए और तुम्हारा भी घर जाना हो जाए– बहुत दिनों से गए भी तो नहीं हो।"

कालीपद चकित हो गया। फिर सहमत होकर बोला, "अच्छा तो मैं महीने भर के लिए घूम ही आता हूँ माँ जी।" उसके चले जाने पर अपनी इस दुर्बलता पर विजया को न जाने कैसी भारी लज्जा लगने लगी। फिर भी वह उसे लौटाकर मना नहीं कर सकी।

19

दीवार के किनारे के कमरों में विजया की जमींदारी का काम-काज चलता था। उनके सामने ही घने पत्तों के लीची के पेड़ों की कतार थी। इसलिए रहने के घर के ऊपरी बरामदे से यह हिस्सा दिखाई नहीं पड़ता था। इसके सिवा पूर्व दिशा की दीवार में एक छोटा-सा दरवाजा था जिसमें से आने-जाने पर कर्मचारियों में से कौन आ-जा रहा है कुछ भी नहीं जाना जा सकता था।

उस दिन से दयाल फिर नहीं आए। काम करने कचहरी में आते हैं या नहीं, विजया ने संकोच के कारण यह भी पता नहीं लगाया। रासबिहारी इस ओर पांव नहीं रखते, वह किसी से पूछे बिना ही उसने मान लिया। बीच में एक दिन रासबिहारी दस-एक मिनट के लिए मिलने के लिए आए थे। लेकिन सामान्य रूप से बीमारी की दो-चार बातें छोड़कर उनसे और कोई बात नहीं हुई।

मनुष्य के मन की बात तो अन्तर्यामी ही जाने। जो प्रसन्नता और सहृदयता लेकर उस दिन रासबिहारी पुत्र के विरुद्ध वकालत कर गए थे किसी अनजाने कारण से उनके विचार बदल गए हैं, यह निश्चित समझकर विजया उद्विग्न हो उठी। उसके दिन अतृप्ति और अशान्ति में ही कट रहे थे। इसी तरह कई दिन बीत गए।

तीसरे पहर विजया अपने घर के पास नदी के किनारे टहल आने के लिए अकेली बाहर निकल रही थी कि वृद्ध नायक कुछ बही-खाते बगल में दबाए सामने आ खड़े हुए और भक्ति भाव से प्रणाम करके बोले, "कहाँ जा रही हैं माँ? कन्हैया सिंह कहाँ हैं?"

विजया ने हँसकर कहा, "बस नदी किनारे टहलने जा रही हूँ। दरबान की जरूरत नहीं है। क्या आपको मेरी कोई आवश्यकता है?"

नायक ने कहा, "हाँ, थोड़ा-सा काम था। लेकिन कल हो जायेगा।"

वह जाने लगा तो विजया ने दोबारा हँसकर पूछा, "अगर थोड़ा-सा ही काम है तो आज ही बताइए, इतने बही-खाते लेकर कहाँ जा रहे हैं।"

"आपके पास ही आया हूँ। पिछले वर्ष का हिसाब तैयार हो गया है। देखकर इस पर दस्तखत कर दीजिए। इसके सिवा छोटे बाबू ने हुक्म दिया है कि चालू वर्ष के रोजाना के जमा खर्च पर भी आपकी बही लेनी चाहिए।"

विजया हैरान होकर लौट आई और बाहर के कमरे में आकर बैठ गई। नायक ने बही-खाते टेबल पर रख दिए। जब वह बही खोलने लगा तो विजया ने पूछा, "यह हुक्म छोटे बाबू ने कब दिया?"

"आज ही सवेरे दिया है।"

"आज सवेरे वह आये थे?"

"वह तो रोज ही आते हैं।"

"इस समय कचहरी में हैं?"

नायक ने गर्दन हिलाकर कहा, "मुझे भेजकर वह अभी-अभी गए हैं।"

उस दिन का हंगामा किसी भी कर्मचारी से छिपा नहीं था। नायक ने विजया की बात का संकेत समझकर धीरे-धीरे सारी बातें बताईं, "विलास बिहारी रोजाना ठीक ग्यारह बजे कचहरी में आ जाते हैं। किसी से कोई विशेष बातचीत नहीं करते। एकाग्रता से काम करके

पाँच बजे घर लौट जाते हैं। दयाल बाबू को तब तक के लिए छुट्टी दे दी गई है, जब तक उनकी पत्नी ठीक न हो जाये।"

विजया ने लज्जित मुँह से चुपचाप सारी कहानी सुनकर समझ लिया कि विलास ने नए नियम अत्यन्त अभिमान के कारण या नाराजगी के कारण ही जारी किए हैं। वह बोली, "इन्हें रहने दीजिए। कल सवेरे आकर मेरे दस्तखत ले जाइएगा।"

नायक को विदा करके वह वहीं चुपचाप बैठी रही। बाहर दिन का प्रकाश धीरे-धीरे मध्यम होने लगा। पड़ोसियों के घरों के शंखों की ध्वनि से संध्या का शान्त आकाश गूंज उठा। जब बैरा हाथ में दीपक लिए कमरे में घुसा तो अंधेरे में मालकिन को अकेला बैठा देखकर चौंक उठा। विजया लज्जाकर उठ खड़ी हुई और फिर जैसे ही बाहर आई चकित रह गई।

क्योंकि जिसे उसने अपनी आँखों से देखा वह उसकी कल्पना से भी परे था। क्या वह किसी कारण से या किसी छल से भी इस मकान में पैर रख सकता है। फिर भी उस धुंधले अंधेरे से उसे स्पष्ट दिखाई दिया कि उस दिन के उस साहब ने हैट सहित लगभग साढ़े छः फुट लम्बे शरीर के साथ गेट के अन्दर प्रवेश किया है और साधारण बंगाली से कम-से-कम ढाई गुने लम्बे डग भरता हुआ इसी ओर आ रहा है।

आज उसे किसी पुलिस कर्मचारी का भ्रम नहीं हुआ। लेकिन आनंद की उस अपरिमित आलोकित रेखा को जैसे उसकी आकाश-पाताल तक फैली निराशा और भय के अंधकार ने पलक मारते ही लील लिया। वृक्ष लताओं से घिरे टेढ़े तिरछे रास्ते से उसकी देह अवश्य अदृश्य होने लगी लेकिन रास्ते के कंकड़ों में से उसके जूते की आवाज निरन्तर निकट आने लगी। विजया ने मन-ही-मन सोचा कि उसे आदर सहित बैठाना भारी अन्याय है लेकिन दरवाजे के बाहर से उपेक्षा सहित विदा कर देना भी तो कठिन है।

इस संकटपूर्ण स्थिति से छुटकारा पाने का कोई उपाय नहीं सूझा जब रास्ते के मोड़ पर कामिनी के वृक्ष के पास वह लम्बी, सरल,

सुंदर देह उसके सामने आ गइ, वह मुड़कर तेजी से अपने कमरे में चली गई।

वृद्ध नायक अपनी धुन में जा रहा था। साहब को देखकर घबरा उठा लेकिन साहब के प्रश्न से उसने उन्हें पहचान लिया और तब इत्मीनान और निर्भय होकर उत्तर दिया, "हाँ, वह बाहर की बैठक में ही हैं।" इसके बाद वह चला गया।

विजया ने प्रश्न और उत्तर दोनों ही सुने। पलभर बाद ही कमरे में पहुँचकर नरेन्द्र ने नमस्कार किया। उसने छड़ी और टोपी टेबल पर रखकर हँसते हुए कहा, "मैं देखता हूँ मेरी दवा का आश्चर्यजनक फल हुआ है। वाह!"

विजया ने सोचा था कि वह आँखें उठाकर नरेन्द्र को देख नहीं सकेगी, उसके प्रश्न का उत्तर भी न दे पाएगी लेकिन उसकी आवाज सुनते ही विज़या की दुविधा और संकोच ही इन्द्रजाल की तरह गायब नहीं हो गया, बल्कि उसके हृदय के अंधेरे, अनजाने कोने में वीणा के तारों पर जैसे बिना जाने किसी ने उंगली फेर दी। पलभर में ही विजया सब कुछ भूलकर बोल उठी, "किस तरह जाना? मुझे देखकर या किसी से सुनकर?"

नरेन्द्र बोला, "सुनकर क्यों, आपने क्या दयाल बाबू से सुना नहीं कि मेरी दवा खानी भी नहीं पड़ती केवल प्रिस्क्रिप्शन के ऊपर एक बार आँखें फिराकर उसे फाड़कर फेंक देने से ही आधा आराम हो जाता है।" और अपने इस मजाक से खुश होकर अपने ठहाके से सारा कमरा हिला दिया।

विजया ने समझा, दयाल से सब कुछ सुनकर आज यह मजाक उड़ाने आए हैं इसलिए इस असंगत ठहाके से असन्तुष्ट होकर ताना मारते हुए उसने कहा, "ओह, इसलिए शायद बाकी आधा अच्छा करने के लिए दया करके फिर दवा लिख देने आए हैं।"

ताना सुनकर नरेन्द्र की हँसी थम गई, उसने कहा, "सच कहता हूँ यह अच्छा तमाशा हुआ।"

विजया ने कहा, "इसीलिए जान पड़ता है इतने खुश हो रहे हैं!"

नरेन्द्र का चेहरा गंभीर हो गया। उसने कहा, "खुश हुआ हूँ? बिल्कुल नहीं, यह बात अस्वीकार तो अवश्य नहीं कर सकता कि सुनते ही पहले थोड़ी-सी खुशी हुई लेकिन उसके बाद दुःख हुआ। यह सच है कि विलास बाबू का मिजाज उतना अच्छा नहीं है। अकारण नाराज होकर दूसरे का अपमान कर बैठते हैं लेकिन इसलिए आप भी असहिष्णु बनकर उनसे अपमान की बातें कर बैठें, यह भी तो अच्छा नहीं है। सोचकर देखिए। बात खुलने पर भविष्य में कितनी बड़ी लज्जा और दुःख का कारण बन जायेगी? मेरा विश्वास कीजिए। यह सुनकर मुझे वास्तव में बहुत दुःख हुआ। मेरे कारण आप लोगों में इस प्रकार की एक अप्रीतिकर घटना घट जाने से।"

इस व्यक्ति के हृदय की पवित्रता से मन-ही-मन मुग्ध हो उठी। फिर भी परिहास के अंदाज में बोली, "लेकिन हँसी भी तो रोक नहीं पा रहे हैं।" कहकर वह स्वयं भी हँस पड़ी।

नरेन्द्र ने अत्यन्त गंभीर होकर कहा, "आप बार-बार ऐसा क्यों सोचती हैं? सचमुच ही मैं बहुत दुःखी हुआ हूँ लेकिन उस समय आप लोगों के संबंध में कुछ भी नहीं जानता था। थोड़ी देर चुपचाप रहकर उसने कहा, "उस दिन ही नीचे उनके पिताजी ने सारा हाल सुनाकर कहा था कि यह सब ईर्ष्या की करामात है। दयाल बाबू ने भी कल यही कहा। सुनकर मुझे कितनी लज्जा महसूस हुई, कह नहीं सकता। लेकिन मैं यह भी तो नहीं सोच पाता कि इतने लोगों में से मुझ में ही ईर्ष्या करके योग्य क्या है। आप लोग ब्रह्म समाजी हैं। आवश्यकता पड़ने पर सभी से बातें करती हैं। मुझसे भी की है। इसमें उन्हें क्या दोष दिखाई दिया मैं तो अब तक नहीं खोज पाया। जो भी हो, आप लोग मुझे क्षमा कीजिएगा और अपनी भाषा में उसे क्या कहते हैं अभि... अभिनन्दन आप लोगों को किए जा रहा हूँ। आप लोग सुखी हों।"

विजया ने महसूस किया कि उसने उसे दिन के अपने आचरण का उल्लेख करके भी अपने आचरण की ओर हल्का सा भी इशारा नहीं

किया लेकिन उसकी अन्तिम बात से विजया की आँखें छलक उठीं। गर्दन घुमाकर उसने किसी तरह आँसू संभाले।

उत्तर की प्रतीक्षा किए बिना ही नरेन्द्र ने पूछा, "अच्छा यह तो बताइए कि उस दिन कालीपद के साथ माइक्रोस्कोप स्टेशन पर क्यों भेजा था?"

विजया ने रुंधा गला साफ करके कहा, "अपनी चीज आपने खुद ही तो वापस ले लेनी चाही थी।"

नरेन्द्र बोला, "यह ठीक है। लेकिन कीमत की बात तो उसके द्वारा आपने कहला नहीं भेजी थी। ऐसी दशा में तो मेरा..."

विजया, "हाँ, नहीं कहला भेजी थी। बुखार के कारण मुझसे भूल हो गई लेकिन इस भूल का दंड भी तो आपने कुछ कम नहीं दिया।"

नरेन्द्र ने लज्जित होकर कहा, "लेकिन कालीपद ने कहा..."

विजया जल्दी से बोली, "सो मैंने सुना है। उसने कुछ भी कहा हो लेकिन आपने इस बात पर विश्वास कैसे कर लिया कि आपको उपहार देने की गुस्ताखी मुझसे हो सकती है? और अगर वह सचमुच ही की हो तो उसका दंड स्वयं क्यों नहीं दिया?" नौकर के द्वारा क्यों अपमान किया? आपका मैंने क्या बिगाड़ा था? कहते-कहते ही उसका गला रुंध गया।

नरेन्द्र ने लज्जा और आश्चर्य से विजया के मुँह की ओर देखा, वह गर्दन घुमाकर खिड़की के बाहर ताक रही है। उसके मुँह पर नजर नहीं पड़ी। पड़ी केवल उसके गले की हीरे की कंठी के थोड़े से भाग पर–दीपक के प्रकाश में उससे विचित्र रश्मियां फूट रही थीं। दोनों कुछ देर चुप रहे। फिर नरेन्द्र ने दुःखी स्वर में धीरे-धीरे कहा, "यह मैं तभी समझ गया था कि मैंने ठीक नहीं किया लेकिन गाड़ी उस समय छूट चुकी थी। कालीपद का दोष क्या था। उस पर मेरा नाराज होना किसी तरह भी उचित नहीं हुआ।" थोड़ा-सा चुप रहकर फिर कहा, "देखिए मैं अच्छी तरह जान गया हूँ कि यह ईर्ष्या कितनी बुरी चीज है। वह अपनी धुन में केवल बढ़ती ही नहीं जाती, छूत की बीमारी की तरह

दूसरों पर भी आक्रमण किए बिना नहीं रहती। मैं अच्छी तरह जानता हूँ कि मुझसे ईर्ष्या करने के समान भ्रम विलास बाबू को और कुछ हो ही नहीं सकता। उनके पिताजी ने भी उसके लिए लज्जा और दुःख प्रदर्शित किया लेकिन आप सुनकर शायद आश्चर्य करेंगी कि मुझसे भी उस समय कुछ कम भूल नहीं हुई।"

विजया ने मुँह फिराकर पूछा, "आपकी भूल कैसी?"

नरेन्द्र ने सहज और स्वाभाविक स्वर में उत्तर दिया, "मेरा अकारण अपमान करने के कारण आप वास्तव में ही दुःखी हुई थीं। आपकी बातें सुनकर उस समय सभी ने यह समझ लिया था। इसके बाद रासबिहारी बाबू ने जब नीचे जाकर अपने लड़के की उस ईर्ष्या की बात चलाकर मुझे दुःख करने को मना किया तब सहसा मेरा दुःख जैसे और भी बढ़ गया। मेरे मन में फिर-फिरकर यही आने लगा कि निश्चय ही कुछ ही कारण है अन्यथा कोई किसी से ईर्ष्या नहीं करता। आपसे सच कह रहा हूँ कि उसके बाद आठ-दस दिन तक निरन्तर मैं आपके बारे में ही सोचता रहा हूँ। आपकी बीमारी की वे बातें ही याद आती रहीं, इसीलिए तो मैंने कहा कि यह बहुत ही भयानक छूत का रोग है। काम-काज चूल्हे में गया। दिन रात आपकी ही बात मन में चक्कर काटने लगी। भला बताइए, इसकी क्या आवश्यकता थी और यही नहीं, दो-तीन दिन बेकार ही इसी रास्ते से पैदल चलकर गया-आया, केवल आपको देखने के लिए। इस तरह कितने ही दिनों तक यह पागल भूत मेरी गर्दन पर सवार रहा।" कहकर वह हँसने लगा।

विजया ने न मुँह फिराकर देखा और न किसी भी बात का उत्तर दिया, चुपचाप उठकर बगल के दरवाजे से वह अन्दर चली गई। नरेन्द्र सोचने लगा कि मैं अनजाने में और किस नए अपराध की सृष्टि कर बैठा।

तभी बैरे ने आकर कहा, "आप जाइएगा नहीं। आपके लिए चाय तैयार हो रही है।" नरेन्द्र जल्दी से बोल उठा, "मुझे चाय की जरूरत तो नहीं है।"

"लेकिन माँ जी ने आपसे बैठने को कह दिया है।" कहकर बैरा चला गया। इस बात ने भी नरेन्द्र को कम चकित नहीं किया।

लगभग पन्द्रह मिनट के बाद नौकर के हाथ चाय और अपने हाथ में जलपान की प्लेट लिए विजया ने प्रवेश किया। दीपक की उस धुंधली रोशनी में शायद किसी की भी आँखें यह न पकड़ पातीं कि हजार प्रयत्न करके भी वह अपने मुँह पर से रोने की छाया पोंछकर भी हटा नहीं पाई है, लेकिन उसने कोई सहमति प्रकट नहीं की। इन थोड़े ही दिनों में उसने अनेक बातों में सतर्क होना सीख लिया है। जिस दिन एक तरह से अपरिचित होने पर भी उसने अपने अन्दर का साधारण कौतूहल और इच्छा की चंचलता दबा न पाने के कारण हाथ से विजया का मुँह ऊपर उठा दिया था, वह दिन अब नहीं रहा था। इसी से वह चुप बैठा रहा।

नौकर टेबल पर चाय रखकर चला गया। विजया उसी के पास जलपान की प्लेट रखकर अपनी जगह पर जा बैठी। नरेन्द्र की प्लेट पास खींच ली और इस तरह खाने लगा जैसे उसकी प्रतीक्षा कर रहा था।

पाँच-छह मिनट चुपचाप बीत जाने के बाद विजया ने ही पहले बात की। हँसकर बोली, "आपने अपने उस पगले भूत की बात समाप्त नहीं की?"

नरेन्द्र शायद दूसरी बात सोच रहा था। मुँह उठाकर पूछा, "किसकी बात कह रही हैं?"

विजया ने कहा, "कहीं पागल भूत, जो कुछ दिनों पहले आपके कंधे पर चढ़ बैठा था, अब तो वह उतर गया न?"

नरेन्द्र हँस पड़ा। गर्दन हिलाकर बोला, "हाँ, उतर गया।"

"चलो अच्छा हुआ। कहिए कि आप बच गए हैं। नहीं तो कौन जानता है वह आपको और कितनी घुड़दौड़ कराता हुआ घूमता।"

चाय का प्याला मुँह से लगाकर नरेन्द्र ने सिर्फ इतना ही बोला, "हाँ।"

विजया ने कोई अच्छी बात कहनी चाही लेकिन कोई बात न खोज पाने के कारण लम्बी सांस दबाकर चुप रह गई। दूसरे की गर्दन से भूत उतर जाने की आनंद की अनुभूति को खींच ले चलना उसकी शक्ति से बाहर हो गया।

कुछ देर कमरे में खामोशी बनी रही। नरेन्द्र ने धीरे से चाय खत्म करके प्याला टेबल पर रख दिया और तब पॉकेट से घड़ी निकालकर कहा, "अब दस मिनट ही रह गए। मैं चला।"

विजया ने पूछा, "कलकत्ता लौट जाने के लिए शायद यही अंतिम ट्रेन है।"

नरेन्द्र उठकर खड़ा हो गया, "लेकिन वह लगभग डेढ़ घंटे बाद जाएगी... नमस्कार।" कहकर छड़ी उठाकर कुछ तेज चाल से वह कमरे से बाहर निकल गया।

20

विलास नियम समय कचहरी आकर और अपना काम समाप्त करके घर चला जाता था। बहुत आवश्यकता होने पर कर्मचारी भेजकर विजया की राय ले लेता था लेकिन स्वयं नहीं आता। विजया ने भी समझ लिया था कि बिना बुलाए वह स्वयं नहीं आएगा। उसके आचरण से पश्चात्ताप और आहत अभिमान की पीड़ा के अतिरिक्त क्रोध की ज्वाला दिखाई नहीं देती थी इसलिए विजया का क्रोध शांत हो गया था।

अक्सर वह सोचती थी कि न जाने कितने लोग इस बात को लेकर हँसी-मजाक कर रहे हैं। इसके अतिरिक्त जो व्यक्ति अब तक सबकी आँखों में सर्वेसर्वा बना बैठा था उसे... विशेष रूप से जमींदारी के भले-बुरे कामों में उसने जिन लोगों पर शासन करके उन्हें अपना शत्रु बना लिया है, उन सबके सामने अचानक इतना छोटा कर देने के कारण विजया अपने मन में पीड़ा अनुभव कर रही थी। पहली स्थिति को वापस न लौटाकर भी केवल इस घटना के अस्तित्व को ही किसी प्रकार मिटा पाती तो बच जाती।

एक दिन तीसरे पहर कचहरी के बैरा ने आकर कहा, "विलास बाबू मिलना चाहते हैं।"

नई बात थी। विजया पत्र लिख रही थी, मुँह उठाए बिना बोली, "आने को कहो।" उसका मन अज्ञात आशंका से कांपने लगा लेकिन विलास के आते ही वह उठ खड़ी हुई और शान्त भाव से नमस्कार करके बोली, "आइए।"

विलास ने कुर्सी पर बैठकर कहा, "काम की अधिकता के कारण आ नहीं सका। तुम्हारा शरीर तो अच्छा है?"

विजया ने गर्दन हिलाकर कहा, "हाँ।"

"वही दवा चल रही है?"

विजया ने उत्तर नहीं दिया। विलास ने कहा, "कल नए वर्ष का नया दिन है। इच्छा होती है कि कल सवेरे सबको इकट्ठा करके कुछ भगवत चर्चा की जाए।"

विजया प्रसन्न होकर बोली, "यह तो बहुत अच्छी बात है।"

विलास बोला, "लेकिन अनेक कारणों से मन्दिर जाने की सुविधा नहीं हो सकेगी। यदि तुम्हारी सहमति हो तो इसी स्थान पर..."

विजया ने समर्थन कर दिया। उत्साहित होकर बोली, "तो फिर घर को फूल-पत्तों और लताओं आदि से सजा देना ठीक न होगा? आपके मकान में तो फूलों की कमी नहीं है। अगर माली को हुक्म देकर कल सवेरे ही... आपकी क्या राय है? हो सकता है ना!"

आनन्द का आडम्बर न दिखाकर विलास ने सहज भाव से कहा, "ऐसा ही होगा। मैं सारी व्यवस्था कर दूंगा।"

विजया पलभर मौन रहकर बोली, "कल तो वर्ष का पहला दिन है। साथ में थोड़ा सा खिलाने-पिलाने का आयोजन किया जाए।"

विलास ने इस प्रस्ताव का भी अनुमोदन करते हुए कहा कि उपासना के बाद जलपान के प्रबंध के लिए गुमाश्ते को हुक्म दे जाऊंगा और भी दो-चार साधारण बातें करके जब वह विदा हो गया तब बहुत दिनों के बाद विजया के मन में तृप्ति और उल्लास

की दक्षिणी बयार बहने लगी। वह सोचने लगी कि इन कुछ दिनों में ही विलास कितना दुर्बल हो गया है। पश्चात्ताप और अपमान के आघात ने उसके स्वभाव को बदल दिया है। एक लम्बी सांस लेकर वह वृद्ध रासबिहारी की उस दिन की बातों पर मन ही मन विचार करने लगी। विलास बिहारी उसे अत्यधिक प्रेम करता है- यह बात उसकी भावना, विचारों से सभी प्रकार से स्पष्ट हो चुकी है लेकिन यह प्रेम विजया के मन में स्थान नहीं पा सका, बल्कि शाम के गहरे अंधेरे में सूने कमरे में उसके साथी विहीन प्राण जब व्यथा से व्याकुल हो उठते हैं तब कल्पना से दबे पांव जो उसकी बगल में आ बैठता है वह विलास नहीं कोई और है। अलसाई दोपहरी में जब पुस्तक में मन नहीं लगता; सिलाई का काम भी कठिन जान पड़ता है, लम्बा चौड़ा सूना घर सूर्य की किरणों से सांय-सांय करता है तब सुदूर भविष्य की घर गृहस्थी की जो सुन्दर छवि सूने घर को भरकर उसके अन्तर में धीरे-धीरे जाग उठती है। उसमें विलास के लिए कहीं थोड़ा-सा स्थान नहीं रहता और दिलचस्प बात यह है कि जो व्यक्ति सारे हृदय को घेरकर बैठ जाता है उसका मूल्य जीवन के दुर्गम पथ में सहायक या सहयोगी के नाते विलास की अपेक्षा बहुत ही कम है। वह अनुभवहीन और असहाय है। विपत्ति में उससे कोई सहायता नहीं मिलेगी।

विलास के चले जाने पर विजया के विचारों में कोई बाधा नहीं पड़ी लेकिन बिना याचना के विलास के दोषों पर पुनर्विचार करने का भार ले लिया और कोई तर्क किए बिना यह बात स्वीकार कर ली कि परिस्थितियों के कारण उस पर जो रूप प्रकट हो गया था उसका वास्तविक स्वभाव उतना ही नहीं है। विलास की जैसी मानसिक अवस्था होने पर अधिकांश व्यक्ति शायद ही दूसरे प्रकार के आचरण करते। उसने प्रेम किया है और इसी अपराध के कारण उसे लांछित और पीड़ित होना पड़ा है। उसने करुणा मिश्रित ममता के साथ उसे क्षमा कर दिया।

सुबह उठकर विजया ने सुना, विलास बहुत सवेरे नौकर-चाकर लेकर घर सजाने के काम में लग गया है। वह भी जल्दी ही तैयार होकर नीचे आ गई और लज्जित भाव से बोली, "मुझे क्यों नहीं बुला लिया।"

विलास ने स्नेह भरे स्वर में कहा, "जरूरत क्या थी?"

विजया ने थोड़ा हँसकर कहा, "लगता है मैं इतनी निकम्मी हूँ कि इस काम में कोई सहायता नहीं कर सकती। बताइए, मैं क्या करूँ?"

बहुत दिनों बाद विलास हँसा। बोला, "तुम केवल नजर रखो कि हम लोगों के काम में कोई भूल तो नहीं हो रही।"

"अच्छा।" विजया ने कहा और एक कोच पर जा बैठी।

थोड़ी देर बाद उसने पूछा, "और जलपान का प्रबंध?"

विलास ने मुड़कर कहा, "सब ठीक हो रहा है, कोई चिंता नहीं।"

"मैं उस और ही क्यों न जाऊँ?"

"ठीक है।" विलास कहकर फिर काम में लग गया।

आठ बजे तक सारी व्यवस्था हो गई। इस बीच विजया कई बार आ आकर छोटे-मोटे कामों में विलास की सलाह ले गई।

विजया हँसकर बोली, "एकदम निकम्मा समझकर आपने मुझे एक ओर डाल दिया है लेकिन मैंने भी आपकी एक भूल पकड़ी है, बताती हूँ।"

विलास ने अचम्भे में पड़कर कहा, "निकम्मा तो मैंने कभी नहीं समझा लेकिन भूल कौन-सी पकड़ी है?"

विजया बोली, "हम लोग हैं तो कुछ चार-पाँच आदमी लेकिन जलपान का प्रबंध हुआ है लगभग बीस आदमियों का।"

विलास ने कहा, "सो तो होना ही चाहिए। बाबू जी ने अपने कई बंधू-बांधवों को निमंत्रण दिया है लेकिन वे कितने हैं, कौन-कौन हैं मुझे पता नहीं।"

विजया ने हैरानी से कहा, "यह बात तो मुझे कही नहीं।"

"यहाँ से मेरे जाने के बाद क्या बाबूजी ने तुम्हें चिट्ठी लिखकर नहीं बताया।"

“नहीं।”

“लेकिन उन्होंने तो कहा था...” विलास कहते-कहते रुक गया।

“क्या कहा था?”

पलभर चुप रहकर विलास बोला, “शायद मेरे सुनने में भूल हुई हो। या फिर वह चिट्ठी लिखकर सूचित करने की बात भूल गए हों।”

विजया ने कोई प्रश्न नहीं किया लेकिन उसकी आन्तरिक ज्योत्सना जैसी प्रसन्नता सहसा घटाओं से ढक गई।

आधे घंटे बाद रासबिहारी आ गए और नौ बजे तक उनके निमंत्रित मित्रों का दल एक-एक कर आने लगा। उनमें सभी ब्रह्म समाजी नहीं थे फिर भी वे रासबिहारी का साग्रह अनुरोध न टाल सके थे।

रासबिहारी ने अत्यन्त आदर से स्वागत किया और जिन लोगों का विजया से परिचित नहीं था उनसे परिचय कराते हुए इस बात का संकेत कर देने में भी भूल नहीं की कि निकट भविष्य में ही इस लड़की के साथ घनिष्ठ संबंध होने वाला है।

जब वह इन कामों में व्यस्त थी तभी पास ही बगीचे के संकरे रास्ते पर दयाल बाबू दिखाई दिए। वह अकेले नहीं थे। एक अपरिचिता तरुणी भी उनके साथ थी। लड़की सुन्दर थी। उम्र विजया से शायद कुछ अधिक थी। दयाल ने बताया यह उनकी भानजी है। नाम नलिनी है। कलकत्ता के कॉलेज में बी.ए. में पढ़ती है। अभी तक गर्मी की छुट्टियाँ आरंभ नहीं हुई हैं लेकिन मामी की बीमारी में सेवा करने के लिए कुछ पहले ही आ गई है और गर्मी की छुट्टियाँ यहीं बिताएगी।

नलिनी को विजया ने कलकत्ता में बिल्कुल ही न देखा हो सो बात नहीं थी लेकिन कभी बातचीत नहीं हुई थी। लेकिन इतने परिचित-अपरिचित लोगों में वही सबसे अधिक अतरंग जान पड़ी। विजया ने दोनों हाथ पकड़कर बड़े आदर से अपने कमरे में खींच लिया और पास बैठाकर बातें करने लगी।

उपासना साढ़े नौ बजे शुरू होने को थी। उसमें कुछ देर थी। लोग बाहर के बरामदे में खड़े बातें कर रहे थे। तभी रासबिहारी की ऊँची

आवाज सुनाई दी। वह बड़े आदर से किसी से कह रहे थे, "आओ बेटा आओ। तुम्हारे पास ढेर काम रहता है इसलिए मुझे आशा नहीं थी कि तुम समय निकालकर आ सकोगे।"

यह सम्मानित और काम का व्यक्ति कौन है यह जानने के लिए विजया ने मुँह उठाकर देखा, सामने नरेन्द्र खड़ा है लेकिन असंभव समझकर एकदम विश्वास नहीं हुआ। नलिनी ने भी उसी के साथ मुँह उठाया। फिर बोली, "नरेन्द्र बाबू।"

उसे रासबिहारी ने निमंत्रण भेजकर बुलाया है- यह बात विजया की कल्पना शक्ति से परे थी। वह मुँह उस ओर देख नहीं सकी। तभी रासबिहारी नरेन्द्र और विलास बिहारी को लेकर कमरे में आ गए और भी कई लोग आ गए। वृद्ध ने शान्त-गम्भीर स्वर में दोनों युवकों को सम्बोधित करते हुए कहा, "अपने पिता के संपर्क से तुम दोनों आपस में भाई होते हो। यह बात आज तुम लोगों से मैं विशेष रूप से कहना चाहता हूँ। वनमाली गए, जगदीश चले गए, मेरी भी पुकार हो रही है। इस जगत में देह के अतिरिक्त हम लोगों का कुछ भी भिन्न नहीं था। आज इस नए वर्ष के पुण्य दिन मैं तुम दोनों से अनुरोध करना चाहता हूँ कि घर छूटने के कारण बूढ़े के शेष दिनों को अंधकार पूर्ण न बना डालना।" उनकी आवाज कांप उठी। नरेन्द्र और न सह सका। विलास का हाथ अपने हाथों से खींचकर आवेग से बोला, "विलास बाबू, मेरे सारे अपराध क्षमा कर दीजिए, मैं आपसे क्षमा मांगता हूँ।"

विलास ने नरेन्द्र को लिपटाकर कहा, "अपराध मैंने किया है नरेन्द्र, तुम ही मुझे क्षमा करो।"

बूढ़े रासबिहारी आँखें मूंदे कांपते स्वर में बोले, "हे सर्व शक्तिमान परमात्मा! इस दया, इस करुणा के लिए तुम्हारे श्री पादपद्मों में मेरा कोटि-कोटि नमस्कार" यह कहकर दोनों हाथ जोड़कर माथे से लगा दिए और चादर के कोने से आँखें पोंछते हुए बोले, "आज के शुभ मुहूर्त में तुम दोनों का जीवन सार्थक है। आप लोग भी यही आशीर्वाद दीजिए।"

दयाल के अतिरिक्त और कोई कुछ नहीं जानता था इसलिए इस करुण अनुष्ठान का तात्पर्य न समझ पाने के कारण लोगों के आश्चर्य की सीमा न रही। रासबिहारी ने पलक झपकते ताड़ लिया। सबकी ओर देख मुस्कराकर बोले, "नारियाँ जो कहा करती हैं कि आरी आने में भी काटती है और जाने में भी। यही हाल मेरा हुआ है। मेरा यह लड़का है और वह भी। मेरे दाहिने हाथ में जैसी पीड़ा होती है बाएं हाथ में भी वैसी ही होती है, लेकिन आप लोगों की कृपा से आज मेरा अत्यन्त शुभ और आनंद का दिन है। मैं और क्या कहूँ।"

दुपट्टे के छोर से आँखें पोंछकर वह आसन पर आ बैठे। दयाल अपनी पकी दाढ़ी पर हाथ फेरते-फेरते उठे और भगवत उपासना के आरंभ की भूमिका के रूप में बोले, "जिस स्थान पर विरोधी हृदय इकट्ठे हों वहाँ भगवान विराजते हैं इसलिए आज यहाँ परमपिता के आविर्भाव के संबंध में शंका के लिए स्थान नहीं है।"

इसके बाद उन्होंने नए वर्ष के पहले दिन की लगभग पन्द्रह मिनट तक सुन्दर उपासना की। उनके हृदय में कपटहीन विश्वास और आन्तरिक भक्ति थी इसलिए उन्होंने जो कुछ सत्य और मधुर बनकर कहा, सबके हृदय में बैठ गया। सबकी आँखों की कोरे सजल हो उठीं। रासबिहारी की मुंदी आँखों से आँसू बह निकले। उपासना समाप्त हो जाने पर भी वह उसी तरह बैठे रहे। वह अचेत हैं या सचेत! बहुत देर तक कोई न समझ सका।

और एक व्यक्ति था जिसके मन की बात का पता नहीं लग सका– वह थी विजया! सारे समय झुकी आँखों से प्रस्तर मूर्ति के समान स्थिर बैठी रही। फिर जब उसने मुँह उठाया तो उसका चेहरा पत्थर जैसा ही सफेद दिखाई दिया।

दयाल की भक्ति से गद्गद आवाज की गूंज जिस समय अनेक व्यक्तियों के अन्तर में झंकृत हो रही थी रासबिहारी ने आँखें खोलीं। खड़े होकर रुलाई भरे स्वर में बोले, "मुझमें साधना की वह शक्ति नहीं है लेकिन आज मैंने जान लिया कि दयाल का महावाक्य कितना

बड़ा सत्य है। सम्मिलित हृदयों के मिलन स्थल में उसी एकमात्र और अद्वितीय निराकार परब्रह्म का आविर्भाव होता है, इसे आज हृदय में प्रत्यक्ष देखकर मेरा जीवन धन्य हो गया," यह कहकर वह आगे बढ़े और दयाल को हृदय से लिपटाकर कम्पित स्वर में बोले, "दयाल भाई, यह केवल तुम्हारे ही पुण्य प्रताप से... तुम्हारे ही आशीर्वाद से..."

दयाल की आँखें डबडबा आईं लेकिन कोई बात न सह सकने के कारण वह चुपचाप खड़े रहे।

बगल के कमरे में जलपान का आयोजन था। विलास ने उसकी ओर इशारा किया तो रासबिहारी ने मेहमानों से कहा, "आज आप लोगों से एक विषय में और भी आशीर्वाद की भीख मांगता हूँ। वनमाली जीवित होते तो अपनी कन्या के विवाह की बात पर स्वयं ही आप लोगों से कहते, मुझे न कहनी पड़ती लेकिन अब यह भार मुझ पर आ पड़ा है। मैं ही वर-कन्या का पिता हूँ। मैंने इस महीने के अन्तिम सप्ताह में पूर्णिमा को विवाह निश्चित किया है। आप लोग अन्त:करण से आशीर्वाद दीजिए जिससे यह शुभ कार्य निर्विघ्न पूरा हो।" यह कहकर उन्होंने एक जोड़ी सोने के कड़े जेब से निकालकर दयाल के हाथों में दे दिए।

दयाल ने विजया की ओर हाथ बढ़ाकर कहा, "मैं इस शुभ कार्य की सूचना में मन, वचन और कार्य से तुम्हारी कल्याण कामना करता हूँ बेटी। देखूँ भला तुम्हारे दोनों हाथ।"

लेकिन विजया सिर झुकाए मूर्ति के समान बैठी रही। विजया ने रत्तीभर भी हरकत नहीं की। दयाल ने फिर प्रार्थना दुहराई। वह फिर उसी तरह बैठी रही। नलिनी पास ही थी। उसने विजया के दोनों हाथ पकड़ लिये। दयाल ने बिना जाने अत्याचार की उन एक जोड़ी हथकड़ियों को आशीर्वाद का स्वर्ण वलय समझकर उस मूर्च्छितप्राय निरुपाय नारी के शक्तिहीन, बेबस हाथों में पहना दिया।

लेकिन किसी ने कुछ नहीं जाना, बल्कि इसे लज्जा समझकर लोग खुश हो उठे और शुभकामनाओं की अस्पष्ट आवाजों से सारा कमरा गूंज उठा।

खाने-पीने का काम समाप्त हो गया। देर हो रही थी इसलिये एक-एक कर लोग विदा होने लगे। विजया ने अपने आपको संभालकर अतिथियों के सम्मान और मर्यादा की किस प्रकार रक्षा की अन्तर्यामी के अतिरिक्त जिस व्यक्ति से छिपी नहीं रही वह थे रासबिहारी, लेकिन उन्होंने किसी को आभास तक नहीं होने दिया। जलपान समाप्त कर एक लौंग मुँह में रख मुस्कराते हुए बोले, "मैं चला। बूढ़ा आदमी ठहरा। धूप बढ़ने पर फिर चल न सकूंगा।" और एक लम्बा आशीर्वाद देकर छाता सिर पर लगाए धीरे-धीरे चले गए।

सब लोग चले गए। नलिनी और विजया बरामदे में एक किनारे खड़ी बातें कर रही थीं। विजया ने कहा, "आप से बातें करके मैं कितनी सुखी हुई हूँ, कह नहीं सकती। यहाँ आने के बाद एकदम अकेली पड़ गई हूँ। ऐसा कोई नहीं है जिससे दो बातें कर सकूँ। आपकी जब भी इच्छा हो, जब भी समय मिले आ जाया कीजिये।"

नलिनी ने प्रसन्नता से सहमति प्रकट की। विजया ने कहा, "मैं भी शायद उस पहर आपके मामा को देखने आऊंगी।" लेकिन फिर धूप देखकर बोली, "दयाल बाबू जरूर कचहरी में आ गए हैं। क्या उन्हें बुलाऊँ?" और जब बैरा की खोज में पांव बढ़ाने लगी तो नलिनी ने कहा, "वह तो इस समय घर जायेंगे नहीं। वह शाम को ही घर लौटेंगे।"

विजया लज्जित होकर बोली, "यह बात पहले क्यों नहीं कही। मैं दरबान को बुला देती हूँ। वह आपको..."

नलिनी ने कहा, "नहीं, दरबान की जरूरत नहीं है। मैं नरेन्द्र बाबू की प्रतीक्षा कर रही हूँ। वह अपने मामा से मिलने गए हैं। अभी आ जायेंगे।"

विजया ने आश्चर्य से पूछा, "आपसे उनका परिचय है क्या?"

नलिनी बोली, "परिचय बिल्कुल नहीं था। परसों पापा की चिट्ठी पाकर स्टेशन आई तो भेंट हुई। उनके साथ ही यहाँ आई हूँ।"

"ओह, यह बात है।"

नलिनी ने कहा, "हाँ लेकिन कैसे अद्भुत व्यक्ति हैं। आपने देखा। दो ही दिन में चिर परिचित आत्मीय बन गए हैं। तय हुआ है कि इस पहर हमारे घर ही स्नान भोजन करके कलकत्ता जायेंगे। मेरी मामी तो उन्हें अपने बेटे के समान प्रेम करती है।"

विजया ने गर्दन हिलाकर कहा, "हाँ अद्भुत आदमी हैं।"

नलिनी कहने लगी, "उनका किसी से कभी मनमुटाव हो सकता है आँखों से न देख लेती तो विश्वास ही न कर पाती। मुझे बड़ी प्रसन्नता हुई है कि आज विलास बाबू से उनका मेल हो गया। लेकिन उनके पिताजी अनोखे आदमी हैं। मेरी समझ में तो हमारे समाज में सभी को उनके समान होने का प्रयत्न करना चाहिए। रासबिहारी बाबू का आदर्श जिस दिन ब्रह्म समाज के घर-घर में प्रतिष्ठित हो जायेगा उसी दिन समझूंगी कि हमारा ब्रह्म धर्म सफल और सार्थक हुआ। आप क्या कहती हैं? ठीक है न?"

तभी नरेन्द्र हाथ में हैट लिए तेजी से उस ओर आता दिखाई दिया। विजया ने नलिनी के प्रश्न का उत्तर न देकर उस ओर उसका ध्यान आकर्षित करके कहा, "वह देखिए, वह आ रहे हैं।"

पास आकर नरेन्द्र ने विजया की ओर देखकर कहा, "यह लीजिए। इसी बीच दोनों में दिव्य प्रेम भी हो गया। सचमुच आज वर्ष के पहले दिन हमारा सुप्रभात हुआ है। सवेरा बड़े आनन्द से कटा। इससे आशा होती है कि यह वर्ष अच्छा ही बीतेगा लेकिन आप ऐसी मुरझाई सी क्यों दिखाई दे रही हैं? बताइए तो?"

विजया ने नाराजी से कहा, "आप भी तो बताइए कि आप एक ही दिन में यह प्रश्न कितनी बार कीजिएगा?"

नरेन्द्र हँस पड़ा, "क्या और भी एक पूछ चुका हूँ? लेकिन अगर पूछ ही लिया तो क्या हुआ? आप चट से नाराज क्यों हो जाती हैं? यही तो आप में भारी दोष है।" कहकर वह फिर हँसने लगा।

विजया ने किसी प्रकार हँसी दबाकर बनावटी गंभीरता से कहा, "इस विषय में क्या सब आपके समान निर्दोष हो सकते हैं? फिर भी

देखिए कालीपद जैसे और भी बहुत से निंदा करने वाले हैं जो आप जैसे साधु व्यक्ति को भी जल्दी क्रुद्ध हो जाने वाला कहकर बदनाम करते हैं।"

कालीपद के नाम से नरेन्द्र ठहाका मारकर हँस पड़ा। हँसी रुकने पर बोला, "आप तो विकट रूप से रूठने वाली हैं। किसी भी तरह का भी दोष क्षमा नहीं कर सकतीं लेकिन यह तो सुनूँ कि और भी बहुत से लोग कौन हैं। कालीपद और आप- बस इतने ही तो।"

विजया ने गर्दन हिलाकर कहा, "और स्टेशन पर जिन लोगों ने देखा है वे भी।"

"और?"

"और जिन-जिन लोगों ने सुना है वे भी।"

"तो यही क्यों न कहिए कि मेरे संबंध में सारी दुनिया के लोगों का यही मत है।"

विजया ने पहले जैसी गंभीरता से कहा, "हाँ, हम सबका यही मत है।"

नरेन्द्र ने कहा, "तो फिर धन्यवाद। अब आपके संबंध में लोगों का क्या मत है सो बताइए।" और हँसने लगा।

उसके संकेत से विजया का चेहरा रक्तिम हो उठा। हँसकर बोली, "अपनी प्रशंसा आप नहीं करनी चाहिए। पाप होता है। इसलिए आप ही बताइए लेकिन अभी नहीं। नहाने खाने के बाद। समय बहुत हो गया है। इस काम से यहीं निबट लेना अच्छा न होगा?" कहकर उसने नलिनी की ओर देखा।

नलिनी बोली, "लेकिन मामी रास्ता देखती रहेंगी?"

विजया ने कहा, "मैं इसी समय आदमी भेजकर उन्हें खबर पहुँचाए देती हूँ।"

नलिनी सकुचा उठी। बोली, "मुझे तो जाना ही होगा। मामी बीमार हैं, मकान में सारी दोपहर किसी का उनके पास रहे बिना काम नहीं चलेगा।"

विजया जिद्द न कर सकी। नलिनी ने विजया के चेहरे की ओर देखा और न जाने क्या सोचकर बोली, "नरेन्द्र बाबू, न हो तो आप यहीं स्नान भोजन कर लीजिए। मैं जाकर मामी को कह दूंगी। जाते समय मिलते जाइएगा।"

"क्या मुझे आपने इतना अकृतज्ञ और नीच समझ लिया है कि ऐसी धूप में आपको अकेला छोड़ दूंगा," कहकर नरेन्द्र ने हँसते हुए विजया से कहा, "एक दिन आपसे तो अच्छा भोजन चुकता कराना ही है। उस दिन सवेरे ही आने का यत्न करूंगा। अच्छा नमस्कार, "फिर नलिनी से बोला, "और देर मत कीजिए, चलिए।" यह कहकर हैट सिर पर लगा दिया।

नलिनी उतरकर पास आ गई लेकिन एक और व्यक्ति जो काठ के समान खड़ा रहा और जिसकी दोनों आँखें शान पर चढ़ी छुरियों के समान चमकने लगीं उस पर उन दोनों में से किसी का भी ध्यान नहीं गया। अगर जाता तो नरेन्द्र दो-एक पग बढ़ाकर और सहसा लौटकर हँसते हुए यह कहने का साहस न करता कि, "अच्छा, एक काम न किया जाए? जो वस्तु आरंभ से ही इतने दुःखों की जड़ है, जिसके लिए मैं सारे देश में बदनाम हुआ, उसे मुझे आज के आनन्द के दिन उपहार दे दीजिए। वे दो सौ रुपए कल-परसों किसी दिन भेज दूंगा।" यह कहकर उसने हँसने का प्रयत्न किया लेकिन हँस न सका।

विजया ने कहा, "दाम देकर देने को मैं उपहार देना नहीं, बेचना कहती हूँ। इस प्रकार का उपहार देकर आपको प्रसन्नता हो सकती है लेकिन हम लोगों को दूसरे ही प्रकार की शिक्षा मिली, इसलिए आज इस आनन्द के दिन मेरी उसे बेचने की इच्छा नहीं है।"

इस आघात की कठोरता से नरेन्द्र हैरान हो गया। यों भी वह विजया के मिजाज का कोई कूल-किनारा नहीं पा रहा था। उस पर आज उसके मन में भूसे ही सी जो आग जल रही थी उसका दाह जब अचानक अकारण फूट पड़ा तब नरेन्द्र उसे पहचान ही न सका। पलभर उसके कठोर मुँह की ओर चुपचाप देखते रहकर अत्यन्त व्यथा के साथ बोला,

"अपनी नितान्त दीन दशा को मैं कभी भूला नहीं और उसे छिपाने की भी चेष्टा मैंने नहीं की जो आप मुझे याद दिला रही हैं।" फिर नलिनी को दिखाकर बोला, "मैंने इनको भी अपना सारा इतिहास बता दिया है। पिताजी अत्यन्त दैन्य दुःख पाकर मरे हैं। उनकी मृत्यु के बाद घर द्वार जो भी कुछ यहाँ था सब कर्ज चुकता करने में चला गया। कुछ भी किसी से नहीं छिपाया। मैंने आपको उपहार देने की बात नहीं की। नलिनी बताइए, क्या मैंने यह सब आपको बताया नहीं?"

नलिनी ने कहा, "हाँ बताया है।"

विजया का मुँह दुःख, लज्जा, पश्चाताप से स्याह पड़ गया। बड़ी बेचैनी से चुपचाप दोनों की ओर ताकती रही। उसकी इस सीमाहीन वेदना को मथते हुए नरेन्द्र ने दुःखी होकर कहा, "मेरी बात से आप बहुत ही अस्थिर हो उठती हैं। शायद सोचती हैं, मैं अपनी स्थिति को लांघकर अपने आपको आप लोगों के समान प्रकट करना चाहता हूँ। यह हो सकता है कि अपनी उदासीनता के कारण इन सब बातों में अपना वजन ठीक न रख पाता होऊँ, लेकिन जाने दीजिए। अगर आपका असम्मान कर बैठा होऊँ, तो मुझे क्षमा कर दीजिएगा," कहकर, और मुँह फिराकर वह चल पड़ा।

21

सारे रास्ते में उन दोनों में केवल ये बातें हुई। नलिनी ने पूछा, "क्या आपने उपहार देने की बात कही थी?"

नरेन्द्र ने थके स्वर में कहा, "और किसी दिन बताऊंगा। आज नहीं।"

बांस के पुल के पास आकर नरेन्द्र ने सहसा खड़े होकर कहा, "आज मुझे क्षमा करना होगा- मैं वापस चला", लेकिन नलिनी को परेशान देखकर बोला, "मैं जानता हूँ कि यह भारी अन्याय है लेकिन तो भी आपको क्षमा करना होगा। अब मैं किसी प्रकार चल नहीं सकता। अपनी मामी से कह दीजिएगा मैं और किसी दिन आकर..."

उसके संकल्प के इस आकस्मिक परिवर्तन से नलिनी जितनी हैरान हुई थी उसकी आवाज सुनकर और चेहरे को देखकर और अधिक हैरान हो उठी। अधिक अनुरोध न करके बोली, "आज तो नहीं हुआ लेकिन फिर कब आयेंगे?"

"परसों आने की कोशिश करूंगा", कहकर नरेन्द्र तेजी से रेलवे स्टेशन की ओर चल पड़ा।

मैदान पार होने में थोड़ी ही देर थी। देखा कोई लड़का हाथ ऊँचा किए उसकी ओर अंधा-धुंध दौड़ा चला आ रहा है। वह हाथ उठाकर ठहरने का इशारा कर रहा था। नरेन्द्र रुककर खड़ा हो गया। पलभर बाद ही परेश ने पास आकर हाँफते-हाँफते कहा, "माँ जी ने बुलाया है तुमको, चलो।"

"मुझे?"

"हाँ, चलो न।"

नरेन्द्र ने संदिग्ध स्वर में कहा, "तू समझ नहीं सका रे। मुझे नहीं बुलाया होगा।"

परेश ने जोर से सिर हिलाकर कहा, "तुम्हें ही बुलाया है। तुम्हारे सिर पर साहब का टोप तो लगा है- चलो।"

"तेरी माँ जी ने क्या कहा है तुझसे?"

परेश बोली, "माँ जी उस सबसे ऊँची छत से दौड़ती हुई नीचे आईं और बोलीं, दौड़ जा-सीधे जाकर बाबू को पकड़ ला। सिर पर साहब का टोप लगाए हैं... जा दौड़ जा... तुझे एक बहुत अच्छी चाकरी दूंगी... जल्दी चलो।"

इतनी देर बाद उसकी व्यग्रता का कारण मालूम हुआ। चाकरी के लोभ में ही इस कड़ी धूप में इंजन के वेग से दौड़ा चला आया है इसलिए किसी भी प्रकार छोड़कर नहीं जाएगा। एक बार तो उसके मन में आया कि लड़के की चाकरी की कीमत देकर विदा कर दे। लेकिन आज ही इस तरह बुलाने का क्या कारण है? इस कौतूहल को वह किसी प्रकार दबा न सका लेकिन जाना उचित है या नहीं यह तय

करने में उसे कुछ देर लगी। अन्त तक कुछ भी तय नहीं हुआ फिर भी उसके अनिश्चित पग धीरे-धीरे उसी ओर बढ़ने लगे। रास्ते भर वह बुलाने का कारण खोजकर मन ही मन भरता रहा लेकिन उसकी समझ में नहीं आया कि बुलाना ही सबकी अपेक्षा बड़ा कारण है। बाहर के कमरे में पांव रखते ही विजया सामने आ खड़ी हुई। दोनों भीगी आँखें उसके मुँह पर गड़ाकर तीखी आवाज में बोली, "आप भी खूब हैं जो बिना खाए पिए इस समय चले जा रहे हैं। मैं तो झूठमूठ नाराज हो जाती हूँ। बहुत बुरी हूँ... और आप?"

नरेन्द्र ने गहरे आश्चर्य से कहा, "किसने कहा आप बुरी हैं?"

विजया के होंठ कांपने लगे। बोली, "आपने नलिनी के सामने इस प्रकार मेरा अपमान क्यों किया? मेरा ही अपमान किया और मुझे ही दंड देने के लिए बिना खाए चले जा रहे हैं? क्या बिगाड़ा है आपका मैंने?" कहते-कहते उसकी दोनों आँखें भर आईं। आँसुओं को संभालने के लिए जल्दी से मुड़कर खड़ी हो गई। नरेन्द्र हैरानी में डूबा ताकता रहा। वह जिस प्रकार इस अभियोग का उत्तर नहीं खोज पा रहा था उसी प्रकार इसका कारण भी नहीं खोज पा रहा था।

बैरा कह गया कि स्नान के लिए जल तैयार है। विजया ने शान्त स्वर में कहा, "अब और देर न कीजिए, जाइए।"

स्नान करके नरेन्द्र भोजन करने बैठा तो विजया एक पंखा हाथ में लेकर उसके पास आ बैठी। लज्जा की आंधी बहुत ही चुपके से उसके समूचे अस्तित्व को झकझोरकर निकल चुकी थी। हवा करने को उद्यत देख नरेन्द्र ने सकुचा कर कहा, "हवा करने की आवश्यकता नहीं है। पंखा रख दीजिए।"

विजया ने मुस्कराकर कहा, "आपको भले ही न हो, लेकिन मुझे तो है। बाबू जी कहते थे, 'नारी जाति को कभी खाली हाथ नहीं बैठना चाहिए।'"

नरेन्द्र ने कहा, "आपका भोजन भी तो नहीं हुआ है।"

विजया ने कहा, "पुरुषों का भोजन हुए बिना हम लोगों को नहीं खाना चाहिए।"

नरेन्द्र खुश होकर बोला, "तब तो ब्राह्मण होने पर भी आपका आचार-व्यवहार हम लोगों जैसा ही है।"

"इसमें चकित होने की तो कोई बात नहीं। हम लोग न तो विलायत से आए हैं और न काबुल से ही हमें अपना आचार-व्यवहार मंगाना पड़ा है, बल्कि ऐसा न होने पर ही आश्चर्य की बात होती।"

नौकर ने दरवाजे के पास आकर कहा, "माँ, गुमाश्ताजी हिसाब की बही लिए नीचे खड़े हैं, इस समय क्या उनसे जाने को कह दूँ?"

विजया ने गर्दन हिलाकर कहा, "हाँ, मुझे समय नहीं मिलेगा। उनसे कल आने को कहो।"

नौकर के जाने के बाद नरेन्द्र ने विजया के मुँह की ओर देखते हुए कहा, "इस बात से मुझे सबसे अधिक आनन्द प्राप्त होता है।"

"कौन सी बात?"

"नौकरों का यह संबोधन- आप ब्राह्मण महिला हैं। आलोक प्राप्त हैं। विशेष रूप से धनाढ्य भी हैं। आजकल मुझे ऐसे ही आलोक प्राप्त घरों में इलाज के लिए जाना पड़ता है। उनके नौकर-चाकर स्त्रियों से कहते हैं– 'मेम साहब' वे जानती हैं कि वास्तविक मेम साहब उन्हें किन आँखों से देखती हैं इसीलिए शायद वेतन पाने वाले नौकरों में मेम साहब कहलाकर अपनी मर्यादा बचाए रखती हैं।" यह कहकर उसने अपने उन्मुक्त ठहाके से कमरा भर दिया। विजया भी हँस पड़ी।

नरेन्द्र ने हँसी रुकने पर कहा, "मानो घर की दासियों और नौकरों के मुँह से माँ जी की अपेक्षा मेम साहब कहलाना अधिक सम्मान की बात हो। पहले दिन समझ ही नहीं सका कि बैरा मेम साहब कहता किसे है। वह क्या बोला, जानती हैं? बोला, 'मैंने बहुत से साहबों के घरों में नौकरी की है। असली मेम साहब क्या है सो मैं खूब जानता हूँ। उस घर का एक नया हिन्दुस्तानी दरबान मालकिन को माई जी कह बैठा। इस पर मेम साहब ने उस पर एक रुपया जुर्माना ठोक दिया। चाकरी बनी रही यही उसका सौभाग्य है। ऐसी ही वह नाराज हुई थीं। अच्छा आपने भी लगता है ऐसी बहुत सी देखी होंगी।'"

विजया ने हँसकर गर्दन हिलाई।

नरेन्द्र ने कहा, "अब मुझे एक दिन देखना है कि इन सब मेम साहबों के लड़के-लड़कियाँ माँ को माँ कहते हैं या मेम साहब।" कहकर अपने मजाक के आनन्द से उसने एक बार फिर कमरा फाड़ देने की तैयारी की।

विजया ने मुस्कराते हुए कहा, "खा-पीकर सारे दिन मजे से पराई चर्चा कीजिएगा। मुझे कोई आपत्ति नहीं, लेकिन क्या आप मुझे खाने नहीं दीजिएगा।"

नरेन्द्र ने लज्जित होकर जल्दी-जल्दी दो-चार कौर निगले ही थे कि फिर सब कुछ भूल गया बोला, "मैं भी तो चार-पाँच वर्ष विलायत में रहा। लेकिन वे देशी साहब लोग।"

विजया ने फिर तर्जनी उठाकर कृत्रिम शासन करने के अंदाज में कहा, "फिर वही पराई निन्दा।"

"अच्छा अब नहीं," कहकर उसने फिर खाने में मन लगाकर कहा, "लेकिन अब और नहीं खा सकता।"

विजया ने अप्रसन्नता से कहा, "वाह, कुछ भी तो नहीं खाया? नहीं, अभी नहीं उठ पाइएगा। अच्छा न हो पराई निन्दा करते-करते ही अनमने होकर खाइए। मैं कुछ न बोलूंगी।"

नरेन्द्र ने हँसना चाहा था कि सहसा अत्यन्त गंभीर हो गया। बोला, "आप इतने पर भी कहती हैं मैंने खाया नहीं? लेकिन मेरा कलकत्ता का रोजाना का खाना अगर देखिए तो हैरान हो जाइएगा। देख नहीं रही कि इन कुछ महीनों के अंदर ही इतना दुबला हो गया हूँ। हमारे वासे का बाह्मन जैसा पाजी है, नौकर भी वैसा ही बदमाश आ जुटा है। बड़े सवेरे रांध-रुंधकर कहाँ चला जाता है, पता नहीं। मुझे किसी दिन लौटना पड़ता है, दो बजे और किसी दिन तो चार बज जाते हैं। वही ठंडा सूखा भात-दूध किसी दिन या तो बिल्ली पी जाती है या खिड़की में से कौए घुसकर सब कुछ फैला जाते हैं। देखते ही घृणा होती है। महीने में आधे दिन तो बिल्कुल खा ही नहीं पाता।"

क्रोध से विजया का मुँह लाल हो उठा। उसने कहा, "ऐसे नौकर-चाकरों को दूर नहीं कर सकते? इतने रुपए वेतन पाकर भी वासे में अगर इतना कष्ट है तो नौकरी करने से क्या लाभ है?"

नरेन्द्र ने कहा, "एक हिसाब से आपकी बात सच है। एक दिन किसी ने संदूक में से पैसे-रुपए चुरा लिए। एक दिन खुद ही कहीं सौ-सौ रुपए के दो नोट खो बैठा। अस्त-व्यस्त रहने वाले व्यक्ति के लिए तो पग-पग पर संकट हैं, तो भी मुझे दुःख-कष्ट सहने पर खाने का कष्ट कभी-कभी असह्य हो उठता है।"

विजया मुँह नीचा किए चुप बैठी रही। नरेन्द्र कहने लगा, "सचमुच मुझे नौकरी अच्छी नहीं लगती। मैं कर भी नहीं पाता। आवश्यकताएं मेरी बहुत ही मामूली सी हैं। आप जैसा कोई बड़ा आदमी दोनों जून चार कौर खाने को दे देता तो अपने काम में रहते और कुछ भी नहीं चाहता। लेकिन ऐसे बड़े आदमी क्या अब..." कहकर एक बार और ऊँची हँसी की तरंग लहरा दी। विजया पहले की तरह नीचा मुँह किए चुपचाप बैठी रही। नरेन्द्र ने कहा, "अगर आपके पिताजी जीवित होते तो मेरा बहुत उपकार हो सकता था। वह निश्चय ही मुझे इस गुलामी से मुक्ति दिला देते।"

विजया ने उत्सुक नजरों से देखकर पूछा, "यह किस तरह जाना? उन्हें तो आपने कभी देखा भी नहीं था।"

"नहीं, मैंने उन्हें कभी नहीं देखा, उन्होंने भी शायद मुझे नहीं देखा। फिर भी वह मुझे बहुत चाहते थे। किसने रुपया देकर मुझे विलायत भेजा, जानती हैं? उन्होंने ही। अच्छा, क्या वह कभी हम लोगों के कर्ज के संबंध में आपसे कुछ कह नहीं गए।"

विजया ने कहा, "कह जाना संभव है लेकिन आप किस बात की ओर इशारा कर रहे हैं, उसे बिना समझे तो उत्तर दे नहीं सकती।"

नरेन्द्र ने पलभर मन ही मन कुछ सोचकर कहा, "जाने दीजिए। अब तो यह चर्चा बेकार है।"

विजया ने नम्र होकर कहा, "नहीं बताइए। मैं सुनना चाहती हूँ।"

नरेन्द्र थोड़ा सोचकर बोला, "जो बात चुक-चुकाकर समाप्त हो गई है, उसे सुनकर अब क्या होगा? बताइए।"

विजया ने जिद करके कहा, "नहीं, यह नहीं होगा, मैं सुनना चाहती हूँ, आप बताइए।"

उसका अत्यधिक आग्रह देखकर नरेन्द्र हँसा। बोला, "बताना निरर्थक ही नहीं, लज्जाजनक भी है मेरे लिए। शायद आप सोचेंगी कि मैं चालाकी से आपके सैंटिमैंट पर चोट देकर..."

विजया अधीर होकर बीच में ही रोककर बोली, "मैं और अधिक खुशामद नहीं कर सकती। आपके पैरों पड़ती हूँ, बोलिये।"

"अगर खाने-पीने के बाद कहूँ?"

"नहीं, अभी।"

"अच्छा कहता हूँ, लेकिन एक बात पूछता हूँ, क्या हमारे मकान के बारे में कभी कोई बात उन्होंने नहीं कही?"

विजया सारी सहन शक्ति खो बैठी लेकिन उत्तर नहीं दिया। नरेन्द्र ने मुस्कराते हुए कहा, "अच्छा नाराज मत होइए। कहता हूँ, जब मैं विलायत गया था तभी मैंने पिताजी से सुना था कि आपके पिताजी ही मुझे भेज रहे हैं। आज तीन दिन हुए, दयाल बाबू ने मुझे पत्रों का एक बंडल दिया है। जिस कमरे में बहुत-सा टूटा-फूटा सामान पड़ा है। उसी की एक टूटी हुई मेज की दराज में ये चिट्ठियाँ थीं। पिताजी की चीज होने के कारण दयाल बाबू ने मुझे दे दीं। पढ़कर मैंने देखा उनमें से दो चिट्ठियाँ आपके पिताजी के हाथ की लिखी हुई हैं। आपने शायद सुना है कि अन्तिम दिनों में पिताजी ने कर्ज के कारण जुआ खेलना शुरू कर दिया था। शायद यह इशारा ही एक चिट्ठी के आरंभ में था और उसके बाद उपदेश के बहाने तसल्ली देते हुए पिताजी को लिखा था– 'मकान के लिए चिंता करने की जरूरत नहीं। नरेन्द्र मेरा भी तो लड़का है। मकान उसे ही मैंने दहेज में दिया।'"

विजया ने मुँह उठाकर पूछा, "इसके बाद?"

नरेन्द्र ने कहा, "इसके बाद अनेक बातें हैं लेकिन यह पत्र बहुत

दिनों पहले का लिखा हुआ है। संभव है बाद में उनका विचार बदल गया हो, इसीलिए उन्होंने कोई बात आपसे कह जाना आवश्यक न समझा हो।"

पिता की अन्तिम इच्छाएं विजया को अक्षर-अक्षर याद हो आईं। उसने एक लम्बी सांस लेकर कहा, "तो फिर मकान का दावा कीजिएगा?" और हँस दी।

नरेन्द्र भी हँस पड़ा। इस प्रस्ताव को अच्छा मजाक समझकर बोला, "दावा जरूर करूंगा। आपको ही गवाह बनाऊंगा और आशा करता हूँ कि आप सच ही सच बोलेंगी।"

विजया ने गर्दन हिलाकर कहा, "जरूर। लेकिन आप मेरी गवाही क्यों मानेंगे।"

नरेन्द्र ने कहा, "नहीं तो प्रमाणित कैसे होगा। मकान वास्तव में मेरा है, यह बात तो अदालत में साबित करनी ही पड़ेगी।"

विजया गंभीर होकर बोली, "दूसरी अदालत की जरूरत नहीं है। बापू का आदेश ही मेरा अदालत है। मैं यह मकान आपको लौटा दूंगी।"

उसके चेहरे और स्वर ठीक रहस्य के समान अवश्य ही न जान पड़े, लेकिन उसके अतिरिक्त और क्या हो सकता है सो भी नहीं जान सका। विशेष रूप से कुछ कह पाना अत्यन्त कठिन था इसलिए नरेन्द्र स्वयं भी बनावटी गंभीरता के साथ बोला, "उनकी चिट्ठी देखे बिना ही मकान दे दीजिएगा?"

विजया ने कहा, "नहीं, मैं चिट्ठी देखना चाहती हूँ, लेकिन अगर उसमें यही बात लिखी है तो उनके आदेश को मैं किसी भी प्रकार अमान्य नहीं करूंगी।"

नरेन्द्र ने कहा, "इसका भी क्या प्रमाण है कि उनका अभिप्राय अन्त तक यही था।"

"नहीं था, इसका भी तो प्रमाण नहीं है।"

नरेन्द्र ने कहा, "लेकिन अगर लूँ? दावा न करूँ?"

विजया ने कहा, "यह आपकी इच्छा है। लेकिन वैसी हालत में आपकी बुआ के लड़के भी तो हैं। मेरा विश्वास है, अनुरोध करने पर वे लोग दावा करने को तैयार हो जायेंगे।"

नरेन्द्र ने हँसकर कहा, "यह विश्वास मेरा भी है। यहाँ तक कि सौगन्ध खाकर कहने को तैयार हूँ?"

विजया ने हँसी में योग नहीं दिया। चुप बैठी रही।

नरेन्द्र ने कहा, "यानि मैं लूँ चाहे न लूँ, आप देंगी ही?"

विजया ने कहा, "मेरी प्रतिज्ञा है कि पिताजी की दान दी हुई कोई भी वस्तु मैं नहीं हड़पूंगी।"

उसके संकल्प की दृढ़ता देख नरेन्द्र चकित और मुग्ध हो उठा। कुछ पल चुप रहकर बोला, "वह मकान जब आपने सत्कर्म में दान कर दिया है तब मेरे न लेने पर भी आपको हड़प लेने का पाप नहीं लगेगा। इसके सिवा वापस लेकर मैं करूंगा भी क्या, बताइए? मेरे कोई हैं नहीं जो उसमें रहेगा और मुझे बाहर ही कहीं न कहीं काम करना पड़ेगा। जो व्यवस्था हुई वही सबसे अच्छी है। एक बात यह भी है कि इस विषय में आप विलास बाबू को किसी भी तरह राजी नहीं कर सकेंगी।"

इस अन्तिम बात से विजया मन ही मन जल उठी। बोली, "मेरे पास इतना अधिक समय नहीं है कि अपनी चीज के लिए दूसरों को राजी करने की कोशिश में बर्बाद करती फिरूँ लेकिन आप एक काम और भी तो कर सकते हैं। जब आपको घर की आवश्यकता नहीं है तो मुझसे उसका उचित मूल्य ले लीजिए। तब आपको नौकरी भी नहीं करनी पड़ेगी और आप निश्चिन्त होकर अपना काम कर सकेंगे। आप राजी हो जाइए। नरेन्द्र बाबू," इस प्रार्थना के स्वर ने सहसा नरेन्द्र के हृदय में बाण के समान बेधकर उसे बेचैन कर दिया, हालांकि विजया ने बुझे चेहरे पर इस प्रार्थना का छिपा संकेत पढ़ने का उसे अवसर नहीं मिला, लेकिन यह मजाक नहीं है सच है, यह समझने में उसे देर लगी। पिता के कर्ज की अदायगी में उसे गृहहीन करके यह लड़की

सुखी नहीं है, बल्कि दुःख ही अनुभव कर रही है, लेकिन कोई बहाना खोजकर उसके दुःख का भार को हल्का कर देना चाहती है। यह जानकर उसका हृदय भर आया, लेकिन इसीलिए तो इस प्रकार का प्रस्ताव स्वीकार की लेने से काम नहीं चलता जिसका वह अधिकारी नहीं है, वह भीख में ले ले और भी एक बड़ी बात है– जो सांसारिक मामले पहले बहुत बड़ी समस्या थे उनमें से अधिकांश उसके लिए अब आसान हो गए हैं। उसने स्पष्ट देख लिया है कि विलास के संबंध में विजया, आवेश में भले ही कुछ कह डाले लेकिन उस बाधा को ठेलकर अपने संकल्प को कार्यरूप से परिणत नहीं कर पाएगी। इससे उसकी लज्जा और व्यथा ही बढ़ेगी, और कुछ नहीं होगा।

कुछ पल स्नेह से देखने के बाद बोला, "आपके मन की बात मैं समझता हूँ। गरीब को किसी बहाने से कुछ दान करना चाहती हैं, यही न?"

ठीक यही बात आज भी एक बार पहले भी कही जा चुकी थी। दोबारा सुनकर विजया ने दुःखी होकर कहा, "इस बात से मुझे कितना दुःख होता है आप जानते हैं।"

"तब वास्तविक बात क्या है, सुनूँ?"

विजया ने कहा, "मैं आरंभ से ही सच कह रही हूँ, लेकिन आपका मन पापी है। इसलिए आप विश्वास नहीं कर सकते। आप गरीब हो, बड़े आदमी हो, इससे मुझे कोई सरोकार नहीं। मैं केवल पिताजी के आदेश का पालन करने के लिए ही आपको मकान वापस कर देना चाहती हूँ।"

नरेन्द्र सहसा गंभीर होकर बोला, "इसमें भी एक झूठ रह गया– लेकिन उसे जाने दीजिए। आप बहुत बड़ी प्रतिज्ञाएँ तो कर रही हैं लेकिन पिताजी के आदेश के अनुसार वापस करना पड़ा तो और कितनी चीजें ही देनी होंगी सो जानती हैं। केवल यह मकान ही तो नहीं है।

विजया ने कहा, "अच्छी बात है। लीजिए, अपनी सारी सम्पत्ति वापस ले लीजिए।"

नरेन्द्र ने हँसकर कहा, "खूब ऊँची आवाज में जोर देकर मुझसे दावा करने को कहती हैं। यहाँ तक कि अगर मैं दावा नहीं करूंगा तो मेरी बुआ के लड़कों से दावा करने को कहेंगी, यह भय भी दिखाती हैं। लेकिन जानती हैं उनके आदेश के अनुसार मेरा दावा कहाँ तक पहुँच सकता है? केवल यह मकान और कुछ बीघे जमीन ही नहीं, उससे बहुत अधिक।"

विजया ने उत्सुक होकर कहा, "पिताजी ने आपको और क्या-क्या दिया है।"

"उनकी यह चिट्ठी भी मेरे पास है जिसमें उन्होंने केवल इतना दहेज देकर ही मुझे विदा नहीं किया है। बल्कि यहाँ जो कुछ आप देख रही हैं, सभी कुछ उसमें शामिल है। मैं दावा केवल उस मकान पर ही नहीं कर सकता, बल्कि यह घर, यह कमरा, ये टेबल, कुर्सियाँ, आईना, घर के दास-दासी, अमला कर्मचारी और उनके मालिक तक पर दावा कर सकता हूँ। जानती हैं? पिताजी का आदेश- दीजिएगा वह सब?"

विजया पैर के नाखून से सिर के बालों तक सिहर उठी, लेकिन वह कोई उत्तर न देकर नीचा मुँह किए काठ की मूर्ति के समान बैठी रही। नरेन्द्र ने ताना मारते हुए कहा, "क्यों, दे सकेंगी? एक बार न हो तो विलास बाबू से अकेले में सलाह कर लीजिएगा।" कहकर हँसने लगा।

लेकिन विजया के मुँह उठाते ही हँसी चोट खाकर रुक गई। विजया के चेहरे पर जैसे रक्त का आभास तक न रहा। उसके रूखे पीले मुँह की ओर देखकर नरेन्द्र उद्विग्न और परेशान होकर बोल उठा, "आप पागल हो गई हैं क्या? मैं क्या सचमुच इन सबका दावा करने जा रहा हूँ और क्या दावा करते ही सब पा जाऊंगा, बल्कि मुझे ही पकड़कर पागलखाने में बन्द कर दिया जाएगा।"

विजया ने जैसे कुछ सुना ही नहीं। बोली, "कहाँ हैं पिताजी की चिट्ठियाँ?"

नरेन्द्र ने आश्चर्य से कहा, "चिट्ठियाँ क्या मैं जेब में रखकर घूमा करता हूँ और उन्हें देखने से आपको क्या लाभ होगा?"

"लाभ जो भी हो, दरबान के हाथ दोनों चिट्ठियाँ आज ही भेज दीजिएगा। वह आपके साथ कलकत्ता जाएगा।"

"इतनी जल्दी?"

"हाँ।"

22

रात को न सो पाने की पूरी थकान लिए हुए विजया जब नीचे बैठक में पहुँची तब देखा कि कचहरी के बही-खाते मेज पर तह-के-तह सजे रखे हैं और बूढ़ा गुमाश्ता पास ही खड़ा प्रतीक्षा कर रहा है। बड़ी विनय के साथ बोला, "माँ, आज ये सब वापस मिल जाने चाहिए।"

उससे दो घंटे बाद आने के लिए कहकर विजया ने ऊपर का खाता उठा लिया और खिड़की से लगे कोच पर जा बैठी। उसमें मन लगाने की शक्ति ही नहीं रह गई थी। उसकी भटकी नजरें बार-बार हिसाब के अंकों को छोड़कर खिड़की के बाहर यहाँ-वहाँ भाग रही थीं। सहसा उसने बगीचे के किनारे एक पेड़ के नीचे खड़े वृद्ध रासबिहारी को देखा। परेश से न जाने क्या पूछ रहे हैं और उंगली उठाकर कभी नीचे कमरा, कभी ऊपर की छत दिखा रहे हैं। दोनों में से किसी को भी कोई बात सुने विजया ने पलक झपकते क्रूर और कुटिल इशारों का भेद जान लिया।

कुछ देर बाद वह परेश को छोड़कर कचहरी की ओर चले गए। परेश घर की ओर आ रहा था। विजया ने खिड़की से हाथ हिलाकर उसे बुला लिया।

"तुझसे क्या पूछ रहे थे रे?" उसने प्रश्न किया।

परेश ने कहा, "अच्छा माँ जी, गुमाश्ता जी से रुपया लेकर मैं पतंग और डोर खरीदने चला गया था न? डॉक्टर बाबू के खाना खाने के समय क्या मैं घर पर था, माँ जी?"

विजया ने कहा, "नहीं।"

परेश बोला, "तब? बड़े बाबू कहते हैं कि क्या बातें हुई थीं बता साले। नहीं तो तुझे सिपाही से बंधवाकर जल बिच्छू लगवाऊंगा।

मैं बोला नए दरबान ने तुमसे झूठमूठ चुगली की है।" माँ जी बोलीं, "परेश तू दौड़कर डॉक्टर बाबू को बुला ला, तुझे अच्छी पतंग-डोर खरीद दूंगी इसीलिए न दौड़ा गया था? लेकिन तुम यह बड़े बाबू से मत कहना माँ जी। तुमसे बताने को उन्होंने मना कर दिया है।"

"नहीं बताऊंगी" कहकर विजया ने परेश को विदा कर दिया और फिर खाता खोलकर बैठ गई, लेकिन इस बार उसकी आँखों के सामने से खाते की लिखावट एकदम लिप-पुतकर एकाकार हो गई। रातभर जागने के कारण लाल हुई। आँखें असह्य क्रोध से आग की लपटों की तरह धधक उठीं। थोड़ी देर बाद ही रासबिहारी ने दरवाजे के बाहर छड़ी की आवाज करके धीरे से प्रवेश किया और विजया का ध्यान आकर्षित करने के लिए धीरे-से कुर्सी खींचकर बैठ गए।

विजया ने खाते से मुँह उठाकर कहा, "आइए। आज इतने सवेरे कैसे?"

रासबिहारी ने प्रश्न का उत्तर न देकर बेचैनी से पूछा, "तुम्हारी आँखें बहुत ही लाल दिखाई दे रही हैं बेटी। ठंड-वंड तो नहीं लग गई?"

विजया गर्दन हिलाकर बोली, "नहीं।"

रासबिहारी उस पर ध्यान न देकर चिंता प्रकट करने लगे। बोले, "बिना बताए तो मानूंगा नहीं बेटी। या तो रात को अच्छी तरह नींद नहीं आई, अथवा किसी प्रकार कुछ..."

"नहीं, मुझे कुछ नहीं हुआ।"

"लेकिन इस तरह आँखें लाल होने का कारण तो कुछ न कुछ..."

विजया को अधिक विरोध न करके काम में मन लगाते देख रासबिहारी रुक गए। थोड़ी देर चुप रहकर बोले, "धूप के ही डर से सवेरे-सवेरे आना पड़ा बेटी। सारे दस्तावेज देखने हैं। तुमने सुना नहीं, चौधरी लोग घोषणा पत्र की सीमा के संबंध में मुकद्दमा दायर करने वाले हैं।"

जमींदारी से संबंधित आवश्यक दस्तावेजें वनमाली अपने ही पास रखते थे। एक तो उनकी हमेशा जरूरत नहीं पड़ती थी, फिर खो जाने

का भी डर रहता था इसलिए वह कभी उन्हें अपने पास से अलग नहीं करते थे। कलकत्ता से आते समय विजया उन सबको साथ ले आई थी और अपने सोने के कमरे की लोहे की अलमारी में उन्हें बन्द कर दिया था। विजया ने मुँह उठकार कहा, "यह किसने कहा कि ये लोग मुकदमा दायर करेंगे?"

रासबिहारी से जानकार की तरह हँसकर कहा, "कहा किसी ने नहीं बेटी। मैं हवा से खबर पा लेता हूँ। ऐसा न होता तो क्या इतनी बड़ी जमींदारी इतने दिनों चला पाता?"

विजया ने पूछा, "वे कितनी जमीन का दावा करते हैं?"

रासबिहारी मन ही मन हिसाब लगाकर बोले, "बहुत कम होने पर भी दो बीघे से क्या कम होगी।"

विजया ने लापरवाही से कहा, "बस? तो फिर वे ही ले लें। जरा सी जगह के लिए मुकद्दमेबाजी की जरूरत नहीं है।"

रासबिहारी ने बड़े आश्चर्य और क्षोभ के साथ कहा, "तुम जैसी लड़की के मुँह से ऐसी बात सुनने की आशा तो नहीं थी बेटी। आज चुपचाप अगर दो बीघे जमीन छोड़ दें तो कल दो सौ बीघे छोड़नी पड़ेगी। यह कौन कह सकता है?"

लेकिन आश्चर्य है कि इतनी बड़ी फटकार का भी विजया पर कोई प्रभाव नहीं पड़ा। सहज स्वर में बोली, "लेकिन वास्तव में दो सौ बीघे छोड़नी नहीं पड़ रही है। मैं कहती हूँ। मामूली सी बात पर मामले मुकदमे की जरूरत नहीं है।"

रासबिहारी को चोट पहुँची। बार-बार सिर हिलाकर बोले। "यह किसी तरह नहीं हो सकता- किसी तरह भी नहीं। तुम्हारे बापू जब मुझ पर सब कुछ छोड़ गए हैं और मैं जीवित हूँ, तब आसानी से दो बीघे तो क्या दो अंगुल जमीन भी छोड़ देना अधर्म होगा। इसके अतिरिक्त और भी अनेक कारण हैं जिनके लिए पुरानी दस्तावेजें एक बार अच्छी तरह देखना जरूरी है। जरा कष्ट करके उठो बेटी, सन्दूक ऊपर से ला दो।"

विजया ने उठने का कोई लक्षण प्रकट न करके पूछा, "और भी कोई कारण है?"

रासबिहारी बोले, "हाँ है?"

विजया ने पूछा, "कौन-सा कारण?"

रासबिहारी मन ही मन अत्यन्त असन्तुष्ट हो उठने पर भी संयत होकर बोले, "एक ही कारण तो है नहीं जो मुँह-जबानी उसकी कैफियत तुम्हें दे दूँ बेटी।"

तभी गुमाश्ते ने बही-खातों के लिए धीरे से कमरे में प्रवेश किया। विजया ने लज्जित भाव से तुरन्त कहा, "इस समय तो हो ही नहीं सका। उस पहर आकर ले जाइएगा।"

गुमाश्ता 'जो आज्ञा' कहकर लौट रहा था कि विजया ने पुकारकर कहा, "एक काम है।" कचहरी का नया दरबान नौकरी पर कितने दिनों से है, जानते हैं?"

गुमाश्ता ने कहा, "लगभग तीन महीने हुए होंगे।"

विजया ने कहा, "खैर जितने भी हुए हों। उसकी अब जरूरत नहीं है। इस महीने में लगभग बीस दिन बाकी हैं। इन दिनों का पूरा वेतन देकर उसे आज ही जवाब दे दीजिए।"

गुमाश्ता आश्चर्य से देखने लगा। उसने अपराध जानना चाहा, लेकिन साहस न कर सका।

विजया ने समझकर कहा, "अपराध के कारण नहीं, वह आदमी मुझे अच्छा नहीं लगता इसीलिए निकाल रही हूँ, लेकिन वेतन पूरे महीने का दे दीजिए।"

रासबिहारी का चेहरा लाल पड़ गया, लेकिन स्वयं को संभालकर हँसकर बोले, "तो फिर बिना अपराध के किसी का अन्न मारना क्या अच्छा है बेटी?"

विजया ने कोई उत्तर नहीं दिया। गुमाश्ता ने सहारा पाकर कहना चाहा, "तो फिर उसे..."

"हाँ, विदा कर दीजिए- आज ही," यह कहकर विजया बही-खाते देखने लगी। गुमाश्ता फिर भी आशा से कुछ देर खड़ा रहा। उसके जाने

के पाँच मिनट बाद रास बिहारी ने अपनी प्रार्थना दोहराई, "थोड़ा-सा कष्ट उठाकर ऊपर गए बिना काम नहीं चलेगा बेटी। पुरानी दस्तावेजें एक बार आरंभ से अन्त तक अच्छी तरह पढ़ डालना जरूरी है।"

विजया ने मुँह उठाए बिना पूछा, "क्यों?"

रासबिहारी गंभीर होकर बोले, "बताया तो कि विशेष कारण है। बार-बार एक ही बात कहने के लिए मेरे पास समय नहीं है।"

विजया ने बही-खाते पर नजरें गड़ाए हुए धीरे-धीरे कहा, "सो आप ठीक कहते हैं, लेकिन ठीक कारण तो आपने एक भी बताया नहीं।"

"बताए बिना तुम उठोगी नहीं," कहकर कुछ पल प्रतीक्षा करके वह धीरज खो बैठे। बोले, "इसका मतलब यह है कि तुम मेरा विश्वास नहीं करतीं।"

विजया उत्तर न देकर नीचा मुँह किए काम करती रही। उसकी इस चुप्पी का अर्थ इतना स्पष्ट, इतना पैना था कि रासबिहारी का मुँह क्रोध से काला पड़ गया। वह हाथ की छड़ी मेज पर पटककर बोले, "तुम मेरा इतना बड़ा अपमान करने का साहस किसलिए कर रही हो विजया? किसलिए तुम मेरा अविश्वास करती हो सुनूँ?"

विजया ने शान्त स्वर में कहा, "आप भी तो मेरा विश्वास नहीं करते। मेरे पैसे से मेरे ही ऊपर खुफिया नियुक्त करने पर मेरे मन में क्या आएगा सो आप निश्चय ही समझ सकते हैं और फिर मेरी अपनी सम्पत्ति के मूल दस्तावेज हथियाने का तात्पर्य अगर मैं कुछ और समझकर सन्देह करूँ तो क्या यह अस्वाभाविक होगा? या आपका अपमान होगा?"

रासबिहारी अवाक रह गए। उनकी इतनी बड़ी चाल कलकत्ता की विलासिता के बीच लाड़-प्यार से पली हुई एक बालिका पकड़ सकती है- यह संभावना उनकी पक्की बुद्धि में स्थान ही नहीं पा सकी और यह तो स्वप्न में भी नहीं सोचा जा सकता था कि ऐसी बात बिना संकोच मुँह पर कह देगी।

रासबिहारी बहुत देर तक मूर्खों के समान बैठे रहकर फिर कमर कसकर युद्ध के लिए खड़े हो गए और इस स्वभाव के व्यक्तियों का जो अन्तिम शस्त्र है उसी के तरकस से निकालकर उन्होंने इस असहाय बालिका पर निर्ममता से चला दिया। कहा, "वनमाली की इज्जत रखने के लिए ही मैंने यह सब किया है। बन्धु का कर्त्तव्य होने के कारण ही तुम्हारे चाल-चलन पर मुझे नजर रखनी पड़ी है। एक अनजान अभागे को बुलाकर तुमने सारा दिन उसके साथ बिता दिया क्या मैं इसका मतलब नहीं समझ सकता। केवल इतना ही नहीं, उस दिन आधी रात तक उसके साथ हँसी-मजाक, गपशप करके भी तुम्हें संतोष नहीं हुआ। वह रात को कलकत्ता नहीं लौट सका। बहाना करके उसे यहीं रह जाना पड़ा। इसमें तुम्हें शर्म नहीं लगी, लेकिन हम लोगों का मुँह तो घर-बाहर काला हो गया। समाज में किसी के भी सामने सिर उठाने की गुंजाइश नहीं रही।"

बात इतनी अधिक मर्मान्तक न होती तो शायद विजया अपमान और क्रोध से उसी पर विरोध करती, लेकिन इस आघात ने उसे जैसे जड़ बना दिया।

रासबिहारी ने छिपी नजर से अपने ब्रह्मास्त्र की प्रचंड महिमा विजया के रक्तहीन चेहरे पर बड़े संतोष के साथ देखी। पलभर चुप रहने के बाद बोले, "वह सब क्या अच्छा है? इसे दूर करने की चेष्टा करना मेरा काम नहीं है?"

विजया को सतब्ध बैठे देख जोर देकर बोले, "नहीं, चुप रहने से काम नहीं चलेगा। तुम्हें उत्तर देना ही होगा।"

तो भी विजया चुप रही। तब उन्होंने हाथ की छड़ी फिर मेज पर पटककर धमकाते हुए कहा, "नहीं, चुप रहने से काम नहीं चलेगा। ये सब गंभीर बातें हैं। उत्तर देना ही होगा।"

इतनी देर बाद विजया ने मुँह उठाकर देखा। उसके होंठ कांप उठे। फिर धीरे से बोली, "मामला चाहे कितना ही गंभीर हो। झूठी बात का मैं आपको क्या उत्तर दे सकती हूँ।"

रासबिहारी ने तेजी से पूछा, "तो क्या तुम इसे झूठ कहकर उड़ा देना चाहती हो?"

विजया ने थोड़ी देर चुप रहकर नर्मी से कहा, "मैं उड़ाना कुछ भी नहीं चाहती काका जी। केवल यही कहना चाहती हूँ कि यह सरासर झूठ है। इसके साथ ही आपको जता देना चाहती हूँ कि आप स्वयं ही बात को सबसे अधिक जानते हैं कि यह झूठ है।"

रास बिहारी सिटपिटा उठे। वह पहली बात के लिए अवश्य तैयार थे, लेकिन अन्तिम बात के लिए बिल्कुल नहीं। विजया किसी भी हालत में उनके ही मुँह पर उन्हें झूठा और झूठी बदनामी करने वाला कह सकती है यह उन्होंने सोचा भी नहीं था। इस समय उनके अपने शब्द उनके मुँह पर नहीं आए। उन्होंने पुतले की तरह विजया के शब्द ही दुहरा दिए, "मैं स्वयं ही सबसे अधिक जानता हूँ कि यह झूठ है?"

विजया उठकर खड़ी हो गई और बोली, "आप बड़े-बूढ़े हैं। आपसे इस विषय में बहस नहीं करना चाहती। दस्तावेजों को इस समय करने दीजिए। जब मामले मुकद्दमे की जरूरत होगी तब आपको बुलवा लूंगी।" कहकर अन्दर चली गई।

23

सबसे पहले विजया के मन में आया कि जैसे भी बने कल सवेरे कलकत्ता भागकर इस बहेलिए से अपनी रक्षा करनी होगी, लेकिन उत्तेजना का पहला धक्का जब निकल गया तब उसने देखा कि इससे केवल जाल का फन्दा ही और न कस जायेगा, बल्कि साथ-ही-साथ बदनामी का धुआं भी उड़ेगा जो यहाँ के वातावरण को गन्दा किए बिना नहीं रहेगा। तब कलकत्ता के समाज में भी वह किस तरह मुँह दिखायेगी और यहाँ भी घर से बाहर नहीं निकल सकेगी। यह निश्चित रूप से जानती थी कि रासबिहारी ने उसे छोड़ने के लिए नहीं, बल्कि हथियाने के लिए ही इस बदनामी की रचना की है। जब तक वह पूरी तरह निराश न हो जायेंगे तब तक इस झूठ को बाहर नहीं फैलायेंगे। तो भी दो दिन के बाद जब कचहरी के गुमाश्ता ने हिसाब पर दस्तखत

करने के लिए मिलने की प्रार्थना की तब उसने अस्वस्थ होने का बहाना करके बही-खाते ऊपर मंगा लिए। आज अपने एक कर्मचारी के सामने जाने में भी उसे लाज लगने लगी। कहीं किसी छिद्र से यह बात उन लोगों के कानों में न पड़ गई हो और उनकी आँखों में अनादर और उपहास की छाया न आ गई हो।

जिस तरह वह एक बात से डर रही थी उसी तरह जी जान से यह कामना भी कर रही थी कि अपने पिता के पत्र लेकर नरेन्द्र स्वयं ही आए, लेकिन पाँच-छह दिन बाद पोस्टमैन के हाथ से पत्र मिले। नरेन्द्र स्वयं नहीं आया। क्यों नहीं आया यह अनुमान लगाने में उसे पलभर को भी देर नहीं लगी। उसे यही आशंका थी कि रासबिहारी किसी छल से यह बात नरेन्द्र के कानों तक पहुँचा देंगे और उसके लिए इस मकान का रास्ता बन्द कर देंगे।

चिट्ठी हाथ में लेकर विजया सोचने लगी कि इतनी आसानी से अगर इस ओर का रास्ता उसके लिए बन्द हो जाए और इस तरह अनायास ही वह इस झूठे कलंक को टोकरा उसके सिर पर रखकर भय के कारण दूर हट जाए तो फिर इस बदनामी का बोझ-भले ही वह कितना ही असत्य हो- लादकर मैं किस सहारे से चल सकूंगी? तब तो यह झूठा बोझ ही मुझे परम सत्य की तरह पलक झपकते मिट्टी में मिला देगा।

विचारों में डूबी वह न जाने क्या-क्या सोचती रही! आँखें पोंछकर कुछ देर बाद वह उठ खड़ी हुई और अपने दिवंगत पिता के हस्तलिखित दोनों पत्रों को माथे से लगाकर फूट-फूटकर रोने लगी। उसने दोनों चिट्ठियों को पढ़ना चाहा, लेकिन उसकी आँखें बार-बार आँसुओं से धुंधली हो गई। काफी कोशिशें करके उसने पत्र पढ़े और यह सत्य उसके सामने स्फटिक के समान स्वच्छ हो गया कि उस समय उन्होंने केवल उसी के लिए नरेन्द्र को मनुष्य बना देना चाहा था और यह भी समझने के लिए शेष नहीं रहा कि यह बात और चाहे जिसे मालूम न हो रासबिहारी से छिपी नहीं थी।

और भी पाँच-छह दिन बीत गए। एक दिन सुबह विजया ने नींद खुलने पर देखा, मकान में राज-मजदूर लगे हुए हैं और सारे मकान को चूने से पोतने की तैयारियाँ हो रही हैं। कारण सोचते ही सारा शरीर शिथिल पड़ गया। उसे याद आया कि पूर्णिमा के आने में अब केवल सात दिन शेष हैं। सारे दिन तेजी से काम चलता रहा, लेकिन वह किसी को भी बुलाकर यह नहीं पूछ सकी कि यह किसके आदेश से हो रहा है। या इसके बारे में उससे पूछा क्यों नहीं गया।

तीसरे पहर बहुत दिनों के बाद विजया कन्हैया सिंह को साथ लेकर नदी किनारे घूमने निकली थी। सहसा दयाल आ गए। बोले, "मैं तुम्हें ही खोज रहा था बेटी।"

विजया ने आश्चर्य से कारण पूछा। उन्होंने कहा, "बेटी, अब तो देर नहीं है निमंत्रण पत्र छपवाने होंगे। तुम्हारे बन्धु-बान्ध्वों को सादर बुलाने की चेष्टा करनी होगी इसलिए उन सबके नाम-धाम मालूम हो जायें तो..."

विजया ने कठोर होकर पूछा, "निमंत्रण पत्र, लगता है। मेरे ही नाम के छपवाए जायेंगे।"

दयाल मन-ही-मन जानते थे कि वह विवाह सुख का नहीं है। सकुचाकर बोले, "नहीं बेटी, तुम्हारे नाम से क्यों छपेंगे? रासबिहारी वर-कन्या दोनों के ही अभिभावक हैं। उन्हीं के नाम से निमंत्रण भेजना तय हुआ है।"

विजया ने कहा, "क्या उन्होंने ही तय किया है?"

दयाल ने गर्दन हिलाकर कहा, "हाँ, उन्होंने ही किया है।"

विजया ने कहा, "तो यह भी वही निश्चय करें। मेरे बन्धु-बान्धव कोई नहीं हैं।"

दयाल कोई उत्तर न दे सके। चलते-चलते अचानक विजया पूछ बैठी, "जो चिट्ठियाँ आपने नरेन्द्र बाबू को दी थीं, क्या आपने पढ़ी थीं?"

"नहीं बेटी, दूसरे की चिट्ठी मैं क्यों पढ़ूंगा? नरेन्द्र के पिता का नाम देखकर ही मैंने सोच लिया था कि जब यह उनकी चीज है तो

उनके लड़के के हाथ में ही दे देना उचित है। एक बार मन में आया अवश्य था कि था तुमसे पूंछूगा। लेकिन- क्यों क्या कोई अपराध हो गया बेटी?"

वृद्ध को लज्जित होते देख विजया ने बड़ी नर्मी से कहा, "उनके पिता की चीज आपने उन्हें दे दी यह तो ठीक ही किया। क्या आपसे इस संबंध में उन्होंने कुछ कहा था?"

दयाल बोले, "नहीं, कुछ नहीं कहा, लेकिन कुछ जानना हो तो उनसे पूछकर कल ही बता दूंगा।"

विजया ने आश्चर्य से पूछा, "कल ही किस तरह बता सकेंगे?"

दयाल ने कहा, "आजकल वह रोजना ही यहाँ आते हैं न।"

विजया ने शंकित होकर कहा, "आपकी पत्नी का रोग क्या फिर बढ़ गया है? यह बात आपने मुझे नहीं बताई?"

दयाल कुछ हँसकर बोले, "नहीं, अब वह बहुत अच्छी है। नरेन्द्र का इलाज और भगवान की कृपा," कहकर उन्होंने हाथ जोड़कर परब्रह्म को प्रणाम किया।

विजया के आश्चर्य की सीमा न रही। उसने दयाल की ओर देखते हुए पूछा, "तो उन्हें रोजाना आना पड़ता है?"

दयाल प्रसन्न मन से बोले, "आवश्यक न होने पर भी जन्मभूमि का मोह क्या सहज ही छूट जाता है बेटी? उसके सिवा आजकल नरेन्द्र के पास काम कम है। वहाँ कोई बन्धु-बान्धव नहीं इसलिए शाम के समय यहाँ नित्य आते हैं। विशेष रूप से मेरी पत्नी तो उन्हें बिल्कुल बेटे के समान ही चाहती हैं। चाहने योग्य लड़का भी तो है, लेकिन बातों-बातों में जब इतनी दूर आ गई हो तो अपने उस मकान तक भी क्यों न चली चलो बेटी।"

"चलिए," कहकर विजया साथ-साथ चलने लगी।

दयाल कहने लगे, "मैंने तो ऐसा निर्मल, स्वभाव से इतना सज्जन व्यक्ति अपनी इतनी उम्र में कभी नहीं देखा। नलिनी की इच्छा बी.ए. पास करके डॉक्टरी पढ़ने की है। इसके लिए कितना उत्साहित करते हैं। कितनी सहायता देते हैं, कोई सीमा नहीं।"

विजया चौंक पड़ी। कलकत्ता से रोजाना इतनी दूर आकर शाम बिताने का यह संदेह ही अब तक उसके मन में विष के समान उबलता जा रहा था। दयाल ने मुड़कर स्नेह भरे स्वर में कहा, "तो अब जाने का काम नहीं है बेटी, तुम थक गई हो।"

विजया ने कहा, "नहीं चलिए।"

उसकी चाल की शिथिलता देखकर ही दयाल ने थकान की बात उठाई थी, लेकिन अगर उसके चेहरे को देख पाते तो यह बात मुँह पर न ला पाते।

उस समय हर कदम पर विजया के नीचे से जो धरती सरकती जा रही उसका अनुमान लगा पाना दयाल के लिए असंभव था। वह अपने आपसे ही कहते चले गए, "नरेन्द्र की सहायता से इतने ही दिनों में नलिनी ने अनेक पुस्तकें पूरी कर डाली हैं। लिखने-पढ़ने में दोनों का बड़ा अनुराग है।"

काफी देर चुपचाप चलने के बाद विजया ने बड़ी कठिनाई से अपने आपको संयत करके धीरे से पूछा, "आप क्या कुछ और संदेह नहीं करते?"

दयाल ने आश्चर्य प्रकट न करके सहज भाव से पूछा, "काहे का संदेह बेटी?"

इस प्रश्न का उत्तर विजया तत्काल न दे सकी। उसका हृदय जैसे फटने लगा। कुछ पल बाद वेदना पर काबू पाकर बोली, "मेरी राय है कि नलिनी के संबंध में उनके मन का भाव स्पष्ट रूप से जान लेना उचित होगा।"

दयाल ने समर्थन करते हुए कहा, "ठीक बात है, लेकिन इसका अवसर तो अब भी नहीं बीता है बेटी। बल्कि मुझे तो ऐसा लगता है कि दोनों का परिचय जब तक और थोड़ा घनिष्ठ न हो जाए तब तक कुछ न कहना ही उचित है।"

विजया ने समझ लिया कि यह प्रश्न दूसरे के मन में भी पैदा हुआ है। पलभर मौन रहकर उसने कहा, "लेकिन नलिनी के लिए तो

हानिकारक हो सकता है। उसका मन स्थिर करने में शायद समय लग सकता है, लेकिन इस बीच नलिनी के..."

संकोच और वेदना के मारे आगे शब्द मुँह से नहीं निकल सके, लेकिन दयाल ने शायद समस्या के इस कोण पर उतना विचार नहीं किया। संदिग्ध स्वर में बोले, "सच बात है। लेकिन जहाँ तक मैंने अपनी पत्नी से सुना है उससे- लेकिन तुमसे तो कह चुका हूँ। नरेन्द्र पर हम लोगों का अटूट विश्वास है। उसके द्वारा किसी की कोई हानि हो सकती है, वह भूलकर भी किसी के प्रति अन्याय कर सकते हैं, मैं सोच भी नहीं सकता।"

वह भले ही न सोच सकें, फिर भी उस समय अन्याय कहाँ से कितनी दूर तक पहुँच रहा था, यह तो केवल अन्तर्यामी जानते थे।

दोनों ने जब दयाल की बैठक में प्रवेश किया शाम की छाया घनी हो आई थी। एक टेबल के दोनों ओर कुर्सियों पर नरेन्द्र और नलिनी बैठे हुए थे। सामने खुली पुस्तक के बारे में ही शायद अक्षर अस्पष्ट हो जाने के कारण पढ़ना छोड़कर दोनों ने धीरे-धीरे आलोचना आरंभ कर दी थी। नलिनी की नजर इसी ओर थी। उसने उल्लासित होकर स्वागत किया, लेकिन विजया का चेहरा वेदना से सफेद पड़ गया है। संध्या के धूमिल उजाले में वह यह न देख सकी। नरेन्द्र तुरंत कुर्सी छोड़कर उठ बैठा और नमस्कार करके पूछा, "अच्छी हैं?"

विजया ने न तो नमस्कार का उत्तर दिया, न प्रश्न का। जैसे वह देख ही न सकी हो। उनकी ओर पीठ करके नलिनी से बोली, "क्यों, आप तो फिर एक दिन भी नहीं आई?"

नरेन्द्र ने सामने आकर मुस्कराते हुए कहा, "और शायद मुझे पहचान भी नहीं सकीं?"

विजया ने शान्त उपेक्षा से उत्तर दिया, "पहचान सकने से ही क्या पहचान करना आवश्यक हो जाता है?" फिर नलिनी से बोली, "चलिए आपकी मामी से मिल आऊँ।"

कहकर केवल पलभर एक ओर नजर डालकर उसे एक तरह से खींचती हुई ऊपर चली गई। नलिनी ने कुछ सीढ़ियां चढ़ आने पर पुकारकर कहा, "नरेन्द्र बाबू, चाय पिए बिना कहीं भाग न जाइएगा।"

नरेन्द्र इसका उत्तर न दे सका। आश्चर्य और अपमान से काठ होकर खड़ा रहा। वृद्ध दयाल भी उसकी अप्रत्याशित लज्जा में हिस्सा बाँटते उदास चेहरे से कहीं चुपचाप खड़े रहे। फिर भी न जाने उन्हें कैसे सन्देह होने लगा कि जो कुछ बाहर प्रकट हुआ है वह ठीक वही नहीं है। इसलिए अपमान के पर्दे के पीछे जहाँ नजर नहीं पहुँच रही वह चाहे जो भी हो उपेक्षा और अनादर नहीं है।

कुछ देर बाद चाय के लिए पुकार हुई, लेकिन नरेन्द्र दयाल का अनुरोध टालकर नीचे ही रह गया, लेकिन दयाल जब उसे अकेला छोड़कर ऊपर नहीं गए तो उसने हँसते हुए कहा, "मैं घर का आदमी हूँ। मेरी बात मत सोचिए दयाल बाबू, आपको अपने सम्मानित अतिथि का सम्मान करना आवश्यक है आप जल्दी जाइए।"

दयाल ने दु:खी और लज्जा भरे अन्दाज में ऊपर जाने की चेष्टा करते हुए पूछा, "तो फिर क्या तुम कुछ देर बैठोगे?"

नौकर दीपक रख गया था। नरेन्द्र ने खुली पुस्तक को पास खींचकर कहा, "जी हाँ जरूर बैठूंगा।"

लगभग आधे घंटे बाद तीनों नीचे उतर आये। नरेन्द्र पुस्तक रखकर खड़ा हो गया। आज उसके चले जाने पर शायद वे लोग आराम अनुभव करते, क्योंकि उसके इस प्रकार अकेले प्रतीक्षा करते रहने के कारण सभी को जैसे लज्जा और संकोच का कोड़ा मार दिया।

नलिनी ने लजीले मीठे स्वर में कहा, "आपकी चाय नीचे लाने के लिए कह दिया है– अभी आई जाती है, नरेन्द्र बाबू।"

लेकिन विजया उससे कुछ बोले बिना यहाँ तक कि उस पर नजर डाले बिना ही धीरे-धीरे बाहर निकल गई। कन्हैया सिंह दरवाजे के पास ही बैठा था– लाठी लेकर खड़ा हुआ। विजया ने बाहर आकर देखा, आकाश में चन्द्रमा ठीक सामने निकल आया है। उसे ऐसा लगने

लगा जैसे उसे पैरों को नीचे की दूब से लेकर पास-दूर तक का कुछ भी दिखाई नहीं दे रहा है- आकाश, मैदान, गांव के पीछे की वन रेखा, नदी-जल-सभी खामोश चांदनी में उदास और मौन खड़े हैं- किसी के साथ किसी का संबंध नहीं है, परिचय नहीं है। कोई नींद में ही स्वतंत्र विश्व से तोड़कर इन्हें जहाँ-तहाँ फेंक गया है और अब नींद टूटने पर वे एक-दूसरे के अपरिचित चेहरे की ओर अवाक होकर ताक रहे हैं। चलते-चलते उसकी आँखों से अविरल अश्रु प्रवाहित हो उठे। उन्हें बार-बार पोंछते हुए मन ही मन कह उठी, "नहीं, अब और नहीं सह सकती- अब और बर्दाश्त नहीं कर सकती।"

घर आते ही समाचार मिला कि रासबिहारी न जाने किसलिए शाम से ही बाहर की बैठक में बैठे प्रतीक्षा कर रहे हैं। सुनते ही मन कड़वाहट से भर गया। कुछ न कहकर ऊपर कमरे में चली गई, लेकिन वह जानती थी कि भले ही कितनी ही देर हो जाये इस व्यक्ति का धीरज समाप्त नहीं होगा। जब वह प्रतीक्षा कर रहे हैं तो भले ही कितनी ही रात हो जाए, मिले बिना नहीं टलेंगे।

थोड़ी देर बाद परेश ने दरवाजे पर खड़े होकर बताया, "बड़े बाबू आ रहे हैं।" फिर उनकी चट्टियों और छड़ी की आवाज सुनाई दीं।

विजया ने कहा, "आइए।"

कमरे में आकर कुर्सी पर बैठकर रासबिहारी बोले, "मैं इसी से इन लोगों से कह रहा था कि इतने नौकर-चाकरों में से किसी को भी नहीं सूझा कि लालटेन लेकर जाए। दयाल को भी सोचना चाहिए था कि मैदान में केवल चांदनी के उजाले पर निर्भर न रहकर लालटेन भेज देनी चाहिए, इसीलिए सोचता हूँ भगवान, इस संसार में तुमने अपने-पराए में कितना भेद रखा है।"

"विजया चुप बैठी रही। तब रासबिहारी ने जेब से एक कागज निकालकर कहा, जो कुछ करना चाहिए मैंने कर दिया है। केवल उन्हें अपना नाम लिखना है बेटी। इसे कल ही भेज देना चाहिए।" और कागज विजया के हाथ में दे दिया।

विजया ने देखते ही समझ लिया यह उनके ब्रह्म विवाह के कानून के अनुसार रजिस्ट्री करने का दस्तावेज है। छपी हुई और हाथ की लिखाई को आरंभ से अन्त तक दो-तीन बार पढ़कर उसने मुँह उठाया। अधिक समय नहीं बीता था, लेकिन इतने में ही उसके मन में एक महान परिवर्तन हो गया था। उसकी वेदना अचानक ही घोर उदासीनता और अपार वितृष्णा में बदल गई। उसने सोचा संसार के सभी पुरुष एक ही सांचे में ढले हैं। रासबिहारी, दयाल, विलास, नरेन्द्र- किसी में कोई भेद नहीं। बुद्धि और आयु के कारण जो कुछ बाहर दिखाई देता है केवल वही भेद है। अन्यथा अपने सुख और सुविधा के लिए नीचता, कृतघ्नता, निष्ठुरता में नारी के लिए सभी समान हैं। आज दयाल का आचरण ही उसे सबसे अधिक खटका था। न जाने क्यों उसे निश्चित विश्वास हो गया कि वे उसकी कामना को जानते थे। इनके लिए उसने क्या-क्या नहीं किया। समस्त प्राणों से श्रद्धा की है। चाहा है। अपना समझा है। लेकिन अपनी भानजी के कल्याण के कारण सब कुछ जान सुनकर भी उन्होंने इस विश्वास की कोई मर्यादा नहीं रखी।

रासबिहारी उसके गंभीर चेहरे को देखकर आशंकित हो उठे। उन्होंने कहा, "तो फिर बेटी, इस कमरे में कलम-दवात है या नीचे से लाने को कह दूँ?"

विजया ने चौंककर देखा। अतीत की घिनौनी यादों पर उसके विचारों की डोरी ने धीरे-धीरे एक सूक्ष्म जाल बुनना आरंभ किया ही था कि स्वार्थ से अंधे इस बूढ़े की इस निष्ठुर व्यग्रता ने छुरी की तरह उसे पलभर में छिन्न-भिन्न कर डाला। विजया मरने के लिए तैयार व्यक्ति की तरह निर्दयी हो उठी। बोली, "काका जी, क्या आपकी यही राय है कि पाप भले ही कितना ही बड़ा क्यों न हो धन के नीचे दब जाता है।"

रासबिहारी ने ठीक ढंग से प्रश्न का अभिप्राय न समझकर सिटपिटाकर कहा, "क्यों बेटी, क्यों?"

विजया अडिग और दृढ़ स्वर में बोली, "नहीं तो मेरे इतने बड़े पाप की उपेक्षा करके आपे मुझे क्यों ग्रहण करना चाहते है?"

रासबिहारी लज्जा से व्याकुल हो उठे। हतबुद्धि होकर बोले, "झूठी बात है। बड़े-से-बड़ा दुश्मन भी तुम पर उंगली नहीं उठा सकता बेटी..."

विजया ने कहा, "दुश्मन शायद न उठा सके, लेकिन मैं पूछती हूँ क्या विलास बाबू मुझे श्रद्धा की दृष्टि से देखेंगे?"

रासबिहारी ने कहा, "श्रद्धा से नहीं देख सकेगा? तुम्हें विलास? अच्छा," कहकर वह ऊँची आवाज में पुकारने लगे, "विलास-विलास।"

विलास कहीं पास ही प्रतीक्षा कर रहा था। अंदर आ गया। रासबिहारी ने कहा, "सुनो विलास, हमारी विजया बेटी कह रही है कि क्या तुम इन्हें श्रद्धा की दृष्टि से देख सकोगे? सुनो जरा..."

लेकिन विलास एकदम कोई उत्तर न दे सका। इस तरह देखता रहा जैसे प्रश्न समझ में ही न आया हो।

विजया ने कहा, "उस दिन काका जी घर के नौकर-चाकरों से पूछ-ताछ करके मुझसे बोले थे कि मैं बहुत रात गए एक एकान्त में नरेन्द्र बाबू से आमोद-प्रमोद करके भी तृप्त नहीं हुई। अन्त में वह ट्रेन न पाने के बहाने रात यहीं बिताकर सवेरे गए। ऐसी स्थिति में..."

शेष शब्द रासबिहारी की ऊँची आवाज के नीचे दब गए। वह बार-बार कहने लगे, "कभी नहीं, कभी नहीं। यह असम्भव है। एकदम झूठ है..."

विलास का मुँह काला पड़ गया। उसने कहा, "नहीं, मैंने नहीं सुना।"

रासबिहारी फिर चिल्लाने लगे, "तुम कैसे सुनोगे विलास? यह भयानक झूठ है। यह दारुण- इसीलिए मैं साले दरगान को- तुम देखो तो, और उस छोकरे परेश को कैसा दंड देता हूँ- मैं..."

विलास ने कहा, "सारी धरती के लोग अगर इस बात की गवाही देते तो भी मैं विश्वास न करता।"

विजया ने दृढ़ता से पूछा, "न करते? क्या मेरी सम्पत्ति के कारण?"

रासबिहारी ने इस बात का सूत्र पकड़कर फिर बकना आरंभ कर दिया, लेकिन लड़के के मुँह की ओर देखकर वह एकदम चुप हो गए।

विलास की दोनों आँखें चमक उठीं, लेकिन आवाज में उत्तेजना या नम्रता दिखाई नहीं दी। शान्त संयत स्वर में उत्तर दिया, "नहीं, तुम्हारी सम्पत्ति का मुझे जरा भी लोभ नहीं है।"

कमरे में गहरा सन्नाटा छा गया। कुछ देर बाद उस सन्नाटे को भंग करते हुए विलास ने कहा, "विजया, बाबू जी कुछ भी करें, कुछ भी बोलें, हम लोग उन्हें समझ सकें या न समझ सकें, लेकिन यह बात हमें नहीं भूलनी चाहिए कि जिन्होंने ब्रह्म पद में आत्म-समर्पण किया है वह कभी अन्याय नहीं कर सकते। तुम्हारे सिवा तुम्हारी सम्पत्ति का हम लोगों को रत्ती भर भी लोभ नहीं है।"

विजया ने विलास के चेहरे पर नजरें गड़ाकर पूछा, "सच बोलते हो?"

विलास ने आगे बढ़कर विजया का दायां हाथ अपने हाथ में लेकर कहा, "हमारे अंदर यदि कोई सत्य है तो आज मैं तुमसे सत्य ही कह रहा हूँ।"

विजया ने पलभर बाद धीरे से हाथ छुड़ा लिया और मेज पर से कलम उठा ली। फिर दूसरे ही क्षण बड़े-बड़े अक्षरों में दस्तखत करके कागज रासबिहारी की ओर बढ़ा दिया, "यह लीजिए।"

रासबिहारी ने दस्तावेज मोड़कर जेब में रखा और वनमाली के शोक में ढेर सारे आँसू बहाकर निराकार परब्रह्म की असीम करुणा का गुणगान करके कहा, "रात हो रही है," और वह चले गए।

पिता के चले जाने पर विलास ने गंभीर स्वर में कहा, "मैं जानता हूँ तुम मुझे प्रेम नहीं करतीं, लेकिन अगर साधारण व्यक्ति की तरह मैं भी इस प्रेम को ही ऊँचा स्थान देता तो आज मुक्त कंठ से कहता, 'विजया तुमने जिसे प्रेम किया है उसी को धारण करो।' मुझमें यह

शक्ति, यह उदारता और त्याग है। पिताजी से मैंने अब तक झूठी शिक्षा नहीं पाई है।"

पलभर चुप रहकर वह फिर कहने लगा, "लेकिन यह सकाम रूप तृष्णा, जिसे प्रेम समझकर मनुष्य भूल किया करता है, क्या ब्रह्म कुमार-कुमारी के विवाह का चरम लक्ष्य है। नहीं ये किसी भी प्रकार नहीं हो सकता। इसका उद्देश्य विराट है। वह है सत्य, मुक्ति, परब्रह्म के चरणों में दो आत्माओं का आत्म-समर्पण। एक न एक दिन तुम इस सत्य को समझ जाओगी। यह नरेन्द्र बाबू जब नहीं आया था उस समय की बातें याद करो विजया।"

कोई बात कहने के लिए विजया ने मुँह उठाया, लेकिन होंठ कांपकर रह गए। फिर नमस्कार करके तेजी से दरवाजे से भाग गई।

24

भीषण संशय की आग के घेरे में विजया का मन कितना दुःखी और बेचैन हो उठा था। वह तब तक ठीक तरह से नहीं समझ सकी जब तक कि उसने अपने आपको निश्चित रूप से समर्पित नहीं कर दिया। आज सवेरे नींद खुलते ही लगा आज उसका मन शान्त है। बाहर देखने पर उसे ख्याल आया कि आकाश सावन के सवेरे के समान धूसर मेघों के भार से पृथ्वी के ऊपर घुटनों के बल पड़ा है। ऐसे समय में बिस्तर छोड़ना न छोड़ना उसे एक जैसा लगा। आज वह यह सोच ही नहीं सकी कि और दिनों सुबह नींद खुलने में थोड़ी सी देर होने पर भी मन लज्जित-व्यथित क्यों हो उठता था। क्यों लगता था कि बहुत समय बर्बाद हो गया। उसे ऐसा कौन-सा काम है जो एक-दो घंटे बिस्तर पर पड़े रहने से नहीं चलेगा। घर में दास-दासी भरे पड़े हैं। बड़ी भारी जमींदारी सुचारू रूप से चल रही है, उसका सारा भविष्य, सारा जीवन अगर ऐसे ही आराम और शान्ति से बीत जाए तो इससे अच्छी बात और क्या होगी। उसने खिड़की के बाहर नजरें पसार कर देखा, वृक्ष लताओं का हरा रंग बदलकर आज न जाने कैसा हो गया है।

पत्ते तक अडिग और गंभीर हो उठे हैं। अब विश्व ब्रह्माण्ड में कलह-विवाद, तर्क-वितर्क, अशान्ति उपद्रव कहीं कुछ नहीं रह गया है। एक ही रात में वह ऋषियों का तपोवन बन गया है।

अन्तर में भरी अपार वेदना को शान्ति विजया भय से ग्रस्त व्यक्ति की तरह शायद और भी बहुत देर तक बिस्तर पर पड़ी रहती, लेकिन परेश की माँ ने आकर शान्ति भंग कर दी। जो व्यक्ति बहुत सवेरे उठ बैठता है वह इतनी देर तक क्यों नहीं उठा। यह जानने के लिए उसने आशंकित मन से बार-बार पुकारा और कमरे के किवाड़ खुलवा लिए तब छोड़ा।

हाथ-मुँह धोकर कपड़े बदलकर विजया नीचे उतर रही थी कि उसने सुना रासबिहारी मजूदरों के काम की देखभाल कर रहे हैं केवल दो दिन और शेष हैं। इतने थोड़े से दिनों में सारे घर को लीप-पोतकर बिल्कुल नया कर देना होगा।

विजया ने कुछ देर पहले ही सोचा था कि पिछली रात को जो जटिल समस्या समाप्त हो गई है। उसका अन्त हो गया है। अब किसी भी कारण से और किसी के भी द्वारा उसके विपरीत नहीं हो सकता इसलिए उसके न्याय-अन्याय और भले-बुरे को लेकर अब कोई तर्क-वितर्क नहीं करेगा। मंगलमय की इच्छा से यह सब मंगल के लिए ही हुआ है, लेकिन सहसा उसने देखा कि यह संभव नहीं है। रासबिहारी नीचे है। उतरते ही भेंट हो जायेगी। मन न जाने कैसा हो उठा। सीढ़ी से ही लौट आई। बरामदे में टहलते रहने पर भी जब समय नहीं कटा तो अपने बचपन के साथी याद आ गए। बहुत दिनों से किसी से भेंट नहीं हुई थी। चिट्ठी पत्री भी बन्द है। वह पढ़ने के कमरे में आकर चिट्ठियाँ लिखने बैठ गई। मन में न जाने कितनी पीड़ा इकट्ठी हो गई थी। चिट्ठियों के द्वारा उससे मुक्ति पाने का यत्न करने लगी। कितना समय बीत गया, कितने आँसू बह गए इसका ध्यान ही नहीं रहा। परेश की माँ ने कहा, "एक बज गया दीदी। खाना नहीं खाओगी?"

घड़ी की ओर देखकर फिर लिखने में मन लगाने जा रही थी कि परेश की माँ लजीले स्वर में बोल उठी, "अरी भैया, डॉक्टर बाबू आ रहे हैं।" और जल्दी से खिसक गई। विजया ने चौंककर मुड़कर देखा। बरामदे के ठीक सामने परेश के पीछे नरेन्द्र आ रहा है।

इससे पहले भी कई बार वह ऊपर आया है, लेकिन अपनी इच्छा से, बिना सूचना दिए ऊपर आ सकता है। विजया कल्पना भी नहीं कर सकती थी। उसका मुँह सूखा हुआ था, बाल रूखे और अस्त-व्यस्त थे। कमरे में पांव रखते ही बोल उठा, "कहिए तो, उस दिन आपने मुझे पहचानना क्यों नहीं चाहा?" और एक कुर्सी लेकर बैठ गया। उसकी आवाज से सारी देह वेदना से बोझिल हो उठी। व्याकुल होकर उसने उठकर पूछा, "आपको क्या हुआ नरेन्द्र बाबू, तबीयत तो कुछ खराब नहीं हो गई।"

नरेन्द्र ने गर्दन हिलाकर कहा, "नहीं, तबीयत अब ठीक है। मामूली-सा बुखार आ गया था, लेकिन उसने इतना कमजोर कर दिया कि आ ही नहीं सका, लेकिन उस दिन मैंने क्या अपराध किया था सो तो बताइए।"

परेश खड़ा था। विजया ने कहा, "परेश, अपनी माँ से कह, जल्दी से कुछ जलपान दे जाए।" फिर नरेन्द्र से बोली, "लगता है सवेरे से आज कुछ खाया नहीं है।"

"लेकिन मैं उसके लिए परेशान नहीं हूँ।"

"लेकिन मैं तो परेशान हूँ," कहकर विजया परेश के पीछे-पीछे बाहर चली गई।

कुछ देर बाद ही जलपान के थाल पर एक कटोरा गर्म दूध लिए आ गई और थाल चुपचाप अतिथि के सामने रख दिया। नरेन्द्र ने खाते हुए हँसकर कहा, "आप बहुत ही अद्‌भुत हैं। दूसरे के मकान में पहचानना भी नहीं चाहतीं और अपने मकान में इतना अधिक पहचानती हैं कि आश्चर्य होता है। उस दिन की घटना से मैंने सोचा कि सूचना देने पर शायद आप मिलना भी चाहेंगी इसलिए सूचना दिए बिना ही परेश के साथ आकर आपको पकड़ लिया।"

विजया चुप रही। पलभर चुप रहकर नरेन्द्र कहने लगा, "मामूली-सा बुखार था, लेकिन उसने इतना निर्जीव कर डाला कि आश्चर्य में पड़ गया हूँ। आप लोगों से फिर शीघ्र भेंट होने की संभावना होती तो शायद आज भी न आता। इस रास्ते से आने में मुझे सचमुच ही बहुत कष्ट होता है।"

विजया पूर्ववत चुप बैठी रही। शायद वह इस बात को ठीक ढंग से समझ नहीं पाई। नरेन्द्र ने दूध का कटोरा खाली करके रखते हुए कहा, "आपने शायद सुना नहीं, मैंने यहाँ की नौकरी छोड़ दी है। आज इतनी जल्दी आने में यह भी एक बड़ा कारण है।" फिर जब से लाल रंग की एक चिट्ठी निकालकर बोला, "आपके विवाह का निमंत्रण मुझे मिल गया है लेकिन विवाह देखकर जाने का सौभाग्य मुझे नहीं मिलेगा। उसी दिन सुबह हमारा जहाज कराची से चल पड़ेगा।"

विजया डरकर बोली, "कराची से? आप कहाँ जा रहे हैं?"

नरेन्द्र ने कहा, "साउथ अफ्रीका। पंजाब की ओर भी एक नौकरी मिल रही है, लेकिन जब नौकरी ही करनी है तब बड़ी देखकर ही करना, ठीक समझा। मेरे लिए जैसा पंजाब वैसा ही केप कालोनी। क्या कहती हैं? अब शायद हम लोगों की कभी भेंट न होगी।"

अन्तिम बातें शायद विजया के कानों में नहीं पड़ी। बहुत ही बेचैन होकर उसने पूछा, "क्या नलिनी राजी हो गई? मैं नहीं समझ सकती कि अगर हो भी गई तो आप इतनी जल्दी कैसे जा सकेंगे। क्या उनसे आपने सब कुछ खोलकर कह दिया है? इतनी दूर जाने की उन्होंने सहमति कैसे दे दी?"

नरेन्द्र ने मुस्कुराकर कहा, "ठहरिए, ठहरिए। अभी तक किसी से सारी बातें तो अवश्य नहीं कही हैं। लेकिन..."

बात समाप्त हो जाने देने का धैर्य विजया में नहीं रहा। बीच में ही आग बबूला होकर बोल उठी, "यह किसी तरह नहीं हो सकता। आप लोग क्या हम लोगों को सन्दूक-बिछौने के समान समझते हैं कि हमारी इच्छा हो या न हो रस्सी से बांधकर गाड़ी में डाल देते ही हमें

जाना ही होगा? यह किसी भी तरह नहीं होगा। उनकी असहमति से किसी प्रकार भी उन्हें इतनी दूर नहीं ले जा सकेंगे।"

नरेन्द्र का चेहरा फीका पड़ गया। बेचैन सा कुछ पल चुप रहकर बोला, "आखिर मामला क्या है जरा समझाकर तो बताइए। यहाँ आने से पहले दयाल बाबू से भेंट हुई थी वह भी सुनकर चौंक उठे थे और उन्होंने भी इसी प्रकार की कोई आपत्ति उठाई जिसे मैं समझ नहीं पाया। इतने लोगों के बीच नलिनी की ही हाँ-ना पर मेरा जाना न जाना कैसे निर्भर करता है और बाधा क्यों डालेगी। मेरे लिए यह सब एक पहेली सी बन गई है। बात क्या है मुझे खोलकर तो बताइए।"

विजया ने टकटकी बांधकर पलभर नरेन्द्र की ओर देखने के बाद धीरे से कहा, "उनके साथ क्या आपने विवाह का प्रस्ताव नहीं किया है?"

नरेन्द्र एकदम जैसे आकाश से गिर पड़ा। उसने कहा, "नहीं, किसी दिन नहीं।"

सहसा रक्त की आभा से विजया का सारा चेहरा रक्तभाव हो उठा, लेकिन जल्दी से अपने आपको संभालकर बोली, "नहीं किया, लेकिन करना क्या उचित नहीं था? आपकी भावनाएं तो किसी से छिपी नहीं हैं।"

नरेन्द्र पलभर आश्चर्यचकित बैठा रहा। फिर बोला, "मैं सोच रहा हूँ कि यह अनिष्ट किसके द्वारा हुआ? उनके अपने द्वारा तो नहीं हुआ क्योंकि वह पहले से ही जानती थीं कि यह असंभव है, लेकिन..."

"असंभव क्यों है?"

"सो रहने दीजिए लेकिन एक कारण तो यह है कि मैं हिन्दू हूँ और वह ब्रह्म। इसके अतिरिक्त हम लोगों की जाति भी एक नहीं है।"

विजया ने उदास होकर पूछा, "क्या आप जाति मानते हैं?"

नरेन्द्र ने कहा, "मानता क्यों नहीं। हिन्दू समाज में जाति भेद है। एक जाति वाले के साथ दूसरी जाति वाले का विवाह नहीं होता। यह क्या आप भी नहीं मानतीं?"

"मानती हूँ। लेकिन अच्छा समझकर नहीं मानती। आप पढ़े-लिखे होकर इसे अच्छा कैसे मानते हैं?"

नरेन्द्र हँसकर बोला, "डॉक्टरों की बुद्धि कुछ मटमैली सी होती है। विशेष रूप से मेरे जैसे लोगों की, जो माइक्रोस्कोप के द्वारा जीवाणुओं जैसी तुच्छ वस्तु लेकर ही समय बिताते हैं इसलिए इस मामले में मुझे न हो तो क्षमा ही क्यों न कर दिया जाए।"

विजया ने समझा नरेन्द्र ने जाति भेद के भले-बुरे का प्रश्न चतुराई से टाल दिया है। रूखे मुँह से बोली, "अच्छा दूसरी जाति की बात जाने दीजिए लेकिन जहाँ जाति एक है, वहाँ भी क्या केवल एक अलग धर्म मत के कारण आप विवाह को असंभव कहना चाहते हैं? आप काहे के हिन्दू हैं? आप तो बहिष्कृत हैं। क्या आप समझते हैं कि आपके लिए भी कोई ब्रह्म कुमारी विवाह योग्य नहीं है? इतना अहंकार आपको क्यों हैं? और अगर आपका सच्चा मत है तो यह बात आपने पहले ही क्यों नहीं कह दी?"

बोलते-बोलते उसकी आँखें छलक उठीं। आँसू छिपाने के लिए उसने तुरन्त मुँह फिरा लिया, लेकिन नरेन्द्र की नजरों को धोखा न दे सकी। आश्चर्य में पड़कर उसने पूछा, "लेकिन आप जो कह रही हैं वह तो मेरा मत नहीं है।"

विजया मुँह फिराए बिना रुंधे गले से बोली, "निश्चय ही यही आपका सच्चा मत है।"

नरेन्द्र ने कहा, "नहीं। यदि आप मेरी परीक्षा लेतीं तो जान जातीं कि यह मेरा सच्चा ही क्यों, झूठा मत भी नहीं है। उसके सिवा नलिनी की बात लेकर आप बेकार की दुःखी हो रही हैं। मैं जानता हूँ कि उनका मन कहाँ बंधा है और वह यह भी जानती हैं कि मैं पृथ्वी के दूसरे छोर पर क्यों भाग रहा हूँ, इसलिए मेरे जाने का प्रश्न लेकर आप व्यर्थ दुःखी न हों।"

विजया ने बिजली की तेजी से फिरकर कहा, "क्या आप समझते हैं कि उनका मत होने से ही आप जहाँ चाहे जा सकते हैं?"

नरेन्द्र के हृदय में ये बातें बिजली की रेखा के समान कांप उठीं। लेकिन तभी उसकी नजर टेबल पर पड़े निमंत्रण पत्र पर जा पड़ी। एक पल चुप बैठा रहा फिर धीरे से बोला, "यह ठीक है कि मैं आपकी सहमति न होने पर कुछ नहीं कर सकता, लेकिन आप तो मेरी सभी बातें जानती हैं। मेरे जीवन की साध भी छिपी नहीं है। विदेश में यह साध शायद कभी पूरी हो जाए, लेकिन इस देश में इतने बड़े निकम्मे दीन-दरिद्र के रहने से कोई लाभ हानि नहीं होगी। मेरे जाने में बाधा मत डालिए।"

विजया बुझे मन से पलभर रहकर धीरे से बोली, "आप दीन-दरिद्र नहीं हैं। आपके पास सब कुछ है। इच्छा करते ही जाने सब वापस ले सकते हैं।"

"इच्छा करते ही तो नहीं ले सकता, लेकिन यह मुझे याद है और हमेशा याद रहेगा कि आपने वह देना चाहा था। लेकिन देखिए, लेने का भी अधिकार होना चाहिए- वह अधिकार मुझे नहीं है।"

विजया ने उत्तर दिया, "अधिकार क्यों नहीं है? सम्पत्ति मेरी नहीं पिताजी की है। नहीं तो उस दिन उस पर दावा करने की बात आप मजाक में भी मुँह पर न ला पाते। अगर आपकी जगह मैं होती तो यहीं न रुक जाती। वह जो कुछ दे गए हैं उस पर सब जबरदस्ती दखल कर लेती है, तिल भर भी न छोड़ती।"

नरेन्द्र ने कुछ नहीं कहा। विजया चुपचाप आँखें झुकाए बैठी रही। लगभग दो मिनट बीत गए। अचानक एक गहरी लम्बी सांस की आवाज से चौंककर विजया ने मुँह उठाते ही देखा, नरेन्द्र का चेहरा न जाने कैसा हो गया है। विजया से आँखें मिलते ही एकदम बोल उठा, "नलिनी ने ठीक ही समझा था विजया, लेकिन मैंने ही विश्वास नहीं किया था। मेरे समान इतने निकम्मे आदमी की भी किसी को कोई आवश्यकता हो सकती है इसे मैंने असंभव समझा था और हँसकर उड़ा दिया था, लेकिन अगर सचमुच ही यह असंगत विचार तुम्हारे मन में आया था तो तुमने आदेश क्यों नहीं दिया। मेरे लिए इसका सपना देखना भी पागलपन था, विजया।"

आज इतने दिनों के बाद उसके मुँह से अपना नाम सुनकर विजया सिर से पांव तक सिहर उठी। मुँह पर जोर से आँचल दबाकर मचलती रुलाई को रोकने लगी।

नरेन्द्र ने पैरों की आहट सुनकर पीछे की ओर मुँह फेरते ही देखा दयाल कमरे में आ रहे हैं।

दयाल ने दरवाजे पर खड़े होकर पलभर चुपचाप दोनों की ओर देखा फिर धीरे-धीरे विजया के पास आकर उसके सोफे के एक किनारे बैठ गए और माथे पर दाहिना हाथ धरकर मधुर स्वर में बोले, "माँ।"

विजया को उनके आने का पता चला गया था। वह रुलाई को रोकने की पूरी कोशिश कर रही थी, लेकिन उनके करुण स्वर में माँ कहकर संबोधित करने का फल बिल्कुल उल्टा हुआ। क्या पता अपने मृत पिता की याद आ जाने के कारण उसका धीरज समाप्त हो गया। वह दूसरे ही पल वृद्ध की दोनों जांघों पर औंधी होकर गिर पड़ी और उनकी गोद में मुँह छिपाकर रो पड़ी।

दयाल की आँखों से आँसू झर पड़े। इस संसार में एकमात्र वह ही थे जो इस वेदनापूर्ण रुदन का इतिहास आदि से अन्त तक जानते थे। विजया के सिर पर धीरे-धीरे हाथ फेरते हुए कहने लगे, "केवल मेरी ही गलती से इतना भारी अन्याय हुआ है माँ। केवल मैंने ही यह दुर्घटना घटाई। नलिनी के साथ अभी मेरी यही बात हो रही थी। वह सब कुछ जानती थी, लेकिन कौन जानता था कि नरेन्द्र मन ही मन केवल तुम्हें ही- लेकिन मैं निर्बोध सब कुछ गलत समझकर और तुम्हें उल्टी खबर देकर इस दुःख को घर बुला गया। अब शायद इसका और कोई प्रतिकार..."

दीवार की घड़ी में तीन बज गए। तीनों आदमी स्तब्ध बैठे रहे। उनकी गोद में पड़ी विजया को दुःख का वेग धीरे-धीरे शान्त होता जा रहा था। दयाल धीरे-धीरे पीठ पर थपकी देते हुए बोले, "क्या इसका अब कोई उपाय नहीं हो सकता बेटी?"

विजया रुंधे गले से बोली, "नहीं-नहीं। मृत्यु के अतिरिक्त मेरे लिए अब कोई रास्ता नहीं है।"

दयाल ने कहा, "लेकिन...!"

विजया ने जोर-जोर से सिर हिलाते हुए कहा, "नहीं-नहीं, अब इसमें, लेकिन के लिए कोई स्थान नहीं है। मैंने वचन दिया है। अब मैं उसे नहीं तोड़ सकती दयाल बाबू। मेरे बिना..."

बोलते-बोलते फिर उसका गला रुंध गया। दयाल के गले में भी कोई बात नहीं निकल सकी। चुपचाप धीरे-धीरे उसके बालों में हाथ फेरने लगे।

परेश की माँ ने बाहर से लड़के के द्वारा कहलाया, "माँ जी, तीन बज गए हैं।"

परन्तु यह सुनकर दयाल बेचैन हो उठे और नहाने खाने के लिए प्यार से अनुरोध करके उसका मुँह ऊपर उठाने की कोशिश करने लगे।

आँखें पोंछकर विजया उठ बैठी ओर किसी की ओर देखे बिना सीधी बाहर चली गई।

"नरेन्द्र, तुम्हारा भी तो स्नान-भोजन अभी तक नहीं हुआ है।"

"नहीं।" नरेन्द्र ने न जाने क्या सोचते-सोचते मुँह उठाकर कहा।

"तो फिर मेरे साथ घर चलो।"

"चलिए।" कहकर वह उठ खड़ा हुआ और दयाल के साथ कमरे से निकल आया।

25

उसी दिन शाम को विवाहोत्सव के उपलक्ष्य में कई आवश्यक बातें कहकर पिता-पुत्र-रासबिहारी और विलास बिहारी चले गए।

विजया अपने पढ़ने के कमरे में प्रवेश करते ही आश्चर्य में पड़ गई। दयाल ऐसे तन्मय होकर बैठे हैं कि किसी के आने की ओर ध्यान तक नहीं दिया। विजया नहीं जानती थी कि वह कब आए और कब से बैठे हैं, लेकिन उनकी तल्लीनता देखकर ध्यान भंग करके अपना

कौतूहल शान्त करने की इच्छा नहीं हुई। वह जैसे आई थी वैसे ही चुपचाप चली गई, लेकिन लगभग घंटे बाद फिर आकर देखा तो वह उसी तरह बैठे हैं। तब वह धीरे से आकर खड़ी हो गई।

दयाल ने चकित होकर कहा, "तुम्हारी प्रतीक्षा कर रहा हूँ माँ।"

विजया ने मीठे स्वर में कहा, "तो फिर बुलाया क्यों नहीं?"

"तुम लोग बातें कर रहे थे इसलिए मैंने विघ्न डालना ठीक नहीं समझा। कल दोपहर को हमारे यहाँ तुम्हारा निमंत्रण है- नहीं यह किसी प्रकार नहीं होगा। कहीं 'ना' कहकर विदा न कर दो इसी भय से मैं खुद इतना रास्ता पैदल चलकर आया हूँ, लेकिन यह कहे देता हूँ कि दोपहर की धूप में पैदल नहीं जा सकोगी। मैंने कहार-पालकी की व्यवस्था कर ली है। वे स्वयं आकर तुम्हें ठीक समय पर ले जायेंगे।"

वृद्ध की करुणा भरी बातों से विजया की आँखें छलछला उठीं। बोली, "एक चिट्ठी लिखकर भेज देने से भी तो 'नहीं' न करती। फिर आप क्यों बेकार ही दौड़े चले आए।"

दयाल उठकर विजया के पास गए और उसका हाथ दबाकर बोले, "याद रहे। बूढ़े लड़के को वचन दे रही हो माँ। न आईं तो मुझे दोबारा पैदल आना पड़ेगा। किसी प्रकार भी छोडूंगा नहीं।"

"अच्छा।"

लेकिन इस आग्रह की अधिकता से वह मन ही मन हैरान रह गई। इससे पहले उन्होंने कभी निमंत्रण नहीं दिया था। उस पर शाम के भोजन के बदले दोपहर में भोजन की व्यवस्था और वचन पालन करने के लिए इस प्रकार बार-बार अनुरोध। यह ठीक सहज और सामान्य नहीं है। उसे संदेह हुआ यह निश्चित है कि आज दूसरे पहर तक इस अकारण निमंत्रण का विचार तक उनके मन में नहीं था फिर इतने समय के अंदर ही पालकी-कहार तक का प्रबंध करके आने में उन्होंने उपेक्षा नहीं की है।

मन की अशान्ति छिपाकर विजया ने थोड़ा-सा हँसकर पूछा, "कारण क्या सुन नहीं सकूंगी।"

दयाल ने जल्दी से उत्तर दिया, "नहीं बेटी, यह तुम्हें भोजन के पहले नहीं बता सकूंगा।"

विजया ने कहा, "वह न बताइए। लेकिन आमंत्रित मेहमानों के नाम तो बता दीजिए।"

दयाल ने कहा, "तुम सबको तो पहचानती नहीं बेटी, वे मेरे उस मुहल्ले के ही मित्र हैं। जिन्हें तुम पहचानोगी उनमें से एक व्यक्ति का नाम रास बिहारी है और दूसरे का नरेन्द्र।"

दयाल के चले जाने पर विजया बहुत देर तक चुपचाप बैठी रही और मन ही मन इसका कारण खोजती रही, लेकिन जितना ही सोचती गई उतनी किसी अशुभ संशय से उसके मन का अंधकार बढ़ता गया।

लेकिन दूसरे दिन ढाई बजे तक पालकी नहीं पहुँची। विजया तैयार होकर राह देखती रही। तब एक ओर जिस प्रकार उसके आश्चर्य की सीमा नहीं रही दूसरी ओर उसी प्रकार वह कुछ चैन की अनुभव करने लगी। यह तय हुआ था कि परेश की माँ साथ जाएगी इसलिए उसने शायद इस बार को मिलाकर लगभग दस बार कुछ खा-पी लेने के लिए विजया से कहा सुना और पूछा कि कहीं बूढ़े दयाल सठिया तो नहीं गए। निमंत्रण की बात कहीं भूल तो नहीं गए। उधर आदमी भेजकर पता लगाने में भी विजया को संकोच हो रहा था क्योंकि उसने सोचा कि सचमुच ही वह किसी कारण से निमंत्रण देने की बात भूल गए हों तो इस तरह उन्हें शर्मिंदा करना होगा। इस विचित्र स्थिति में उसका दुविधा में पड़ा मन क्या करेगा। जब वह कुछ भी निश्चय नहीं कर पा रही थी तभी परेश ने हाँफते-हाँफते आकर खबर दी कि पालकी आ रही है।

विजया जब वहाँ से रवाना हुई तीसरा पहर था। रासबिहारी मजदूरों में अत्यन्त व्यस्त थे। जल्दी-जल्दी पालकी की बगल में आकर हँसते हुए बोले, "समझ में नहीं आता कि दयाल को हम लोगों को खिलाने-पिलाने का शौक अचानक कैसे हो गया। वह विशेष रूप से कह गए हैं कि शाम के बाद मुझे भी आना होगा। लेकिन उसे कह देना बेटी कि अगर पालकी भेजने में रात हो गई तो मैं न आ सकूंगा।"

दयाल के घर के द्वार पर आम के पत्तों का बन्दनवार शोभित था। दोनों किनारों पर जल भरे कलश रखे थे। विजया हैरान रह गई। दयाल गांव के कुछ भले लोगों के साथ बातें कर रहे थे। उसके भीतर पैर रखते ही लपक कर आए और मात्र कहकर उसका हाथ पकड़ लिया।

सीढ़ी पर चढ़ते-चढ़ते विजया ने रूठे अभिमान के स्वर में कहा, "भूख के मारे मेरे प्राण निकले जा रहे हैं। यह शायद आपके दोपहर के भोजन का निमंत्रण है?"

दयाल मधुर स्वर में बोले, "आज तुम लोगों को खाना नहीं है माँ! नरेन्द्र निर्जीव सा पड़ा है। कम से कम आज एक दिन के लिए तो तुम्हें काने भट्टाचार्य का आदेश मानना ही होगा।"

दूसरी मंजिल के सामने वाले हाल में विवाह की सम्पूर्ण व्यवस्था हो चुकी थी। यह सब क्या है ठीक-ठीक न समझकर विजया का मन कांप उठा। पूछने तक का साहस न कर सकी।

दयाल ने सहज भाव से समझाकर कहा, "शाम के बाद ही लग्न है। आज तुम्हारा विवाह है, विजया। सौभाग्य से आज शुभ मुहूर्त भी मिल गया है। न मिलता तो भी आज ही करना पड़ता। किसी भी तरह टाला नहीं जा सकता। सब ठीक हो गया है इसीलिए तो काने भट्टाचार्य ने हँसकर कहा कि पंचांग में तुम लोगों के लिए ही आज के दिन की सृष्टि हुई है।"

विजया का मुँह फक पड़ गया। उसने कहा, "क्या आप मेरा हिन्दू विवाह करेंगे?"

दयाल ने कहा, "हिन्दू विवाह क्या विवाह नहीं है, बेटी? साम्प्रदायिक मत मनुष्यों को ऐसा मूर्ख बना देते हैं कि मैं कल सारे दिन सोच-सोचकर भी इस छोटी-सी बात का कोई कूल-किनारा नहीं पा सका, लेकिन नलिनी ने मुझे जरा सी देर में समझा दिया। बोले, 'मामा, उनके पिता जिनके हाथ में सौंप गए हैं तुम उनके ही हाथ में उन्हें दे दो। नहीं तो ब्रह्म विवाह का छल करके अगर अपात्र को दान करोगे तो अधर्म की सीमा नहीं रहेगी और मन का मिलन ही तो सच्चा

विवाह है। नहीं तो विवाह के मन्त्र चाहे भाषा में पढ़े जाएँ चाहे संस्कृत में। भट्टाचार्य महाशय पढ़ें, चाहे आचार्य महाशय पढ़ें, इससे क्या होता है मामा?'- इतनी बड़ी जटिल समस्या जैसे बात की बात में सुलझ गई विजया बेटी। मैं मन ही मन बोला 'भगवन, तुमसे तो कुछ छिपा नहीं है। उन लोगों का विवाह मैं किसी भी मत से क्यों न कराऊँ यह निश्चय जानता हूँ कि तुम्हारी दृष्टि में अपराधी नहीं होऊंगा' तो भी मैंने कहा, 'लेकिन एक बात है नलिनी, विजया ने उन्हें वचन दे दिया है। वे लोग उसी पर निर्भर रहकर निश्चित बैठे हैं। यह वचन किस प्रकार तोड़ा जायेगा? नलिनी बोली, 'मामा, तुम तो जानते हो विजया के अन्तर्यामी ने इसका समर्थन नहीं किया है। तब उनकी अपेक्षा क्या विजया का बोलना ही बड़ा हो जायेगा? उसके हृदय के सत्य को लांघकर मुँह की बात को बड़ा मानना होगा?' मैं आश्चर्य में पड़कर बोला, 'तूने यह सब कहाँ सीखा बेटी?' नलिनी बोली, 'मैंने नरेन्द्र बाबू से ही सीखा है। वह बराबर कहा करते हैं कि सत्य का स्थान हृदय में है, मुँह में नहीं। केवल मुँह से निकलने के कारण ही कोई सत्य नहीं बन जाती। तो भी उसे ही जो लोग सबसे आगे, सबसे ऊपर स्थापित करना चाहते हैं वे सत्य से प्रेम करने के कारण नहीं, बल्कि सत्यवादी होने के दम्भ से प्रेम करने के कारण ही ऐसा करते हैं।"

कुछ देर चुप रहकर बोले, "तुम नरेन्द्र को जानती नहीं बेटी। वह तुम्हें कितना प्रेम करता है कि तुम्हारे सिर पर असत्य का बोझ लादकर तुम्हें ग्रहण करने को किसी भी प्रकार राजी न होता। तुम एक बार आरंभ से अन्त तक उनके कार्यों को याद करके तो देखो विजया।"

विजया ने कुछ भी नहीं कहा। वह नीचा मुँह किए काठ के समान चुपचाप खड़ी रही।

नलिनी अंदर काम-काज में व्यस्त थी। खबर पाकर दौड़ी आई और विजया को जकड़कर पकड़ लिया। फिर उसके कान में बोली, "तुम्हें सजाने का भार आज नरेन्द्र बाबू ने मुझे दिया है। चलो।" यह कहकर वह उसे एक प्रकार से जबरदस्ती खींचकर ले गई।

दो घंटे के बाद नलिनी ने उसे चन्दन और फूलों से सजाकर वधू के आसन पर बैठा दिया। सामने की खिड़की खोल दी गई। तब उसके लजीले चेहरे पर दक्षिण की वायु और आकाश की चांदनी एक ही साथ उसके स्वर्गवासी माता-पिता के आशीर्वाद के समान आ पड़ी।

जो महिला कन्यादान करने बैठी थीं सुना गया कि वह एक कुछ दूर के रिश्ते से विजया की बुआ हैं। एक चक्षु भट्टाचार्य महाशय के मंत्र पढ़ते-पढ़ाते दावा किया कि दो-तीन पुश्त पहले हम लोग ही इस जमींदार घर के कुल पुरोहित थे। विवाह का अनुष्ठान पूरा हो गया था और वर-वधू को उठाने का आयोजन हो रहा था कि रासबिहारी विवाह सभा में उपस्थित हो गए।

दयाल ने बड़े सम्मान से उनका स्वागत किया और दोनों हाथ जोड़कर बोले, "आओ। शुभ कार्य निर्विघ्न सम्पूर्ण हो गया है- आज के दिन मन में कोई ग्लानि मत रखो भाई, और इन लोगों को आशीर्वाद दे दो।"

रासबिहारी पलभर स्तब्ध रहे फिर सामान्य स्वर में बोले, "वनमाली की कन्या का विवाह क्या अन्त में हिन्दू मत से ही तुमने करा दिया दयाल? मुझे पहले बता देते तो इसकी आवश्यकता न होती।"

दयाल ने सिटपिटाकर कहा, "विवाह तो सभी एक हैं भाई।"

रासबिहारी ने कठोर स्वर में कहा, "नहीं। लेकिन वनमाली की कन्या अपने पिता के गांव से आजीवन निर्वासित होने का दंड को भोगने पर भी एक बार विचार कर नहीं देखा।"

नलिनी पास ही खड़ी थी। उसने कहा, "उनकी कन्या ने अपने स्वर्गीय पिता की सच्ची आज्ञा का पालन किया है। अनुष्ठान की बात सोचने का समय उसे नहीं मिला। आप स्वयं भी तो वनमाली बाबू की वास्तविक इच्छा को जानते हैं। उसमें तो कोई त्रुटि नहीं हुई?"

रासबिहारी इस कड़वा बोलने वाली लड़की की ओर एक क्रूर दृष्टि गड़ाकर केवल 'हूँ' कहकर रह गए।

वह लौटने को तैयार हो रहे थे कि नलिनी ने दुलार के सुर में कहा, "वाह, आप शायद विवाह के घर से खाली-खाली चले जाइएगा। यह नहीं हो सकता। आपको भोजन करके ही जाना होगा। मैंने मामा के द्वारा कितने आग्रह से आपको निमंत्रित करके बुलाया है। रासबिहारी के मुँह से एक शब्द भी नहीं निकला। उसकी ओर एक बार और जलती नजरों से देखकर धीरे-धीरे बाहर निकल गए।"